Als Kommissar Philip Goldberg und sein Kollege Hauke Thomsen einen Notruf überprüfen, weist Ursula Neumann die Beamten mit einer fadenscheinigen Begründung an der Tür ab. Doch schon am nächsten Tag entdecken sie ein Kreuz im Park des Seniorenheims Deichgraf und einen Karton mit makabrem Inhalt.

Polizeiobermeister Peter Brandt taucht in die Geschichte der alten Villa ab und stößt dabei auf brisante Informationen, die Ursula Neumanns plötzliches Verschwinden in einem anderen Licht erscheinen lassen. Zu allem Überfluss stellt sich heraus, dass auch Hauke Thomsens Familie in den alten Fall verwickelt zu sein scheint.

Als Goldberg und seine Kollegen endlich auf der richtigen Fährte sind, versuchen sie den Tod eines weiteren Menschen zu verhindern und geraten dabei selbst in tödliche Gefahr.

Nicole Wollschlaeger, 1974 in Pinneberg geboren, absolvierte zunächst eine Ausbildung zur Buchhändlerin. 2004 schloss sie ihr Schauspielstudium in Hamburg ab. Seit 2009 lieh sie ihre Stimme der Kinderbuchreihe „Das magische Baumhaus" und tourte mit ihren Lesungen durch ganz Deutschland. 2013 erschien ihr erster Roman „Schatten über Nargon" im Carlsen Verlag. Mit ELBSCHULD startete 2016 die Krimireihe um das Kophusener Ermittler-Trio.

Nicole Wollschlaeger

ELBPAKT

Kriminalroman

Der siebte Fall von Kommissar Philip Goldberg

Ausführliche Informationen finden Sie
unter: www.nicolewollschlaeger.de

Der Titel ist auch als eBook und Hörbuch erschienen.

Weitere Titel der Autorin:

ELBSCHULD
ELBSCHMERZ
ELBSPIEL
ELBGIFT
ELBFANG
ELBTIER
Schatten über Nargon
Kinderbuch ab 10 Jahren

Ungekürzte Ausgabe 2022
© 2022 Nicole Wollschlaeger

Herstellung und Verlag:
BoD – Books on Demand, Norderstedt
ISBN: 9783756231614
Umschlaggestaltung: Svenja Sund
unter Verwendung von Motiven von Canva®
Lektorat: Stefan Wendel, Lübeck
Korrektorat: Sonja Hartl, Alxing,
& Rita Nandy, Wunstorf

Für das innere Kind in uns.

»Alle unsere Irrtümer übertragen wir auf unsere Kinder, in denen sie untilgbare Spuren hinterlassen.«

Maria Montessori

1

Ihre Hand fühlte sich warm und weich an. Ganz anders als die kalten, knochigen Finger ihrer eigenen Mutter, die sie immer nur dann bei der Hand nahm, wenn sie etwas falsch gemacht hatte. Gemeinsam schritten sie die Kiesauffahrt hinunter. Sie hatte ihre besten Schuhe anziehen sollen, die, die sie eigentlich nur sonntags trug. Vorne waren sie ein wenig eng. Den Keilabsatz war sie nicht gewohnt. Auf den ersten Metern war sie oft umgeknickt. Sie hatte sich mehrmals entschuldigt, weil sie fürchtete, dass ihre Unbeholfenheit als Trödelei ausgelegt worden wäre Nach ihrer Rückkehr würden ihr die Füße wehtun. Aber das war es wert.

Auf dem Weg ins Dorf fiel nie ein böses Wort. Nie war sie freundlicher zu ihr. Ihr Lächeln war ansteckend und ihre Stimme klang liebevoll. Im Haus lächelte sie nie. Außer manchmal heimlich, wenn sie beide allein waren. Aber das war selten. Sowie sich die mächtige Tür hinter ihnen geschlossen hatte, verwandelte sie sich auf magische Weise. Aus der bösen Hexe wurde eine gute Fee. Und andersrum.

Unterwegs begegneten ihnen nicht viele Menschen. Doch sobald sie den Ortskern erreichten, zogen sie sämtliche Blicke auf sich. Das Mädchen konnte das sehr gut verstehen, schließlich ging sie an der Hand einer Fee.

Sie genoss es heimlich. Artig grüßte sie jeden, der ihnen entgegenkam, so wie es ihr die Fee beigebracht hatte.

An der kleinen Kreuzung bogen sie nach rechts ab und gingen an der Kirche vorbei. Spätestens jetzt erfasste sie das Kribbeln in ihrem Bauch, das sie sonst nur vom Heiligen Abend her kannte. Ihr kam es vor, als würde jeden Moment das kleine Glöckchen erklingen und sie und ihre Geschwister dürften in die gute Stube treten. Es war etwas ganz Besonderes. Genauso wie dieser Ausflug ins Dorf. Niemand außer ihr durfte an der Hand der Fee zum Einholen mitgehen. Alle anderen aus dem Haus kannten sie nur als Hexe und hassten sie. Nach dem ersten Mal hatte das Mädchen versucht, den anderen zu erklären, dass sie sich in eine gute Fee verwandelte, sobald sie das Haus verließ, doch sie hatten sie nur ausgelacht. Die Älteren waren ihr über den Mund gefahren und hatten sie als Lügnerin bezeichnet. Sie war das Lieblingskind der Hexe, das schloss sie aus der Gemeinschaft aus. Es gab nur zwei Menschen, die ihr glaubten. Ihre besten Freunde. Doch auch denen konnte sie die Verwandlung nicht genau erklären. Sie rieten ihr, auf der Hut zu sein. Der Hexe nicht zu vertrauen und ihr auf keinen Fall etwas über sich zu erzählen. Je weniger die Hexe wusste, umso besser.

Das Mädchen fühlte sich hin- und hergerissen. Die Ausflüge ließen sie vergessen, wie schrecklich es im Haus war. Sie lebte in zwei völlig verschiedenen Welten. In der Welt, in der die Hexe herrschte, und in der Welt der guten Fee, der sie vertraute und die ihr das Gefühl gab, etwas Besonderes zu sein. Deshalb hatte sie entschieden, die beiden Welten voneinander zu trennen. Die Ausflüge in ihr Innerstes einzuschließen und wie einen kostbaren Schatz zu hüten. Einen Schatz, den ihr niemand nehmen konnte.

Vom Kirchenvorplatz war es nicht mehr weit. Zuerst hielten sie an der Bäckerei, wo sie jedes Mal eine dunkle, runde Kugel in die Hand bekam, die von Schokoladenstreuseln umhüllt war. Die knackten in ihrem Mund, wenn sie sie zerbiss. Während die Fee mit der Bäckersfrau sprach, gab sich das Mädchen mit geschlossenen Augen der süßen Mixtur aus Teig und Schokolade hin. Sobald sie den Laden verließen, beugte sich die Fee zu ihr hinab, lächelte sie an und zupfte ein duftendes Taschentuch aus ihrer Handtasche. Damit wischte sie ihr behutsam über den Mund.

»Du bist mein Lieblingskind. Lass dir nie etwas anderes einreden, hörst du?«

Die Fee gab ihr einen Kuss auf die Stirn, und sie gingen weiter bis zu dem Kaufmannsladen, in dem es nach gebratenen Frikadellen roch. Noch berauscht von dem Geschmack der dunklen Kugel, betrat sie an der Hand der Fee das Geschäft. Die kleine Glocke über der Tür erklang. Hier war es noch viel schöner als in den Geschäften, die sie von zu Hause kannte. Es war alles kleiner und gleichzeitig größer. Sie konnte es nicht besser beschreiben. Wie der ganze Ausflug war auch der Besuch im Laden ein Ritual. Zuerst gingen sie an die Fleischtheke, wo sie ein Würstchen bekam. Sie hatte einmal versucht, es unter ihrer Bluse zu verstecken und so in die andere Welt hinüberzuretten, doch die Fee bestand darauf, dass sie es auf der Stelle aß. Darum ließ sie sich nicht zweimal bitten. Danach gingen sie zielgerichtet durch den Verkaufsraum. Die Fee kaufte immer die gleichen Dinge: eine Schachtel Zigaretten, eine

Flasche Limonade, ein Päckchen Butter und ein Glas Marmelade.

Die ganze Zeit über hielt die Fee die Hand des Mädchens fest. In der anderen trug sie den Einkaufskorb. Sie war eine Fee, sie konnte alles. Zum Schluss kamen sie an die Kasse. Dahinter stand meistens ein Mann, der sie freundlich begrüßte.

»Na, Lieblingskind«, sagte er und lächelte sie an.

In dem gleichen Maße, wie es ihr peinlich war, gefiel es ihr. So viel Aufmerksamkeit war sie von daheim nicht gewohnt. Auch nicht im Haus, wo es sehr streng zuging und man aufpassen musste, was man tat und sagte. Hier nicht. Hier wurde sie wie eine Prinzessin behandelt. Wurde beschenkt. Einfach so, ohne erkennbaren Grund. So musste sich das Paradies anfühlen.

»Erlaubt die Tante dir wieder etwas Süßes?«

Sie beide blickten gespannt zu der Fee. Wie eine Königin schloss diese kurz die Augenlider, und ihr Kopf neigte sich sanft nach unten und wieder nach oben.

»Da hast du aber Glück.« Der Mann an der Kasse zwinkerte ihr zu.

Dann kam der große Augenblick. Er trat zur Seite und gab den Blick auf die Süßigkeiten frei. Lauter bunte Köstlichkeiten, die in ihren großen Glasbehältern darauf warteten, verspeist zu werden. Vorsichtig tippte sie auf drei der Gläser. Der Verkäufer nahm die Zange, mit der er die Süßigkeiten in eine spitz zulaufende Papiertüte gleiten ließ. Das Herz des Mädchens hüpfte, als er ihr lächelnd den Schatz überreichte.

»Danke«, flüsterte sie, wobei ihr Blick verstohlen auf den großen, bunt gestreiften Kreisel fiel, der neben der Kasse stand. Wenn sie artig war, hatte die Fee ihr versprochen, würde sie ihr das Spielzeug zum Abschied schenken. Rasch wandte sie den Blick ab. Es war ihr Geheimnis.

»Aber nicht alles auf einmal essen, sonst gibt es Bauchschmerzen«, sagte der Mann.

Wie gern hätte das Mädchen seinen Rat befolgt. Nicht um Bauchschmerzen zu verhindern, die bekam sie nie. Sondern um den Schatz zum Haus zu bringen und mit ihren Freunden zu teilen. Aber auch das durfte sie nicht. Dort waren Süßigkeiten streng verboten. Bis sie am Haus ankamen, musste die Tüte leer sein. Das war die Abmachung. Niemand durfte davon erfahren. Daran hielt sie sich. Auch wenn es sich falsch anfühlte, ihre Freunde zu hintergehen. Die Ausflüge waren der einzige Lichtblick. Der Grund, warum sie es hier überhaupt aushielt. Das wollte sie nicht preisgeben, auch wenn ihr Verhalten egoistisch und dumm war.

An der Kasse war der einzige Moment, in dem die Fee ihre Hand losließ, um die Waren auf den Tresen zu legen und zu bezahlen. Gehorsam wich sie nicht von ihrer Seite. Denn das war nicht erlaubt. Für diesen Ausflug gab es Regeln, die sie peinlich genau befolgte.

Nachdem die Fee alles in ihren Beutel gelegt hatte, streckte sie ihre Hand aus. Das Mädchen ergriff sie und spürte, wie die weichen, warmen Finger der Fee sie sanft umschlossen. Sie verabschiedeten sich und die Glocke ertönte wieder. Vor dem Laden kniete sich die Fee nieder. Sie nahm die Schultern des Mädchens in beide Hände.

»Du weißt, das bleibt unser Geheimnis?«, fragte sie.

Das Mädchen nickte und dachte im Stillen an den Kreisel.

»Die Tüte muss leer sein, wenn wir zurückkommen.«

»Ja.«

»Mein Lieblingskind. Du wirst es noch weit bringen. Wenn du dich nur an die Regeln hältst. An unseren geheimen Pakt. Dann kauf ich dir zur Belohnung den schönen bunten Kreisel.« Sie zwinkerte.

»Das werde ich, versprochen.«

»Schwörst du es, bei dem Leben deiner Mutter?«

Sie hob den rechten Arm und spreizte drei Finger zum Schwur. »Ich schwöre.«

»So ist es gut.«

Die Fee lächelte und gab ihr einen Kuss auf die Stirn. Das Mädchen genoss die mütterliche Zärtlichkeit, solange sie währte. Gleich würde es vorbei sein und die Fee würde sich wieder in die böse Hexe verwandeln. In die Frau, die alle schikanierte. Es war das Haus, das an ihrer Verwandlung schuld war. Davon war das Mädchen überzeugt. Die Fee konnte nichts dafür. Sie war unschuldig. Das Mädchen wusste das. Das würde sie immer wissen. Ihr Pakt würde ihrer beider Geheimnis bleiben. Bis in den Tod. Und darüber hinaus.

2

Seufzend blickte Peter Brandt auf die Unmengen von Zuschriften, die er auf die Anzeige in einer großen Wochenzeitung erhalten hatte. Offensichtlich gab es ziemlich viele Frauen, die sich einen neuen Partner an ihrer Seite wünschten. Er selbst kannte diese Sehnsucht nicht. Nach dem Tod seiner Frau Marion war er damit ausgefüllt gewesen, sie zu vermissen. Der Gedanke an eine andere Frau war ihm nie in den Sinn gekommen. Sogar als er Henriette kennengelernt hatte, war es ihm nicht richtig vorgekommen. Zum Glück, denn einige Wochen später war sie tot gewesen. Ausgerechnet mit Greta Jansen hatte sich seine Meinung geändert. Es war keine bewusste Entscheidung gewesen. Es war einfach passiert. Sie war seine langjährige Nachbarin, die er eigentlich nie hatte ausstehen können, deren plumpe Annäherungsversuche ihm immer zuwider gewesen waren. Selbst die für seinen Geschmack viel zu intime Zusammenarbeit bei den Proben zum *Kophusener Jedermann* hatte nichts an diesem Zustand ändern können. Passiert war es dennoch. Letztes Jahr, als ihr zwei Vögel aus der Voliere gestohlen worden waren und sie völlig aufgelöst vor seiner Tür gestanden hatte. Trotz seines Berufs als Polizeihauptmeister konnte er sich nicht erklären, wie es dazu gekommen war. Zugegeben, sie hatten auf den

Schock einen Schnaps getrunken und dann noch einen, und zu allem Überfluss hatten sie einige Biere zu sich genommen. Aber warum er sie plötzlich hatte küssen wollen, blieb ihm ein Rätsel. Der Morgen danach war seltsam, aber nicht unangenehm gewesen. Und seitdem hatte es ihm zunehmend gefallen. Das schlechte Gewissen Marion gegenüber hatte er durch einen einfachen Trick außer Kraft gesetzt. Er und Greta hatten einen Pakt geschlossen. Sie würden nie versuchen, ihre verstorbenen Partner zu ersetzen. Greta und Eduard waren ein halbes Leben lang zusammen gewesen. Sie hatten sich geliebt, so wie er und Marion sich geliebt hatten. Ihre Ehen waren unantastbar. Sie schworen sich, diese Liebe in Ehren zu halten und sie nie mit dem zu vergleichen, was sie beide miteinander verband. Seltsamerweise funktionierte das. Immer wenn Peter an Marions Bild im Flur vorbeiging, schien sie zu lächeln. Zu verstehen.

»Die ist es!«, rief Greta begeistert und tippte mit dem Finger auf den Ausdruck der E-Mail, der auf dem Küchentisch lag.

»Meinst du?«, fragte Peter, der neben ihr saß.

»Lies ihn noch mal«, schlug sie vor, während sie aufstand und eine frische Kanne Tee aufsetzte.

Peter war die anfängliche Euphorie für ihren Plan, eine Frau für seinen Kollegen und besten Freund Hauke Thomsen zu finden, abhandengekommen. Er hatte sich diese Aufgabe leichter vorgestellt. Einige dieser E-Mails waren deprimierend, andere wiederum strotzten vor Lebensfreude und Intelligenz.

Greta schien ihm seine Stimmung anzusehen. »Nun komm schon. Niemand hat gesagt, dass es einfach wird«, sagte sie, während sie ihm mit der Hand durch sein dünner werdendes Haar strich.

»Ja, aber«, er nahm das Foto einer Mittvierzigerin vom Tisch, »im Ernst?«

Greta lachte. Er mochte ihr Lachen. Es war nicht mehr so laut und künstlich, wie er es noch vor einem Jahr empfunden hatte. Überhaupt war sie ganz anders als vorher. Und trotzdem war es Peter immer noch ein bisschen unheimlich, ausgerechnet mit der Frau, die er jahrelang gemieden hatte, zusammen zu sein. Sie hatten sich über mehrere Monate langsam angenähert und beschlossen, ihre Beziehung für sich zu behalten, solange sie sich nicht ganz sicher waren.

»Du wolltest unbedingt eine Zeitungsannonce.«

Peter nickte. Er hatte nicht damit gerechnet, dass die meisten der Frauen studiert hatten und auf den Fotos aussahen, als wären sie Professorinnen oder CEOs von internationalen Konzernen.

»Kannst du dir die an Haukes Seite vorstellen? Wenn der den Mund aufmacht, nimmt die doch sofort Reißaus.«

»Na, na, nun übertreib mal nicht. Hauke ist ein gut aussehender und kluger Mann.«

»Ja, aber das weiß er gut zu verbergen. Wenn du den manchmal reden hörst, ist das wie ein Unfall. Du willst weghören, aber du kannst nicht.«

»Es muss ja nicht gleich eine Amtsrichterin sein.«

»Nee, bitte nicht. Dann dauert es nicht lange und Hauke hat eine Strafanzeige wegen Beleidigung an der Backe. Die interne Ermittlung gegen uns haben wir gerade eben so überlebt, da hole ich uns nicht auch noch die Judikative ins Haus.«

Greta strich ihm zärtlich über die Wange. Sie wusste, wie sehr ihm diese ganze Sache mit der DIVE, der internen Ermittlungsgruppe, zugesetzt hatte. Die Sitzungen bei seinem Yogi Sohanraj hatte er verdoppeln müssen.

Sein Chef und Freund Philip Goldberg war haarscharf an der Suspendierung vorbeigeschrammt. Anfangs war Peter misstrauisch gewesen, da die Ermittlung sich allzu rasch in Wohlgefallen aufgelöst hatte. Doch der Kommissar würde nicht mit der Sprache rausrücken, da waren Hauke und er sich ausnahmsweise einmal einig. Philip war nicht gerade eine Plaudertasche. Natürlich hatte Peter das nicht auf sich sitzen lassen können und *Operation Blaues Auge* ins Leben gerufen. Nach wenigen Wochen hatte er allerdings erkennen müssen, dass seine Beziehungen nicht weit genug reichten, um hinter Philips Geheimnis zu kommen. Wenn es denn überhaupt eines gab. Sie hatten sogar versucht, ihn betrunken zu machen. Aber auch dieser Plan war fehlgeschlagen. Es hatte nicht lange gedauert, bis er sie durchschaut hatte.

Zuerst war Peter enttäuscht gewesen. Doch er hatte begriffen, dass auch er Geheimnisse hatte, die er vor seinen Kollegen verbarg. Greta zum Beispiel. Und er hatte es akzeptiert. Den wiederkehrenden Impuls, der Sache auf den Grund zu gehen, unterdrückte er fortan. Vielleicht war es tatsächlich besser so.

»Ich bin froh, dass das Gutachten über deinen Chef zu seinen Gunsten ausgefallen ist«, bemerkte Greta.

»Und ich erst. Nicht auszudenken, wenn sie die Kophusener Polizeistation geschlossen hätten. Womöglich wären wir nach Krempe zu Rolf versetzt worden. Das wäre übel ausgegangen, sage ich dir. Sowohl für ihn als auch für uns.«

»Also, mein Lieber, ich werde die Flinte auf keinen Fall so mir nichts, dir nichts ins Korn werfen.« Greta setzte sich ihm gegenüber und schob ihm einen frischen Becher Tee vor die Nase. »Ich schlage vor, wir gehen systematisch vor. Wir sortieren sie in drei Gruppen. Die, die wir getrost vergessen können, die, die im Bereich des Möglichen liegen, und die, die sich ganz passabel anhören.«

Peter hielt den Ausdruck der E-Mail in die Höhe. »Und die findest du passabel?«

»Warten wir das persönliche Kennenlernen ab, bevor wir sie aussortieren. Manche Dinge brauchen Zeit. Wir zwei sind doch das beste Beispiel.«

Ihr Lächeln ließ ihn kapitulieren. »Na gut. Aber ich habe ein Vetorecht. Immerhin kenne ich diesen Mann besser als er sich selbst.«

»Wenn du dich da mal nicht zu weit aus dem Fenster lehnst.«

»Glaub mir, Hauke würde sein Glück nicht erkennen, wenn er neben ihm im Bett aufwachen würde. Das hat er oft genug bewiesen.«

»Ist er wirklich so ein Schürzenjäger, wie alle behaupten?«

»Schlimmer.«

»Du übertreibst.« Sie lachte.

»Nee, bestimmt nicht. Ich habe irgendwann aufgehört zu zählen. Unser lieber Kollege macht ja keinen Hehl aus seinen sogenannten Eroberungen. Mich würde nicht wundern, wenn er für jede Frau, die er rumkriegt, eine Kerbe in sein Bettgestell haut. Und immer dann, wenn er sich mal so richtig verliebt hatte, waren das genau die Falschen. Und was für welche! Das eine Mal hat er sich

vor lauter Liebeskummer so besoffen, dass er sich tage-
lang in der Kirche verkrochen hat. Hätte Philip ihn
nicht entdeckt, wäre er vermutlich längst tot.« Peter biss
sich auf die Zunge. Sie hatten Hauke versprechen müssen, nichts über diesen peinlichen Vorfall zu erzählen.
Niemandem. »Das darfst du aber nicht weitersagen!
Hörst du?«

»Ich stelle mich doch nicht zwischen dich und deinen besten Freund.«

Peter nickte erleichtert. »Ganz zu schweigen von der
letzten Katastrophe. Ein Wunder, dass die Kollegen
dichtgehalten haben. Wenn diese Fotos jemals an die
Öffentlichkeit gelangen sollten, du, dann ist mächtig
was los. Die Frau ist untergetaucht, aber wer weiß, was
die inzwischen ausheckt. Ganz schussecht war die ja
nicht.«

»Das klingt, als müssten wir Hauke vor sich selbst
schützen.«

Sie hatte recht. Sein Kollege würde noch über seinen
eigenen Penis stolpern, wenn er nicht endlich solide
werden würde. Anders konnte man das nicht ausdrücken. Diese unsäglichen Affären würden ihn irgendwann zu Fall bringen, das predigte er seinem Freund
schon seit Jahren. An Hauke prallte das jedoch ab.

»Gut, wir bilden drei Haufen.« Peter ordnete die Zuschriften akkurat zu einem großen Stapel. Er nahm das
erste Blatt. »Renate aus Husum, fünfundsiebzig Jahre
alt. Pensionierte Lehrerin. Mehr braucht man wohl
nicht zu sagen, oder?«

Greta nickte sanft.

Peter legte ihre Zuschrift auf den Stapel der Kategorie
Getrost vergessen. Hauke brauchte nicht noch eine Mutter,

er brauchte eine ebenbürtige Partnerin in seinem Alter. »Lisa, achtundvierzig, aus Hamburg. Optikerin. Ist geschieden, hat einen Sohn und sieht doch sehr nett aus.«

»Auf jeden Fall Stapel eins.«

»Obwohl …« Peter überlegte kurz. »Hauke als Vater?«

»Warum denn nicht?«

»Der Mann hat noch nicht einmal ein Haustier.«

»Wollte er nie Kinder?«

Peter zuckte die Achseln. »So persönlich reden wir nicht zusammen.«

»Das nennt ihr persönlich? Worüber redet ihr denn? Das Wetter?«

»Auch.«

Greta griff kopfschüttelnd nach dem nächsten Ausdruck. Insgesamt waren es über hundert E-Mails, die in dem eigens dafür eingerichteten Postfach eingegangen waren. Und das bereits nach dem ersten Tag des Erscheinens. Sie mussten rigoros aussortieren, wenn sie der drohenden Flut Herr werden wollten. Die Anzeige war drei Wochen geschaltet. Sie hatten bis Mai gewartet. Im Frühjahr, glaubten sie, würde es leichter sein, weil die Menschen zu neuem Leben erwachten. Ihr Plan war es, die geeigneten Kandidatinnen zu einem persönlichen Treffen nach Bielenberg einzuladen. Wenn es ihnen ernst war, mussten die Damen schon etwas Einsatz zeigen und bereit sein, zu ihnen an die Elbe zu kommen. Den Anzeigentext hatten sie kurz gehalten. Daraus ging natürlich hervor, dass das Objekt der Begierde sich nicht selbst auf die Suche machte. Sie wollten mit offenen Karten spielen. Dass das besagte Objekt selbst nichts von dem Vorhaben wusste, war ein Umstand, den sie zu gegebener Zeit preisgeben wollten.

Ein bisschen kam Peter sich vor wie in einer dieser schauderhaften Kuppelshows aus dem Fernsehen. Nicht dass er diese Art von Sendungen ernsthaft verfolgte, aber man kam auch nicht recht an ihnen vorbei. Mit Marion hatte er sich früher gern die Sendung *Herzblatt* angeschaut, als sie noch von Rudi Carrell moderiert worden war. So viel Aufwand würden sie natürlich nicht betreiben. Wie sie Hauke stattdessen ihre Vorauswahl präsentieren wollten, daran wagte er im Moment noch nicht zu denken. Insgeheim hoffte Peter, Haukes Flirtreflex würde die Oberhand über die drohende Empörung gewinnen. Er schob den Gedanken beiseite und richtete seine Aufmerksamkeit wieder auf die Stapel vor sich.

Nacheinander gingen sie sämtliche Bewerbungen durch. Die meisten der Frauen schienen überproportional gebildet und gut situiert zu sein. Also nichts für Hauke. Nicht dass er dumm gewesen wäre. Im Gegenteil. Ebenso wenig litt sein Freund unter einem Minderwertigkeitskomplex. Aber er reagierte allergisch auf alle Menschen, die sich etwas auf Herkunft, Bildung oder gar Geld einbildeten. Im Grunde war Hauke ein Snob, nur dass er im Vergleich zu anderen auf der deutlich weniger vermögenden Seite stand. Er verabscheute alle Personen, die mit dem, was sie besaßen, angaben oder sich in Szene setzten. Plötzlich kam Peter eine Idee. Vor seinem inneren Auge sah er eine Wand mit einem verspiegelten Fenster zum Nebenraum. Eine Gegenüberstellung, in der Hauke sich hinter dem Spiegel die Frauen aussuchen konnte, die ihm gefielen. Anhand von Nummern. Würde das funktionieren? Bewies er damit Humor oder war es nicht eher zutiefst politisch inkor-

rekt? Er blickte verstohlen zu Greta, die über dem vor-
letzten Brief brütete. Würde sie lachen oder ihm eine
fette Ohrfeige verpassen? Besser, er ließ diese Frage un-
beantwortet. Hauke fände es sicher komisch. Allein das
war Antwort genug.

»Stapel eins«, sagte Greta. »Oder was meinst du?«

Peter schüttelte das Bild ab und griff nach dem Papier,
das ihm seine Freundin entgegenstreckte. Er stockte.
Seine Freundin, wiederholte er in Gedanken. Waren sie
schon so weit? War Greta jetzt seine Freundin?

»Olivia, sechsundvierzig Jahre alt, wohnt in Elmshorn.
Sie wirkt sehr sympathisch. Ledig, noch nie verheiratet.
Apothekerin.«

»Die sieht nett und frech aus.« Peter schaute auf das
Foto, das sie an den Bogen getackert hatten. »Hoffentlich erwischen wir bei unserer Auswahl keine aus Haukes
umfangreicher Sammlung«, kam es ihm in den Sinn.

»Das wäre aber ein arger Zufall, oder?«

»Ja, das stimmt. Manchmal geht das Schicksal allerdings verschlungene Wege. Und bei dem Verschleiß,
den Hauke an den Tag legt, kann man's nicht hundert-
prozentig ausschließen.«

Ihre Blicke trafen sich. Ihr Lachen war ansteckend.
Hoffentlich hatte Hauke dieses Mal auch so viel Glück.

3

Goldberg lag auf dem Sofa. Seinen Kopf in Magdas Schoß, beobachtete er, wie seine Freundin aufmerksam die nächste Seite ihres Buches aufschlug. Sie war eine von den Buchhändlerinnen, die ihren Beruf sehr ernst nahmen und auch am Wochenende viel Zeit mit Büchern verbrachten. Goldberg dagegen las eher selten. Ihm fehlte es an Konzentration. Er versuchte, diesen Augenblick der Ruhe zu genießen, doch das Lesebändchen kitzelte ihn. Der Kommissar pustete es mit einem kräftigen Stoß beiseite. Magda hob das Buch und sah ihn an.

»Brauchst du Aufmerksamkeit?«, fragte sie und lächelte.

Dieses spöttische Lächeln mochte er noch immer und hoffte, dass es ihm nie über werden würde. Goldberg nickte gespielt traurig. Sie beugte sich zu ihm und gab ihm einen Kuss.

»Reicht das?«

Goldberg machte eine vage Geste.

»Ich will noch die Mitte schaffen.«

Das war die Art, wie sie Bücher las, die ihr nicht besonders gefielen. Fünfzig Seiten vom Anfang, fünfzig von der Mitte und ebenso viel vom Ende. Eine Buchhändler-Krankheit, so nannte sie es. Hauptsache, man konnte etwas über Inhalt und Schreibstil sagen, damit man es der passenden Kundin verkaufen konnte. Sie warf ihm einen Luftkuss zu und widmete sich wieder dem unge-liebten Roman.

Goldberg erhob sich und ging in die Küche. Einen Espresso dürfte er für heute noch trinken. Er hatte erst zwei gehabt.

»Machst du mir auch einen? Mit Milch bitte.«

»Sehr wohl, Madame.«

Magda antwortete nicht, aber er wusste, dass sie amü-siert mit den Augen rollte. Die Maschine gab ein ge-räuschvolles Ächzen von sich und begann, sich warm zu laufen. Mittlerweile hatte er sich in ihrem kleinen Domi-zil, einer schmucken Reetdachkate in Kollmar, eingelebt. Magda hatte ihren Mann Georg nach der Scheidung ausbezahlt. Der Kredit, den sie dafür aufnehmen musste, war fast getilgt. Sie spielten mit dem Gedanken, den Mietvertrag für das Häuschen, in dem er gewohnt hatte, zu kündigen. Sie würden eine Menge Geld sparen. Goldberg konnte sich trotzdem nicht recht durchringen, das Kleinod am Rande von Kophusen endgültig aufzu-geben. Es war für ihn der Beginn einer neuen Zeitrech-nung gewesen. Dieses Haus hatte ihn nach dem Tod seiner Ziehtochter Muriel mit schützenden Armen auf-genommen. Der Apfelbaum im Garten hatte ihm viele Male Schatten und Trost gespendet. Wie Balsam hatte die Ruhe sich auf seine Wunden gelegt und nicht unwesent-lich zur Heilung beigetragen. Doch spätestens jetzt, da er Stationsleiter in Kophusen bleiben durfte, sprach eigent-lich nichts mehr dafür, sein Haus zu behalten.

Es gab genau zwei Menschen, die wussten, wie er diesen Coup, seine Stelle nicht zu verlieren, bewerkstelligt hatte. Magda zählte nicht dazu. Nachdem er sich im Novem-ber einer umfangreichen psychologischen Begutachtung hatte unterziehen müssen, war er nach Berlin gereist. Unter dem Vorwand, sich mit Jens Steirer, seinem besten Freund und ehemaligen Therapeuten, zu treffen, hatte er sich einige Tage in einem Hotel einquartiert. Seine Eigentumswohnung in Berlin war vermietet. Allerdings hatte er sich nicht nur mit Jens getroffen, der einer der beiden Geheimnisträger war, sondern auch mit Axel, seinem früheren Kollegen, der inzwischen weit oben in der Hierarchie mitspielen durfte.

Bei der Erinnerung an diese Begegnung spürte Goldberg das drängende Gefühl, seinen Mageninhalt zu entleeren. Rasch schob er den Gedanken beiseite. Axel sollte nicht länger sein Problem sein. Mit routinierten Handgriffen bereitete er zwei duftende Espressi zu. Er fügte dem einen den gewünschten kleinen Schubs heiße Milch hinzu und brachte ihn Magda. Mit dem anderen machte er es sich gerade auf dem Sofa gemütlich, als das Telefon klingelte. Goldberg stand auf und warf einen Blick auf das Display.

»Für dich?«, fragte Magda.

Nickend nahm der Kommissar das Gespräch an. »Hauke, was ist los?«

»Scheiße, das ist los!«

Goldberg sah Magdas Grinsen. Die Stimme seines Mitarbeiters drang so laut aus dem Telefon, dass sie das Gespräch mithören konnte.

»Geht es etwas konkreter?«, fragte er und nahm einen Schluck aus der kleinen Tasse.

»Wir haben einen Notruf erhalten.« Hauke schnaubte.

»Und?«

»Verdacht auf Einbruch. Ich hol dich ab.«

»Ja, gut. Bis gl…«

Ein Klicken am anderen Ende. Goldberg stellte das Telefon zurück auf die Station.

»Ein Einbruch?«, erkundigte sich Magda.

»Sieht so aus. Mehr war nicht aus ihm rauszukriegen.«

Hauke hatte mächtig schlechte Laune. Die Aussicht, an einem nebligen Sonntag im feinsten Nieselregen nach vermeintlichen Einbrechern zu suchen, schlug sich auf sein Gemüt. Er parkte den Streifenwagen am Straßenrand und stellte den Warnblinker an.

»Philip, die Alte hat sie nicht alle. Ich sage euch schon seit Jahren, dass wir endlich die Behörden einschalten sollen. Die lebt allein in diesem Bunker. Wer bricht denn da bitte freiwillig ein?«

»Die Nachbarn jedenfalls nicht«, kommentierte Goldberg.

»Jetzt kriegt die auch noch Wahnvorstellungen. Als ob die Alte nicht schon verrückt genug wäre.«

Hauke stieg aus und stapfte voran. Sie kannten diese Adresse zur Genüge. Ursula Neumann war um die achtzig Jahre alt und wohnte in diesem Haus, lange bevor Goldberg seine Stelle in Kophusen angetreten hatte. Die ältere Dame war alleinstehend und schien eine obsessive Vorliebe für Abgeschiedenheit zu haben. Das Innere des Hauses hatten sie noch nie zu Gesicht bekommen. Frau Neumann ließ niemanden in diese heiligen Hallen. Ihr gesamtes Grundstück hatte sie durch hohe Holzzäune inklusive Maschendrahtabschluss gesichert. In der Vergangenheit hatten sie mehrmals ausrücken müssen, da sie regelmäßig Dinge in ihrem Garten verbrannte, die verdächtig nach Kunststoff rochen und dichte Rauchschwaden produzierten, durch die sich ihre Nachbarn gestört fühlten. Jedes Mal hatten sie sie belehrt, aber es nützte nichts. Im Gegensatz zu seinem Kollegen zweifelte Goldberg nicht an dem Verstand der betagten Dame. Vielmehr glaubte der Kommissar, dass sie alte Geister plagten, und dafür hatte er durchaus Verständnis.

Die Haustür unterschied sich auf den ersten Blick nicht von denen der Nachbarschaft. Die beiden Fenster links und rechts jedoch ließen auf ihre eigensinnige Lebensart schließen. Mit Zeitungspapier abgeklebt, verhinderten sie jeglichen Einblick. Und Ausblick. Das war nicht verboten, entlockte Hauke allerdings jedes Mal eine unflätige Bemerkung.

»Die Zeitungen sind von anno schieß mich tot«, sagte Hauke. »Wir sollten die Bude ausräuchern, wenn du mich fragst.«

»Ich frage dich aber nicht«, erwiderte Goldberg und betätigte den Klingelknopf.

Hauke wusste aus Erfahrung, dass er sich bei diesen Besuchen im Hintergrund zu halten hatte. Sein Temperament trug nicht zur Deeskalation bei. Im Gegenteil. Goldberg klingelte noch einmal, und es dauerte einige Minuten, bis Schritte zu hören waren. Dann endlich erklang das vertraute Klacken diverser Schlösser. Selbst wenn jemand den Mut aufbrachte, in dieses Haus einzudringen, Goldberg glaubte nicht, dass es ohne Weiteres gelingen würde.

»Das werden auch immer mehr«, murmelte Hauke. »Als würde sie in Fort Knox wohnen.«

Goldberg ignorierte seine Bemerkung und wartete geduldig, bis das Klacken verklang. Normalerweise war Ursula Neumann eine resolute Erscheinung, die sich nicht einschüchtern ließ. Aber dieses Mal öffnete ihnen eine verhuschte Frau die Tür. Durch den schmalen Spalt erkannte er ihr ungewohnt bleiches Gesicht. Ihre Kurzhaarfrisur wirkte, als käme sie gerade aus dem Bett. Goldberg ließ sich sein Erstaunen nicht anmerken.

»Guten Tag, Frau Neumann. Sie erinnern sich vielleicht an mich? Goldberg. Philip Goldberg.«

Ihr stummes Nicken war ebenfalls ungewöhnlich. Bei den letzten Besuchen war sie nicht so schweigsam gewesen.

»Sie haben den Notruf alarmiert. Was ist passiert?«, erkundigte Goldberg sich.

Ihre Augen wanderten von ihm zu Hauke. Den Bruchteil einer Sekunde schien sie zu überlegen, was sie tun sollte. »Ich habe mich geirrt«, sagte sie knapp.

»Dürfen wir vielleicht reinkommen? Dann könnten wir zur Sicherheit nachsehen, ob auch wirklich alles in Ordnung ist«, meinte der Kommissar.

Instinktiv gab sie der Haustür einen winzigen Ruck, der den Spalt noch schmaler werden ließ.

»Sie wissen, dass ich Sie nicht reinlasse. Das brauche ich auch nicht. Ich kenne meine Rechte. Es ist alles in Ordnung. Keine Einbrecher. Ich habe mich getäuscht.« Ihre Stimme klang fest und entschlossen. Allerdings schielten ihre Augen kurz nach hinten in den dunklen Flur, als würde sich dort jemand verbergen.

Das leise Schnauben seines Kollegen überhörte Goldberg geflissentlich. »Sind Sie sicher? Wir schauen gerne für Sie nach.«

»Nein, nicht nötig. Es war nur Filou, mein Kater. Er hat eine Tasse vom Regal geschmissen. Guten Tag.«

Sie nickte kurz und drückte ihnen die Tür vor der Nase zu. Den Polizeibeamten blieb nichts anderes übrig, als dem Klacken der Schlösser zu lauschen, die nacheinander einrasteten.

»Verrückte Alte«, kommentierte Hauke und wandte sich zum Gehen. »Was für eine beschissene Zeitverschwendung. Und dafür sind wir extra hergekommen.«

Goldberg blieb stehen, bis das Klacken verklungen war und sich ihre Schritte wieder entfernt hatten. Sein Gefühl sagte ihm, dass in diesem Haus etwas nicht stimmte. Doch das gab ihnen nicht das Recht, gewaltsam in ihr Heim einzudringen und es zu durchsuchen. Ein Bauchgefühl bot ihm keine Handhabe. Ein Gang um das kleine Einfamilienhaus war nicht möglich. Die Zäune versperrten jeglichen Zutritt. Sie wollte nicht gesehen werden. Und das war ihr außergewöhnlich gut gelungen.

»Kommst du jetzt endlich? Ich fahre dich zu deiner Angebeteten zurück.«

Goldberg gab den Widerstand auf und folgte seinem Kollegen, der bereits in den Streifenwagen stieg.

»Kam dir das nicht seltsam vor?«, fragte er, als er auf dem Beifahrersitz Platz genommen hatte.

»Die Alte ist und bleibt seltsam.«

»Ja, aber hast du ihren Blick bemerkt?«

»Wahrscheinlich haben wir sie aus dem Bett geholt. Die hat doch nichts anderes zu tun, als den lieben langen Tag zu pennen.«

»Aber sie wählt doch nicht den Notruf und legt sich dann ins Bett.«

»Die Frau ist irre, Mann! Wahrscheinlich bereitet sie sich auf den Untergang der Welt vor.«

Goldberg zückte sein altes Nokia-Gerät aus der Innentasche seines Leinensakkos.

»Wen rufst du an?«

»Peter.«

»Wegen der Lappalie? Der hat heute frei.«

Der Kommissar überlegte es sich anders. »Du hast recht. Stören wir ihn besser nicht.« Er musste lächeln.

»Was ist so lustig?«, fragte Hauke.

»Peter hat ein neues Hobby: Puzzeln. Das hat er mir jedenfalls gestern weismachen wollen, als ich ihn fragte, was er mit seinem freien Tag anstellen will.«

Hauke schnalzte mit der Zunge. »So nennt man das also im gesetzten Alter?« Er grinste breit. Dieses Thema wirkte immer bei ihm. Haukes Laune hatte sich schlagartig verbessert. »Der Mann verarscht uns, wenn du mich fragst. Langsam nehme ich das persönlich. Warum zeigt er uns seine neue Flamme nicht? Ist die so hässlich?«

»Vielleicht ist es ihm peinlich.«

Hauke riss die Augen auf. »Du meinst, sie ist so jung, dass sie seine Tochter sein könnte?«

»Nein. Ich meine, dass er ein schlechtes Gewissen gegenüber Marion hat.«

»Ach, Quatsch. Die ist jetzt bald zehn Jahre tot. Wird endlich Zeit, dass er mal wieder in den Sattel springt. So lange ohne hält doch keiner aus. Da kriegt man ja einen Knoten im Dödel.«

»Damit hast du sicher keine Probleme.«

»Ich kann nichts für mein gutes Aussehen. Das ist Natur.«

»Darwin ist also schuld.« Goldberg sah, wie Hauke den Mund öffnete, und wechselte rasch das Thema: »Hast du das schon einmal gemacht?«

»Einmal? Machst du Witze?«, erwiderte sein Kollege lachend.

»Hauke, ich rede vom Puzzeln.«

»Ach so, dachte schon, du brauchst ein paar Ratschläge.«

Goldberg zog seine rechte Augenbraue hoch und warf seinem Kollegen einen unmissverständlichen Blick zu.

»Ist ja schon gut. Ja, ich habe es ein paar Mal probiert, war aber nicht so mein Ding. Mir fehlt die Geduld für so etwas. Außerdem hasse ich es, wenn diese kleinen Pappdinger ständig vom Tisch fallen und ich sie nicht wiederfinde.«

Hauke startete den Motor. Goldberg warf einen letzten Blick auf das Haus, das wie eine heruntergekommene Festung aussah. Sein Kollege schien sein Unbehagen zu spüren.

»Lass es gut sein, da ist niemand eingebrochen. Bei der sind nur die Schrauben locker. Das ist alles«, beschwichtigte Hauke ihn.

Der Streifenwagen fuhr an und ließ das Haus im Seitenspiegel immer kleiner werden. Goldberg blieb ein mulmiges Gefühl im Magen. Er hoffte, sein Kollege würde ausnahmsweise recht behalten.

4

Hauke schloss die Tür zur Polizeistation auf. Es kam in letzter Zeit auffällig oft vor, dass er der Erste morgens war. Normalerweise war das Peters Job. Aber der lag wahrscheinlich noch in den Armen seiner ominösen Unbekannten und verlängerte das Wochenende. Beneidenswert, fand er. Bei ihm war es schon einige Monate her, dass er in den Armen einer Frau gelegen hatte. Nicht, dass er es nicht versucht hätte. Aber er hatte sich verändert. Ben hatte ihn verändert. Nicht im Kern. Er war kein anderer Mensch geworden. Allerdings ließ diese Begegnung seine zahlreichen Affären in einem anderen Licht erscheinen. Das Schicksal dieses Mannes hatte etwas in ihm ausgelöst, dass er nicht näher beschreiben konnte. Hauke hatte sogar überlegt, ihn zu besuchen. Ben war nach Schleswig in die Forensische Psychiatrie gebracht worden. Hauke verfolgte den Prozess im *Norddeutschen Kurier.* Der arme Kerl hatte alles verloren. Es gab niemanden, der sich um ihn kümmerte. In dem Verfahren drehte es sich nur um die Grausamkeiten, die er angerichtet hatte, und um seinen geistigen Zustand. Niemand machte sich die Mühe, über seine wahren Beweggründe nachzudenken. Außer Hauke Thomsen. Ausgerechnet er. Immer wenn er Anstalten machte, eine Frau anzusprechen, spürte er Bens Arme um seine Schultern, und jegliche sexuelle Energie verpuffte auf der Stelle. Es war wie ein Reflex. Er musste diese Bilder loswerden. Mit Ende vierzig war er zu jung, um nie wieder Sex zu haben. Wobei er zugeben musste, dass es ihm nicht unbedingt fehlte. Der Sex an sich schon, aber die verzweifelte Jagd danach wirkte seltsam schal. Möglicherweise war es Zeit für etwas Festes, Ernsthaftes. Etwas, das sein Herz berührte, wofür es sich zu kämpfen lohnte, das länger hielt als ein paar Stunden. Das letzte Mal, als er es ernst gemeint hatte, ging gründlich daneben. Sophie hatte ihn eiskalt abserviert. Seit der wilden Affäre mit Elsa war sein Bett ebenso kalt geblieben. Er war nicht verliebt gewesen, die Demütigung hatte ihn dennoch tief getroffen. Doch sie war nichts gegen die Begegnung mit Ben. Er hatte niemandem von diesem Moment zwischen ihnen erzählt. Es war ihm peinlich. Er wollte nicht, dass die anderen auf komische Gedanken kamen.

Hauke setzte die alte Kaffeemaschine in Gang. Heute Morgen schien sie seinen Gemütszustand erfasst zu haben und zierte sich ausnahmsweise mal nicht. Gemächlich nahm sie ihre Arbeit auf. Zufrieden ging er am ockerfarbenen Tresen vorbei zur Garderobe und hängte seine Dienstjacke auf. Es war ungewohnt still. Eine Stille, die er nicht sonderlich gut ertrug. Als der Rechner einsatzbereit war, öffnete er seinen E-Mail-Account.

Das Geräusch des Dienstwagens erklang und Hauke atmete erleichtert aus. Es dauerte nicht lange und Peter stand gut gelaunt in der Tür.

»Moin, Hauke.«

»Du bist zu spät.«

»Nee, ich bin pünktlich.«

»Wie heißt sie?«

»Wer?«

Hauke verdrehte die Augen. So ein verdammter Witzbold. »Nun rück endlich damit raus. So langsam verliere ich die Geduld. Als ob wir nicht längst wüssten, dass du dich mit jemandem triffst. Was ist mit ihr? Ist sie hässlich? Alt? Oder zu jung?«

»Weder noch.«

»Also gibst du es zu?«

»Ich gebe gar nichts zu. Und hör auf, mich zu nerven.«

»Ich dachte, wir wären Freunde.« Diese Masche hatte Hauke zwar schon probiert und sie hatte nicht funktioniert, aber er war verzweifelt. Und es kränkte ihn tatsächlich. »Beste Freunde erzählen sich so etwas. Ich habe nie einen Hehl aus meinen Frauengeschichten gemacht. Habe sie immer brüderlich geteilt, egal, wie demütigend sie auch gewesen sind.«

»Du hast sie uns aufgedrängt, Hauke. Das ist ein Unterschied.«

»Ach, jetzt auf einmal.«

»Nee, mein Lieber. Das war schon immer so.«

Peter lächelte versonnen, als er an dem gegenüberliegenden Schreibtisch Platz nahm. Das musste ja eine Wahnsinnsbraut sein, dachte Hauke. Das ging schon seit Wochen so. Wer zum Teufel war diese Frau und wo hatte er sie bloß kennengelernt? Ging er heimlich auf Singlepartys? Speeddating? Oder hatte er sie etwa über eine Partnerbörse im Netz aufgerissen? Hauke schüttelte den Kopf. Vielleicht war sie von hier? Es gab nicht viele alleinstehende Frauen in Kophusen. Moment! Hauke durchzuckte ein Geistesblitz. Womöglich war genau das das Problem. Sie war gar nicht alleinstehend. Sein ach so korrekter Kollege hatte eine wilde Affäre mit einer verheirateten Frau! Das würde auch diese beschissene Heimlichtuerei erklären.

»Hauke, was starrst du mich so an?«

»Ich bin hinter dein schmutziges Geheimnis gekommen, mein lieber Freund.«

»Können wir bitte mal das Thema wechseln?«

»Meinetwegen, aber ich habe dich im Auge und ich finde heraus, was du da treibst. Und vor allem mit wem.«

In dem Moment ging die Glastür auf und Philip trat ein.

»Gut, dass du kommst«, rief Peter. »Kannst du unserem übereifrigen Kollegen bitte sagen, dass er aufhören soll, mich zu belästigen?«

»Hauke, hör auf, Peter zu belästigen.«

»Das ist eine dienstliche Anweisung vom Chef!«, bekräftigte Peter.

Hauke hob demonstrativ die Arme, als ergebe er sich. Sein Grinsen wich einer gespielt ernsthaften Miene. Dann stand er auf und ging in die kleine Pantryküche, die rechts an den großen Büroraum grenzte. Eine winzige Abseite, die es einem gerade eben erlaubte, sich um die eigene Achse zu drehen. Er füllte zwei Becher, platzierte den einen auf Peters Schreibtisch. Im Sitzen nahm er einen großen Schluck aus seinem Lieblingsbecher mit der Aufschrift *Kein Bier vor vier*. Das gehörte zu seinem morgendlichen Ritual. Ohne Kaffee konnte er nicht denken. Philip schwang sich wie gewohnt auf seinen Platz auf dem ockerfarbenen Tresen.

»Ihr hattet einen Einsatz gestern?«, fragte Peter erstaunt, als er den Bericht auf seinem Schreibtisch bemerkte.

»Ja, die alte Neumann mal wieder«, erwiderte Hauke.

Sein Kollege überflog den Bericht vom Sonntag. Statt Philip zu Hause abzusetzen, hatte Hauke seinen Chef gestern an der Polizeistation abliefern sollen. Der Mann hatte unbedingt einen Bericht schreiben wollen, solange die Eindrücke noch frisch waren. Philip war ein eigensinniger Mensch, dem man besser nicht widersprach. Wie er zurück nach Kollmar gekommen war, wusste er nicht.

»Einbruch?«, fragte Peter und sah seine Kollegen erstaunt an. »Wer bricht denn in den Bunker ein?«

»Danke, Herr Brandt! Das habe ich unserem werten Herrn Chef auch gesagt. Die wird dement oder ihr Wahnsinn bricht vollständig durch. Wir sollten endlich das Sozialamt einschalten. Das sage ich euch schon seit Jahren.«

»Ich glaube, Hauke hat recht. Sie ist zu lange allein in diesem verbarrikadierten Haus, da kann man ja nur den Verstand verlieren.«

»Wir behalten Frau Neumann im Auge, versprochen.« Philip machte eine von seinen vielsagenden Gesten, als wisse er mehr über die Neumann als sie alle zusammen.

Das Telefon unterbrach ihre Morgenbesprechung.

»Polizeistation Kophusen, Polizeiobermeister Brandt.« Der Kollege lauschte in den Hörer. Sein Blick verzerrte sich zu einer sorgenvollen Miene. Das bedeutete nichts Gutes. Hauke kannte das Gesicht. Peter setzte es auf, wenn irgendjemand in Not war.

»Ja, gut. Wir kommen.« Peter legte auf. »Das war Horst. Belmondo ist verunglückt.«

»Oh, nee. Nicht schon wieder«, maulte Hauke. »Kann der denn nicht aufpassen?«

»Anscheinend hat er eine Vorliebe für die Wettern. Schwarzwasser. Manfred ist auch schon benachrichtigt.«

Der Kophusener Wehrleiter war die bessere Adresse, fand Hauke und leerte pflichtbewusst seinen Becher in einem Zug. Er hasste diese morgendliche Hektik, besonders nach dem Sonntagsdienst. Philip sprang vom Tresen und warf ihm seine Jacke zu.

»Komm schon. Stell dich nicht so an.«

»Na toll! Danach kann ich wieder meine ganze Uniform waschen. Warum immer in den Wettern? Die Wassergräben sind doch nicht zu übersehen!«

»Belmondo wird es uns danken und du hast deine gute Tat für heute erledigt.«

»Bin ich Pfadfinder, oder was?« Hauke stieß ein resignierendes Schnauben aus und folgte Philip nach draußen.

5

Peter war wie immer auf der Station geblieben. Er mochte es, sie für sich allein zu haben. Mit einem Becher Kaffee und frischen Haferkeksen, die er bei dem Demeter-Hofladen in Horst kaufte, hatte er sich an seinem Rechner eingerichtet. Außerdem brauchte er die Ruhe, um Haukes »Bewerbungsmappe« fertigzustellen. Sein eigener Drucker hatte am Sonntagabend den Geist aufgegeben. Es sollte alles perfekt sein, wenn er den potenziellen Kandidatinnen gegenübersaß. Sie sollten den bestmöglichen Eindruck von seinem Freund bekommen und entsprechend auf ihn vorbereitet sein. Greta und er gaben sich alle Mühe. Schließlich war Hauke auf den ersten Blick nicht gerade ein Sympathieträger. Er sah gut aus, was den schnellen Erfolg beim anderen Geschlecht erklärte. Aber das allein würde nicht ausreichen. Peter plante eine echte Beziehung für ihn. Eine Partnerschaft auf Augenhöhe. Sie mussten eine Frau finden, die bereit war, hinter die cholerische Fassade zu schauen, und sich nicht abschrecken ließ, den wahren Hauke kennenzulernen. Den Hauke, den auch Hilke, seine Ex-Frau, gekannt und geliebt hatte. Hinter all diesen unsäglichen Ausrutschern, unpassenden Bemerkungen und unkontrollierten Ausbrüchen versteckte er sein anderes Ich wie einen kostbaren Schatz, den er nur selten zeigte. Obwohl er im Moment etwas nachdenklicher wirkte als sonst. Seit ihrem letzten Fall schien er ernsthafter zu sein. Irgendetwas musste zwischen ihm und Ben passiert sein, das seinen Freund berührt hatte. Dass er das nicht mit ihnen teilte, war typisch. Dazu würde es einen langen Abend in der Kneipe seiner Schwester Rosi brauchen – und jede Menge Alkohol. Auch das musste sich dringend ändern. Haukes Leberwerte waren sicher besorgniserregend. Peter schüttelte den Gedanken ab. Sie konnten ihn nicht zu seinem Glück zwingen. Diese Aktion sollte ihn aus dem Nest seiner Komfortzone werfen. Fliegen musste er schon selbst.

In zwei Wochen wollte er sich bereits mit der ersten Auswahl von Frauen treffen. Sie hatten den infrage kommenden Damen bereits geschrieben. Ab elf Uhr morgens starteten sie mit den Verabredungen. Insgesamt würden sie sechs Kandidatinnen treffen. Im *Strandfloh* in Bielenberg. Im Eineinhalbstundentakt würde Peter die Auserwählten genau unter die Lupe nehmen. Hoffentlich spielte das Wetter mit. Regen war nicht weiter schlimm, er würde sich einen überdachten Platz sichern, aber ein bisschen wärmer als heute wäre schön. Greta würde zwar dabei sein, allerdings abseits an einem anderen Tisch sitzen. Sie wollten die Frauen nicht gleich beim ersten Treffen unnötig verunsichern. Wenn es schlecht lief, würde Hauke das schon selbst erledigen.

Die Kaffeemaschine gab ein letztes Röcheln von sich und Peter schenkte sich nach. Zurück am Schreibtisch holte er das Dossier hervor, welches er über Hauke angelegt hatte. Es war wie eine Bewerbungsmappe aufbereitet. Das Foto hatte Philip gemacht, als sie beim *Floralen*

Advent in Krempe gewesen waren. Das war zwar schon drei Jahre her, aber sein Kollege sah auf diesem Bild richtig nett aus. Ein Mann in den besten Jahren, der freundlich lächelte. Außerdem war Peter mit auf dem Foto. Er glaubte, das würde sein Anliegen seriöser erscheinen lassen. Eine Partnerin für einen Freund zu suchen fühlte sich immer noch seltsam an und er wollte möglichen Vorbehalten aus dem Weg gehen. Das Dossier war kurz gehalten. Es beinhaltete ein paar Eckpunkte in Haukes Lebensgeschichte und eine Charakterisierung seines besten Freundes. Greta hatte gelacht, als er ihr die Dokumente am Computer gezeigt hatte. Für sie war das alles viel zu förmlich, aber Peter wollte es richtig machen. Mit System.

Er öffnete das Word-Dokument von seinem Datenstick und druckte den Zeitplan für den übernächsten Samstag aus. Der sollte zur Übersicht in seine eigene Mappe, in der die Bewerbungen der Frauen abgeheftet waren. Die unterste Schublade seines Rollcontainers war abschließbar, so konnte er sicher sein, dass Hauke die verräterischen Unterlagen nicht finden würde.

Eine Frau hatte noch nicht geantwortet. Er nahm sein Mobiltelefon und loggte sich in das eigens dafür angelegte Postfach ein. Die E-Mail wartete bereits auf ihn. Peter öffnete die letzte Zusage für den Dating-Tag, wie Greta es nannte. Olivia, die Apothekerin, schien begeistert. Sie schrieb, dass sie gern zu dem Treffen an der Elbe komme und ob sie vorab nicht wenigstens ein Foto des Kandidaten haben könne. Das würde ihre Vorfreude steigern. Peter fand es etwas forsch. Aber vielleicht war diese Art genau das, was Hauke brauchte. Er schrieb ihr zurück, dass er kein digitales Foto habe, was natürlich gelogen war und in der heutigen Zeit auch völlig unglaubwürdig. Greta und er hatten entschieden, kein Bild vorab zu verschicken. Sie wollten die Auswahl lieber breit aufstellen. Ein Foto würde womöglich zu vorschnellen Einschätzungen führen, und das galt es zu vermeiden. Hoffentlich sprang sie nicht ab. Die Apothekerin aus Elmshorn war eine der aussichtsreichsten Kandidatinnen.

Er tippte auf Senden und druckte die neu eingetroffene E-Mail aus. Sie würden mindestens noch einen Dating-Tag einlegen müssen. Während er zum Drucker ging, rief er Greta an. Als er ihre Stimme vernahm, musste er lächeln.

»Ist dir langweilig?«, fragte sie.

»Nein, ich wollte dir nur sagen, dass auch die Apothekerin zugesagt hat.«

»Das ist ja toll. Ich bin schon richtig aufgeregt.«

»Ich auch.«

»Kommst du heute Abend vorbei? Ich koche etwas für uns.«

»Ja, gern.«

»Ist gut. Ich freue mich.«

Peter konnte es immer noch nicht recht glauben, dass sie sich so gut verstanden. Langsam wurde es Zeit, mit der Wahrheit rauszurücken, fand er. Am Anfang hatte diese Heimlichtuerei Spaß gemacht. Doch allmählich schien es etwas Dauerhaftes zwischen ihm und Greta zu werden. Peter hatte ein bisschen Angst vor dem ersten Zusammentreffen. Um Philip und Magda machte er sich weniger Sorgen, aber Hauke würde sich eine spitze oder gar anzügliche Bemerkung sicher nicht verkneifen können. In Gedanken hatte er sich dieses Treffen bereits an die hundert Mal ausgemalt. Er würde sie zum Essen bei sich zu Hause einladen. *Bei Rosi* kam dafür nicht infrage. Die Kneipe hatte zwar eine ausgezeichnete Küche, aber sie gehörte nicht nur Haukes Schwester Rosi, sondern auch Haukes Mutter Bärbel. Wenn Peter dort mit einer Frau auftauchen würde, würden sie einen Riesenwirbel veranstalten. Die Neuigkeit musste kontrolliert verbreitet werden. Zu viel Aufhebens auf einmal würde er nervlich nicht durchstehen.

Peter schob die neuen Ausdrucke in die Mappe und verstaute sie in seiner Schublade. Es war Zeit, wieder an die Arbeit zu gehen. Er las Philips Bericht vom Sonntag noch einmal durch. Der Besuch bei Ursula Neumann kam auch ihm seltsam vor. Die alte Dame war in Kophusen bekannt. Das Einfamilienhaus in der Siedlung war zu einer örtlichen Attraktion geworden. Nach ihrem Einzug in den Neunzigerjahren hatte sie eine beachtliche Festung daraus gemacht. Frei zugänglich war nur die Vorderseite. Den ganzen Rest hatte sie eigenhändig vor neugierigen Blicken abgeschirmt und verbarrikadiert. Sie hatte handwerkliches Geschick, das musste man ihr lassen. Nur für den massiven Holzzaun hatte sie eine Firma beauftragt. Das war der Beginn ihrer Rückzugsphase gewesen, wenn man das so nennen konnte. Im Ort sah man sie nie. Peter glaubte, dass sie langsam, aber sicher ihren Verstand verlor. Alle paar Monate beschwerten sich Nachbarn über Feuer, Lärm oder Gestank. Wovon sie lebte, wusste niemand so genau. Es kursierten die wildesten Gerüchte. Für die einen war sie eine Hexe, die allerhand Gebräu zusammenkochte, und für die anderen die verrückte Messitante, die auf einem riesigen Müllhaufen lebte. Doch Peter schenkte ihnen keinen Glauben. Dass sie selbst die Polizei gerufen hatte, war noch nie vorgekommen und höchst ungewöhnlich. Er beschloss gerade, nach Feierabend bei ihr vorbeizufahren, als das Telefon klingelte.

»Peter, was gibt's?«, fragte Hauke, der im Streifenwagen auf Philip wartete.

»Ihr müsst zum Altenheim *Deichgraf*.«

»Der ehemaligen ELB-Residenz?«

»Ja. Die haben gerade angerufen. Eine ältere Dame hat bei einem Spaziergang ein Kreuz entdeckt und einen Blumenstrauß.«

»Na und? Da hat wahrscheinlich jemand seinen toten Köter verscharrt.«

»Hauke, bitte.«

»Ist ja gut. Wir sind noch bei Magda. Philip zieht sich um. Er ist in die eiskalte Wetter gesprungen. Der Mann ist eine richtige Wasserratte.«

»Hoffentlich erkältet er sich nicht.«

»Magda wird ihn schon warm halten.« Hauke hörte Peters lang gezogenen Seufzer. »Wenn er fertig ist, fahren wir hin.«

»Und Belmondo geht es gut?«

»Der Hengst ist zäh. Der wird uns noch alle überleben.«

Hauke stopfte sein Mobiltelefon zurück in die Tasche seiner Uniform. Zum Glück kam das neue Altenheim nicht mehr so schnöselig daher wie die ELB-Residenz. Das Gebäude hatte ein Jahr leer gestanden, bevor sich ein Käufer gefunden hatte. Ihr unschönes Ende haftete der alten Villa immer noch an, aber mit der Zeit war Gras über den damaligen Skandal gewachsen.

Philip trat aus der Tür von Magdas Reetdachkate. Zur Abwechslung trug sein Chef eine Jeans, ein dunkelblaues Hemd und dazu ein Cord-Sakko. Er sah wirklich gut aus, das musste Hauke zugeben. Wie sagte seine Mutter? Ein schmuckes Mannsbild.

»Wir haben einen Einsatz«, erklärte Hauke, als Philip sich zu ihm in den Wagen setzte.

»Wo?«

»Ehemalige ELB-Residenz. Man befürchtet, dass eines dieser alten Leutchen illegal entsorgt worden ist.«

»Wovon sprichst du?«

»Ein Kreuz mit Blumen.«

Die Zufahrt aus Kopfsteinpflaster war immer noch nicht erneuert worden. Hauke wich den größten Schlaglöchern aus. Das Haus selber hatte sich ebenfalls nicht verändert. Die prächtige Altbauvilla bestand aus Backstein. Mit ihren altmodischen grünen Fensterläden wirkte sie noch immer, als stamme sie aus einer anderen Zeit. Das Grundstück allerdings war schwer vernachlässigt worden. Die Strandkörbe waren verdreckt und luden nicht gerade zum Verweilen ein. Das Gras wuchs munter in die Höhe. Der neue Käufer hatte offenbar kein Geld für einen Gärtner.

»Ein Hoch auf die alten Zeiten«, murmelte Hauke und stapfte seinem Chef hinterher. »Mal sehen, ob die alten Leute auch so ramponiert aussehen. Golf spielt von denen wahrscheinlich niemand.«

»Dir kann man es nicht recht machen. Vorher war es dir zu schnöselig und jetzt ist es zu ärmlich.«

»Ich mag es eben, wenn alles in Balance ist.«

»Seit wann?«

»Schon immer.«

»Du solltest dieses Ziel auf deinen Gemütszustand ausweiten.«

»Ist halt nicht jeder so perfekt und ausgeglichen wie du.«

Philip nahm die Stufen und klingelte. Nach ein paar Minuten öffnete ihnen ein junger Pfleger.

»Oh, das ging aber schnell. Kommen Sie, ich bringe Sie hin«, sagte der schlaksige Mann und führte sie an den schäbig aussehenden Strandkörben vorbei. »Emilia Liebermann hat es vorhin entdeckt. Sie ist eine unserer Bewohnerinnen, die noch gut zu Fuß ist. Sie dreht jeden Tag ihre Runden im Park.«

»Das bedeutet, dass das Kreuz und die Blumen gestern noch nicht da gewesen sein können?«, fragte Philip.

»Ich denke schon. Frau Liebermann nimmt immer denselben Weg.«

»Wann geht sie normalerweise spazieren?«

Hauke unterdrückte ein Schnauben. Was interessierte sich sein Chef denn so dringend dafür? Der tat ja gerade so, als hätte da tatsächlich jemand einen Menschen illegal beerdigt.

»Nach dem Frühstück und vor dem Abendessen.« Der Pfleger blieb vor einer großen ehrwürdigen Eiche stehen. »Hier ist es.«

Das dunkle Holzkreuz ragte aus dem ungemähten Gras empor. Hauke schätzte es auf einen halben Meter. Auf der Querverstrebung las er die Inschrift:

Linda. In ewiger Liebe bis zum Tod.

Hauke konnte den kalten Schauer, der ihm über den Rücken lief, nicht verhindern. Vor dem Kreuz hatte jemand die Grashalme abgeschnitten und eine Friedhofsvase in den Boden gesteckt, aus der ein großer Strauß weißer Rosen ragte. Alles war liebevoll drapiert worden. Da hatte jemand sein totes Tier sehr gern gehabt. Etwas zu gern für Haukes Geschmack.

Philip ging in die Knie. »Sagt Ihnen der Name etwas?«, fragte er, ohne den Blick von dem Fund abzuwenden.

»Nein«, entgegnete der Pfleger, »hier im Heim heißt niemand so.«

»Vielen Dank, Sie können wieder ins Haus gehen. Ich würde gern gleich noch mit Frau Liebermann reden, wenn das möglich ist.«

»Ja, klar. Ich sage ihr Bescheid.«

Philip zog sich die Plastikhandschuhe über und begann zu graben. Hauke musste an die Urne denken, die Philip und Peter seinerzeit auf dem Kophusener Friedhof ausgebuddelt hatten. Zum Glück war er nicht dabei gewesen.

»Du hast echt komische Vorlieben«, bemerkte Hauke. »Weiß Magda von deinem Fetisch oder steht die auch auf so morbides Zeug?«

»Hilf mir lieber.«

Es dauerte nicht lange und sie stießen auf einen Pappkarton. Die beiden Männer warfen sich einen kurzen Blick zu.

»Wenigstens kann es keine Leiche sein«, brummte Hauke.

»Leichen kann man verbrennen.«

Hauke verzog das Gesicht zu einer angewiderten Grimasse. »Du hast so eine kranke Fantasie. Dass die

Psychotante dich für diensttauglich erklärt hat, grenzt an ein Wunder.«

Statt einer Antwort befreite Philip den Schuhkarton von der restlichen Erde und hob ihn aus dem Loch. Hauke war sich noch gar nicht ganz sicher, ob er wissen wollte, was da drin war, da griff sein Chef auch schon nach dem Deckel. Beim Anblick des Inhalts stieß Hauke ein lautes Stöhnen aus.

»Verdammte Scheiße!« Er machte eine kurze Pause. »Nicht schon wieder!«

»Nachtigall, ick hör dir trapsen.«

»Wohl eher trampeln. Gib es zu, du hast die ganzen kranken Hirne nach Kophusen gelockt.«

»Ertappt. Ich hüte eine Horde von psychisch kranken Verbrechern in meiner Berliner Wohnung. Und wenn es Zeit ist, schicke ich sie nacheinander raus.«

»Lass mich raten, du willst die Spurensicherung.«

»Es sei denn, du möchtest das übernehmen?«

»Dich stört der Spott der Kollegen ja nicht. Aber ich habe einen Ruf zu verlieren.«

»Mach dir keine Illusionen, Hauke. Der ist längst ruiniert.«

Hauke zückte sein Telefon und forderte die Kollegen an.

6

Von der Eiche aus konnte Hauke die staunenden Gesichter sehen, die sich von innen gegen die Scheiben
des großen Wintergartens drückten. Es hatte sich eine
Gruppe aus Bewohnern und Pflegepersonal versam-
melt, die den unverstellten Blick auf den Park nutzten,
in dem sich inzwischen einige Beamte tummelten.
Endlich kam Leben in die Bude! Beim nächsten Ver-
wandtenbesuch würden sie zur Abwechslung mal eine
spannende Geschichte zu erzählen haben.

Neben Frank Stötzner und Simon Bloch von der
Spurensicherung waren auch drei Kollegen der Kriminalpolizei aus Itzehoe vor Ort. Das neue Gesicht stellte
sich als Niklas Weidenbach vor. Er war die Vertretung
von Dietmar Klose, und damit neuer Leiter der Be-
zirkskriminalinspektion Itzehoe. Weidenbach, der Klose
wegen Krankheit auf unbestimmte Zeit vertrat, war
mittelgroß, hatte schwarze Haare und blaue Augen.
Wäre er eine Frau, hätte Hauke sicher versucht, bei ihm
zu landen. Sie begrüßten sich mit Handschlag.

»Einen abgeschnittenen Finger wollte ich mir persönlich anschauen«, erklärte Weidenbach.

»Willkommen in Kophusen.« Hauke breitete die Arme
aus. »Da ist das gute Stück.« Er deutete auf die Schachtel,
die ironischerweise gerade auf Fingerabdrücke untersucht wurde.

Weidenbach besah sich den blassen Zeigefinger, der noch im Karton lag. Er war leicht gekrümmt. Die Haut faltig. Das dunkle Blut am abgetrennten Ende war geronnen. Der Verwesungsprozess hatte bereits eingesetzt. Ein hellbrauner Plüschhase in einem abgewetzten blauen Kleid wirkte neben dem Finger seltsam fehl am Platz. Hauke hatte sich beim Anblick des Stofftiers für einen kurzen Moment auf den Dachboden der alten Deterding zurückversetzt gefühlt. Rasch schüttelte er die Erinnerung ab. Der Hase sah antiquiert aus, was auf makabre Art und Weise zu dem Alter des Fingers zu passen schien. Hauke erklärte Weidenbach, wie sie zu dem Fund gekommen waren.

»Bisher sind keine Fingerabdrücke zu entdecken. Also, außer an dem Zeigefinger natürlich. Beides nehmen die Kollegen mit nach Kiel.«

»Zeugen?«, fragte Weidenbach.

»Die Befragung führt unser Dienststellenleiter Philip Goldberg durch.«

»Der Chef persönlich. Alle Achtung.« Der Mann stieß einen leisen Pfiff aus.

Der Neue war deutlich netter und jünger als Klose, aber das musste nichts heißen. Weidenbach nickte und besah sich den Fundort genauer. Jetzt würde die Kripo übernehmen. Normalerweise hätte Hauke das geärgert, aber in diesem Fall war er ganz froh darüber. Diese Fingersache war ihm nicht geheuer. Ein skrupelloser Killer, der seinem Opfer die Gliedmaßen abtrennte, fühlte sich für ihn ein paar Nummern zu groß an. Er war Streifenpolizist und kein New Yorker Profiler. Die zwei Seminare, die er zum Thema Täterprofile absolviert hatte, qualifizierten ihn nicht sonderlich. Wenn er das gewollt hätte, wäre er nicht in Kophusen geblieben. Zwar ging ihm dieses Kaff manchmal gehörig auf die Nerven, aber auf abgetrennte Finger war er nicht unbedingt scharf.

»Komische Mischung. Ein einzelner Finger und ein Plüschhase in einem Schuhkarton«, bemerkte der Itzehoer Kollege.

»Sehe ich auch so«, entgegnete Hauke höflich und enthielt sich jedes weiteren Kommentars.

Seine Gedanken wanderten wieder zurück zu Philips erstem Fall in Kophusen. Auf besagtem Dachboden waren sie damals auf einen ganzen Haufen Stofftiere gestoßen, die Hauke nicht in guter Erinnerung behalten hatte. Trotz dieses mächtigen Déjà-vus hatte Philip ihn überzeugt, dass eine Wiederholung des alten Falls ziemlich unwahrscheinlich war. Dennoch hätte Hauke am liebsten Hilde Deterding, das damalige Opfer, angerufen, um zu fragen, ob sie noch alle Finger an ihren Händen hatte, aber er ließ es bleiben. Wäre es tatsächlich ihrer, hätte die Alte längst einen Weg gefunden, sich bei ihnen über ihre mangelnde polizeiliche Kompetenz zu beschweren. Auch ohne Zeigefinger.

»Irgendwelche Anhaltspunkte hier aus der Gegend?«, fragte Weidenbach.

Hauke schüttelte den Kopf. »Bisher nichts.«

»Euer Dorf hat in letzter Zeit viel für Furore gesorgt.« Weidenbach betrachtete Hauke aufmerksam.

Der nickte stumm, um ein mögliches Fettnäpfchen zu vermeiden.

»Um genauer zu sein, eure Station. Aber ihr habt es ja gerade noch geschafft, wie man hört.«

»Ja, unsere Aufklärungsquote ist ganz passabel.«

»Wenn die Gerüchte stimmen, war es nicht nur das.«

Hauke horchte auf, zwang sich allerdings zu Besonnenheit. »Was soll das heißen?«

»Euer Stationsleiter hat gute Kontakte nach oben. Angeblich hat er ein paar Strippen gezogen.«

»Das wäre mir neu.«

Weidenbach interpretierte Haukes Tonfall richtig und wechselte das Thema.

»Nichts für ungut.« Er hob beschwichtigend seinen Arm. »Ich könnte Amtshilfe gebrauchen. Ihr kennt die Gegend besser als ich oder jemand aus Itzehoe. Also falls ihr eine Idee habt, sagt mir einfach Bescheid.« Er reichte Hauke die Hand. »Ansonsten übernehmen wir erst einmal.« Lächelnd wandte er sich zu den Kollegen.

Während Hauke den Männern zusah, drehten Weidenbachs Worte in seinem Kopf eine Ehrenrunde. Philip hatte sich direkt nach der psychologischen Untersuchung ein paar Tage Urlaub genommen und war nach Berlin gereist. Angeblich um seinen besten Freund Jens zu besuchen. Nun war Hauke sich nicht mehr so sicher. Letztes Jahr war es ihm logisch erschienen. Jens Steirer war nicht nur Philips bester Freund, sondern auch sein ehemaliger Therapeut. Hauke war davon ausgegangen, dass sein Chef seelischen Beistand gesucht hatte. Aber womöglich war es nicht der einzige Grund gewesen? Oder Philip war abgetaucht und in dieser Zeit ganz woanders gewesen? Wäre nicht das erste Mal, dachte er und erinnerte sich an den heimlichen Trip zu seiner bekloppten Ex. Hoffentlich hatte der Mann keinen Mist gebaut und dieser Plüschhase war womöglich die Folge davon. Hauke schüttelte den Gedanken ab. Ihr Chef mochte eigensinnig sein, dumm war er jedenfalls nicht. Die Geschichte mit seiner Ex hatte sich erledigt. Ein für alle Mal. Dennoch blieb Weidenbachs Bemerkung in seinen Gedanken kleben. Hatte Philip tatsächlich ein paar Strippen gezogen? Peter war anfangs misstrauisch gewesen und hatte sich gefragt, wieso die DIVE ihre interne Ermittlung derartig schnell eingestellt hatte. Seine heimliche *Operation Blaues Auge* hatte er allerdings irgendwann aufgegeben. Aus Philip war wie immer nichts rauszukriegen gewesen. Alfred Wilke, ihr ehemaliger Stationsleiter, war auch keine große Hilfe gewesen.

Den wahren Grund für Philips Diensttauglichkeitsverfahren hatten sie nie herausfinden können. Als die interne Ermittlung letztes Jahr begonnen hatte, hatten er und Peter bereits gemutmaßt, dass Philip seinerzeit nicht so ganz freiwillig nach Kophusen gekommen war, wie er ihnen gegenüber damals behauptet hatte. Allein mit Rolfs Unmut über ihre Arbeitsweise war der DIVE-Einsatz jedenfalls nicht zu erklären. Der Stationsleiter aus dem benachbarten Dorf Krempe hatte zwar Kontakte zur Landespolizei, aber das hatte sicherlich nicht ausgereicht, um eine interne Ermittlung anzuzetteln. Es ging um Philip. In der Polizei gab es jemanden, dem sein Chef ein Dorn im Auge war. Und auf wundersame Weise hatte Philip es geschafft, das Ruder herumzureißen. Nachdem die interne Ermittlung eingestellt worden war, schien es, als sei plötzlich alles vergessen.

Die Andeutung von Weidenbach wurmte Hauke. Er wollte es verdammt noch mal wissen, wenn die Zukunft ihrer Polizeistation nur von den guten Beziehungen seines Chefs abhing. Natürlich waren sie im Laufe der Jahre immer wieder von der Schließung bedroht gewesen. Das Wachensterben auf dem Land war ein großes Thema. Doch bisher war der Kelch an ihnen vorübergegangen. Würde sich das ändern, sobald Philip sich entschließen sollte, ihr Kleinod zu verlassen? Nicht auszudenken, was dann aus ihm und Peter werden würde. Er musste mit seinem Freund sprechen. Der hatte sicher eine Idee.

»Hey, Träumerle!« Simon riss ihn aus seinen grüblerischen Gedanken. »Ihr findet jetzt aber bitte nicht jeden Tag einen anderen Finger.«

»Wir haben nämlich Wichtigeres zu tun, als ständig in euer Dorf des Grauens zu kommen«, fügte Frank hinzu.

»Hört auf zu meckern. Ich kann auf solche Finger auch gern verzichten!«

»Ihr geht noch in die Geschichte der Polizeiarbeit ein. Habt ihr schon mal an das *Guinnessbuch der Rekorde* gedacht?« Simon schlug seinem Kollegen feixend auf die Schulter.

Frank erwiderte den Schlag und lachte. »Und wenn es klappt, könnt ihr das als Werbekampagne nutzen. *Kophusen – das gefährlichste Dorf der Welt.* Bringt deiner Schwester bestimmt eine Menge Gäste ein.«

»Und viel besser als *Elmshorn – supernormal.* Das lockt niemanden hinterm Ofen hervor«, ergänzte Simon in Anspielung auf den Werbeslogan der nächstgrößeren Stadt, der es sogar bis in das Satire-Magazin *extra 3* geschafft hatte.

Die beiden Männer in ihren weißen Schutzanzügen kringelten sich vor Lachen. Hauke ließ sie gewähren, er kannte ihren zum Teil sehr derben Humor. Intern nannte man sie die siamesischen Zwillinge, weil sie in den Anzügen kaum zu unterscheiden waren. Hauke atmete lautstark ein. Seine Schwester Rosi hatte genug im einzigen

Restaurant Kophusens und der Pension zu tun. Weitere Gäste würden sie und ihre Mutter nicht verkraften.

»Machst du ein Foto von mir und dem Finger?« Frank posierte grinsend mit dem Karton in der Hand vor Simons Kamera. »Für's Familienalbum.«

»Bitte, könntet ihr euch ausnahmsweise mal zusammenreißen? Wir sind hier in einem Altenheim. Oder wollt ihr noch eines der alten Leutchen auf dem Gewissen haben?«, ging Hauke dazwischen und deutete auf die Gruppe im Wintergarten, die immer größer zu werden schien.

»Wir wollen auch Teil des Erfolges sein. Immerhin müssen wir diese ganzen Kuriositäten untersuchen.«

»Hey, apropos!«, rief Simon. »Wie wäre es mit einem Museum? *Kurioses aus Kophusen*. Wäre sicher ein weiteres touristisches Highlight in der Region.«

Die beiden Männer kriegten sich kaum ein. Hauke verzog das Gesicht zu einer Grimasse.

»Schon gut«, sagte Frank versöhnlich. »Gönn uns doch den kleinen Spaß.«

»Geht ihr nicht bald in Pension?«

»Schön wär's! Wir sind beide erst achtundfünfzig. Eine Weile wirst du uns noch ertragen müssen. Mit dem Fund sichert ihr eure Daseinsberechtigung für die nächsten zwei Jahre«, erklärte Simon.

»Definitiv«, bestätigte Frank. »Wir nehmen den Finger mit nach Kiel. Bruno puzzelt ja so gern.«

Grinsend packten sie ihre Ausrüstung zusammen. Ihr Humor war das Ergebnis der makabren Arbeit. In diesen Momenten war Hauke froh, selbst nicht so abgebrüht zu sein.

»Das Absperrband bleibt«, bemerkte Weidenbach. »Man

weiß ja nie. Und die Zeugenaussagen hätte ich gern schriftlich.«

Hauke nickte. Unter den neugierigen Blicken der Bewohner begleitete er die Kollegen zur Auffahrt. Simon konnte sich ein fröhliches Winken Richtung Wintergarten nicht verkneifen.

Goldberg saß in dem Zimmer der alten Dame, die das Kreuz mit den Blumen entdeckt hatte. Die Möbel waren nicht halb so nobel, wie die von Henriette Stein gewesen waren. Sie hatte ihr Zimmer auf demselben Gang gehabt. Das Heim strahlte nicht mehr die stille Eleganz aus. Es hatte jegliche herrschaftliche Atmosphäre verloren, obwohl an den Räumlichkeiten nichts verändert worden war. Beim Eintreten war Goldberg mehreren betagten Menschen in Bademänteln begegnet. Viele von ihnen an Rollatoren. Es roch nicht nach frischen Blumen, sondern nach Desinfektionsmittel, das den Geruch nach Urin zu übertünchen versuchte. Das Personal der damaligen ELB-Residenz war stilvoll gekleidet gewesen. Nun trugen die Angestellten die üblichen weißen Hosen mit blauen kurzärmeligen Hemden, die sie seltsam blass und farblos erscheinen ließen. Es war ihm ein Rätsel, wie diese hohen Räume mit ihren bemalten Decken plötzlich so trist und farblos wirken konnten. Das Tagesgeschäft fraß offenbar jegliche Form von Energie und Kreativität auf.

»Wissen Sie, ich kriege nicht oft Besuch. Und von der Polizei schon gar nicht.«

Goldberg lächelte die Frau an. Ihre weißen Haare hatte sie zu dieser allgegenwärtigen Dauerwelle formen lassen. Sie saß auf dem Bett, das ihn an ein Krankenhaus erinnerte.

»Es tut mir leid«, sagte er.

»Das ist nicht schlimm. Ich habe nie Kinder gewollt und mein Mann ist lange tot. Da bleiben nicht viele übrig.«

»Ich habe gehört, Sie gehen jeden Tag draußen im Park spazieren, Frau Liebermann?«, fragte Goldberg, um das Thema zu wechseln.

»Ja, zweimal. Ich lege großen Wert auf Bewegung. Die meisten hier gehen nur von einem Sessel zum nächsten. Ich nicht. Auch wenn es nicht mehr viele Schritte sind, die lasse ich mir nicht nehmen. Und der Garten ist wunderschön. Es ist ein Jammer, dass ihn keiner pflegt.«

Goldberg nickte. »Wann haben Sie das Kreuz entdeckt?«

»Normalerweise drehe ich nach dem Frühstück meine erste Runde, also gegen zehn Uhr. Heute war es etwas später.«

»Gehen Sie immer die gleiche Strecke?«

»Ja, es sind gute zwanzig Minuten. An der stattlichen Eiche komme ich auf dem Rückweg vorbei. Es ist wirklich sehr schade, dass man dort noch keine Bank aufgestellt hat. Die Strandkörbe sind ja leider total verdreckt. Auch ein Jammer, das könnte ein so schönes Fleckchen sein. Ich frage mich oft, was dieser altehrwürdige Baum alles zu erzählen wüsste, wenn er könnte.«

»Wann sind Sie die Runde gestern zuletzt gegangen?«

»Am späten Nachmittag vor dem Abendessen. Gegen siebzehn Uhr.«

»Und da waren diese Sachen noch nicht da?«

Sie schüttelte den Kopf. »Nein, das hätte ich bemerkt.«

»Ist Ihnen sonst etwas Ungewöhnliches aufgefallen? Ein neuer Mitbewohner oder ein Besucher? Vielleicht jemand Unbekanntes, der oder die im Park herumschlich?«

Die alte Frau überlegte, bevor sie erneut den Kopf schüttelte. »Aber fragen Sie Astrid. Die sitzt den ganzen Tag an ihrem Fenster. Außerdem schläft sie schlecht. Vielleicht hat sie etwas gesehen. Ihr Zimmer ist nur vier Türen weiter.«

»Das ist eine sehr gute Idee, Frau Liebermann.«

»Bitte nennen Sie mich Emilia.«

»Ich danke Ihnen, Emilia. Wenn Ihnen noch etwas einfallen sollte, zögern Sie nicht, mich anzurufen.« Goldberg reichte ihr seine Visitenkarte.

»Das werde ich. Sagen Sie«, ihre Stimme senkte sich, »haben Sie damals in der ELB-Residenz auch ermittelt?«

Goldberg ahnte, was jetzt kommen würde. Er nickte.

»Stimmt es, was man sich sagt? Dass man die armen Menschen …« Sie brach ab. »Ich mag es gar nicht aussprechen.«

»Sie sollten nicht alles für bare Münze nehmen, was man sich erzählt. Der Tod der Frau war sehr bedauerlich, aber glauben Sie mir, Sie haben hier nichts zu befürchten. Die Menschen, die das getan haben, sind alle rechtskräftig verurteilt worden.«

»Gut. Es wird viel darüber geredet.«

»Das kann ich mir vorstellen. Machen Sie sich keine Sorgen, wir haben dieses Haus immer im Blick.«

Emilia Liebermann lächelte und sie verabschiedeten sich. Zum zweiten Mal war dieses Seniorenheim Schauplatz einer Ermittlung. Vielleicht hing der Finger mit dem Tod von Henriette Stein zusammen, überlegte Goldberg im Rausgehen. Er speicherte den Gedanken im Hinterkopf ab und klopfte an die besagte Tür.

Das Gespräch dauerte nicht lange. Astrid Maier war knapp neunzig Jahre alt und geistig noch fit. Aber ihre Knie machten nicht mehr mit, sodass sie die meiste Zeit am Fenster verbrachte, das zur Parkseite zeigte. Sie berichtete Goldberg von einem unbekannten Mann, der gestern Abend im Park gewesen sei. Sie habe ihn noch nie zuvor gesehen, sei aber davon ausgegangen, dass er ein Besucher sein musste. Er habe einen Hut getragen, ihrer Beschreibung nach offenbar ein Baseball-Cap. Außerdem eine Jeans und eine dunkle Jacke. Das sei zur Abendbrotzeit gewesen. Zwischen achtzehn und neunzehn Uhr. Sie konnte sich erinnern, dass er ungewöhnlich lange im Schutz der Eiche verbracht hatte, als habe er auf jemanden gewartet. Als er unter dem dichten Laub wieder aufgetaucht sei, habe er zu ihr hochgesehen und gewunken. Sein Gesicht hatte sie nicht erkennen können.

Goldberg lobte ihr gutes Gedächtnis und dankte ihr. Bevor er das Zimmer verließ, gab er auch ihr seine Karte und verabschiedete sich.

Er war sich sicher, dass das die Person gewesen sein musste, die für das seltsame Grab am Baum verantwortlich war. Ein Mann, der einen Finger und einen Plüschhasen beigesetzt hatte. Goldberg seufzte erleichtert. Das schloss Judith, seine Ex-Freundin, wenigstens aus.

7

Goldberg schaute sich um. Der Gastraum war voll. *Bei Rosi* war weit über Kophusens Grenzen hinaus bekannt. Außerdem hatte die Saison begonnen. Trotz des Nieselregens hatten einige Touristen den Weg in ihr beschauliches Dorf gefunden. Haukes Mutter Bärbel hatte einen Eintrag in einem Reiseführer ergattert. Wie sie das geschafft hatte, hatte Hauke lieber nicht wissen wollen. Seine Schwester Rosi war jedenfalls begeistert gewesen. Zu Goldbergs Erstaunen lief die Zusammenarbeit der beiden Frauen reibungslos. Anfangs hatten sie einige Kämpfe ausstehen müssen, aber danach war Ruhe eingekehrt. Die Kompetenzen waren klar abgegrenzt. Rosi war für die Küche zuständig und Bärbel managte den Gastraum und die Pension mit den drei Gästezimmern.

Zurzeit suchten sie nach einem neuen Namen für das respektable Gasthaus. *Bei Rosi* erschien ihnen nicht mehr angemessen. Goldberg musste zugeben, dass sie recht hatten. Bisher war ihnen nichts Passendes eingefallen, aber es würde nicht mehr lange dauern. Sie planten, eine groß angelegte Werbeaktion in den sozialen Netzwerken daraus zu machen. Die Gäste sollten Vorschläge einreichen und durften am Ende abstimmen.

»Na, Hauke-Maus, hast du Hunger?«, begrüßte seine Mutter ihn, als die Beamten an den Tresen traten.

Hauke verzog wie immer das Gesicht. »Mama!«, raunte er und setzte sich auf einen der freien Barhocker. »Ich habe dir schon x-mal gesagt, dass du das lassen sollst. Wie sieht das bitte aus, wenn man einen Polizeihauptmeister mit Hauke-Maus anspricht. Autorität klingt ja wohl anders.«

»Entschuldige! Das kommt einfach so raus.« Sie wandte sich zu Goldberg. »Philip, einen Espresso?«

Der nickte und konnte sich ein Grinsen nicht verkneifen. »Sehr gern, Bärbel.«

Seitdem die Frauen auf sein Anraten hin eine italienische Siebträgermaschine angeschafft hatten, kam er noch öfter. Den Gästen schien das ebenso gut zu gefallen. Für die weniger Anspruchsvollen wie Hauke stand noch eine alte Kaffeemaschine bereit.

»Und, was soll es zu essen sein?«, fragte Bärbel.

»Für mich und Peter zwei halbe Hähnchen mit Rosis Kartoffelspalten in Rosmarin.«

»Und du?« Bärbel sah Goldberg fragend an.

»Habt ihr nicht neuerdings dieses Clubsandwich?«

Bärbel nickte stolz. »Das ist mittags der Renner.«

»Ich nehme eins.«

»Clubsandwich!« Hauke rollte mit den Augen. »Sind wir hier jetzt im Country-Club oder was?«

»Das wird dir schmecken«, sagte Bärbel, ihren Sohn ignorierend. »Mit Spiegelei und Rosis Pommes frites.«

Hauke bekam seine Apfelschorle und Goldberg einen Espresso. Während sie aufs Essen warteten, begann Hauke ein beiläufiges Gespräch mit einem dunkelhaarigen Gast, der in seinem Radlerdress allein an einem der Tische saß. Die Männer unterhielten sich über die Katzen, die die Beamten damals aus der Dücker Mühle gerettet hatten. Seitdem gehörten die Vierbeiner zu Rosis Gasthaus und trugen nicht unwesentlich zu der Bekanntheit der Lokalität bei. Das Quartett war zu einem Besuchermagneten geworden. Hauke hob gerade an, damit zu prahlen, wie er Rosi überredet hatte, Hilde und ihren dreiköpfigen Nachwuchs bei sich aufzunehmen.

»Ach, das Lokal gehört Ihrer Schwester?«, unterbrach der sichtbar muskulöse Mann Goldbergs Kollegen.

»Ja, sie kocht. Und meine Mutter steht hinterm Tresen.« Der Stolz in der Stimme seines Kollegen war nicht zu überhören.

Das Gespräch brach ab, als Bärbel ihrem Gast einen Teller Pasta servierte, den er hastig zu verspeisen begann. Goldberg verspürte ein leichtes Hungergefühl. Sein Essverhalten hatte sich in den letzten Monaten deutlich normalisiert. Die meiste Zeit aß er inzwischen mit Appetit. Sehr zur Freude seiner Kollegen und vor allem Magdas.

»Glaubst du, dass der Knabe tot ist?«, fragte Hauke leise und riss Goldberg aus seinen Gedanken.

»Wer?«

»Na der, dem der Finger gehört.«

»Schwer zu sagen«, erwiderte der Kommissar.

»Was meint denn dein Bauch?«

»Dem schwant nichts Gutes. Ich schätze, dieses Grab ist erst der Anfang.«

»Wer hackt denn bitte seinem Opfer einen Finger ab? Wir sind doch hier nicht bei der Mafia.« Hauke stieß ein Schnauben hervor.

»Organisierte Kriminalität in Kophusen. Die Schlagzeile möchte ich lieber vermeiden.«

»Besonders jetzt, wo wir intern sowieso in aller Munde sind.«

Goldberg entging Haukes prüfender Seitenblick nicht. Er vermutete, dass sein Kollege mit Weidenbach geplaudert hatte. Besonders subtil war Hauke nicht. Was sich auch prompt in der nächsten Frage niederschlug.

»Die Kollegen munkeln, dass du irgendwas gedreht hast. Ist das wahr?«

»Können wir dieses Thema unter vier Augen bereden?«

»Also stimmt es?«

Goldberg schwieg. Er wusste, dass sein Kollege nicht lockerlassen würde. Doch es war besser, wenn er und Peter von seinen Gesprächen in Berlin nichts erfuhren. Falls es deswegen irgendwann Ärger geben sollte, blieben sie davon verschont.

»Ich dachte, wir wären Freunde. Aber offenbar habe ich falsch gedacht.«

Dieselbe Masche wie bei Peter, dachte Goldberg. Der ernste Unterton war allerdings nicht zu überhören. Hauke schien ehrlich gekränkt zu sein.

»Das sind wir und das weißt du auch.«

»Und warum dann diese Geheimniskrämerei? Immerhin geht es um das Überleben unserer Polizeistation. Das betrifft uns ja wohl alle.«

Goldberg drehte sich zu ihm. Seine Stimme war kaum mehr als ein Flüstern. »Wenn ich euch nichts von alldem erzähle, tue ich das, um euch zu schützen. Das ist etwas Persönliches, das nichts mit euch oder der Polizeistation zu tun hat. Ich musste das abseits der offiziellen Kanäle regeln. Sonst wäre es vorbei gewesen.«

»Butter bei die Fische. Hast du damals in Berlin Scheiße gebaut und bist deswegen zu uns nach Kophusen versetzt worden?« Haukes Blick durchbohrte ihn förmlich. Goldberg hatte immer geahnt, dass diese Frage früher oder später kommen würde. Er wollte nicht lügen, aber die Wahrheit konnte er auch nicht sagen. Das hatte er versprochen. Und Goldberg war ein Mensch, der seine Versprechen hielt.

Die beiden Männer taxierten sich, was für Hauke Antwort genug war. »Was hast du getan?«, fragte er leise.

»Ich habe jemandem geholfen.«

»Wem?«

»Es gibt Dinge, über die ich nicht reden darf.«

Hauke wollte gerade etwas erwidern, als Bärbel ihnen die Tiffany-Lunchboxen auf den Tresen stellte. »So, euer Essen, Jungs.«

Goldberg bezahlte, nahm den Jutebeutel mit den stapelbaren Metallboxen an sich und wappnete sich für das Gespräch, an das Hauke im Freien nahtlos anknüpfte.

»Amtsmissbrauch? Bitte sag mir, dass du keinen Mist gebaut hast.«

»Nein. Jedenfalls nicht im eigentlichen Sinne.« Goldberg schlängelte sich durch die voll besetzten Tische im Biergarten und öffnete die kleine Pforte zum Bürgersteig.

»Mensch, Philip! Was soll denn das?«

Hauke folgte ihm und mit einem leisen Quietschen fiel die Gartenpforte ins Schloss.

»Ich habe nichts Unmoralisches getan. Jemand brauchte meine Hilfe, und ich habe so gehandelt, wie ich es für richtig hielt. Das ist alles.«

Goldberg wich einem Pärchen aus, das das Restaurant ansteuerte. Hauke tat es ihm gleich und schloss wieder zu ihm auf.

»Also war dieser ganze Auszeit-Quatsch bloß eine Lüge?«

»Nein. Ich habe euch nicht angelogen.«

»Nee, du hast uns nur nicht die ganze Wahrheit gesagt!« Hauke wandte sich schnaubend ab. »Schöner Freund.«

Während sie zum Auto gingen, überlegte Goldberg, wie er seinen Kollegen wieder einfangen konnte, ohne sein Versprechen zu brechen. Hauke hatte die ganze Wahrheit verdient, das wussten sie beide, aber dem Kommissar war klar, dass es zu gefährlich sein würde. So eine Geschichte war nie beendet. Die Vergangenheit konnte einen jederzeit einholen, wer wusste das besser als er …

Hauke stieg in den Streifenwagen und knallte die Tür zu. Goldberg atmete tief ein und nahm neben ihm auf dem Beifahrersitz Platz, die warmen Metallboxen zwischen seinen Beinen.

»Kurz bevor Muriel verunglückt ist, habe ich einem Kollegen aus der Klemme geholfen. Ich musste ihm versprechen, nichts zu sagen. Zu niemandem. Und daran halte ich mich. Wir haben nichts Illegales getan. Nichts, für das ich mich schämen müsste oder das mir schlaflose Nächte bereitet. Und diese Sache hat uns geholfen, die Station zu retten. Ich musste jemanden an ein Versprechen erinnern. Das ist alles.«

»Wenn es so harmlos war, warum konntest du die Station dann vor der Schließung retten?«

»Jemand war mir noch etwas schuldig.«

»Ach komm, hör auf mit diesem Scheißgequatsche. Du bist nicht Clint Eastwood oder James Bond. Und Berlin ist nicht Amerika.«

»Hauke, du wirst von mir nichts weiter dazu erfahren. Genauso wenig wie ich jemals etwas von deinem Kirchenbesuch preisgeben werde.«

Hauke verzog das Gesicht. »Ich will doch nur wissen, mit wem ich es wirklich zu tun habe.«

»Goldberg.« Er streckte seinem Kollegen die Hand entgegen. »Philip Goldberg.«

»Sehr witzig.«

»Im Ernst, Magda, du und Peter, ihr seid die Menschen, die am meisten von mir wissen, und dennoch behauptest du, mich nicht zu kennen?«

»Dann gehören diese verdeckten Ausflüge wohl zu deiner geheimnisvollen Persönlichkeit.«

»Das war der letzte Ausflug. Versprochen. Mehr Abgründe gibt es nicht.«

»Wer's glaubt«, brummte Hauke.

»Außerdem, mein lieber Freund, hast du auch ein Geheimnis.«

»Was?«

Goldberg musste lächeln. Sein Kollege fühlte sich ertappt, das war ihm deutlich anzumerken.

»Was ist zwischen dir und Ben vorgefallen?«

»Was soll da schon vorgefallen sein?« Hauke griff hastig nach dem Gurt, bekam ihn allerdings nicht zu fassen.

»Du hast mich genau verstanden. Seitdem ihr zwei alleine in dem Haus wart, hast du dich verändert. Irgendetwas verschweigst du uns. Und das ist okay. Du kannst ein Geheimnis haben und trotzdem mein Freund sein.«

»Ja, ja, ist ja gut.« Hauke erwischte den Gurt endlich, zog ihn über seinen Brustkorb und ließ ihn einrasten. »Schluss jetzt mit diesem Psychogequatsche. Wir müssen jemanden ohne Zeigefinger finden. Tot oder lebendig.«

Peter saß wie immer an seinem Schreibtisch, als seine beiden Kollegen die Station betraten. »Und? Wie ist die Vertretung von Klose?«, fragte er neugierig.

»Ganz okay.« Hauke schien verschnupft zu sein.

Peter warf Philip einen fragenden Blick zu, doch der machte nur eine vage Geste, als wisse er nicht, was der Grund für die schlechte Laune war.

»Nun lasst euch nicht alles aus der Nase ziehen. Was hat es mit dem Kreuz auf sich?«, drängte Peter seine Kollegen.

Während Philip ihr Mittagessen anrichtete, erklärte Hauke, was sie in dem Karton unter dem Kreuz gefunden hatten.

»Und da ruft ihr nicht mal an, um mir Bescheid zu geben?«

»Du weißt es doch jetzt«, erwiderte Hauke.

»Welche Laus ist dir denn über die Leber gelaufen?«

»Frag unseren Chef. Ach, nein, warte. Das darf er uns ja nicht erzählen. Er hat nämlich ein Versprechen abgegeben.«

»Wovon redest du denn bloß?« Peter sah verwirrt vom einen zum anderen. »Kann mir bitte mal jemand erklären, was hier los ist?«

»Hauke ist sauer, weil ich die Polizeistation gerettet habe.«

»Wie bitte?«

»Ich habe meinen Urlaub dazu genutzt, einen Gefallen einzufordern.«

Peter starrte ihren Chef ungläubig an. »Was hast du gemacht?«

»Das habe ich ihn auch gefragt, aber das verrät er uns nicht. Wir hängen am Tropf seiner fragwürdigen Gefälligkeiten«, ätzte Hauke.

»Ich habe es dir bereits erklärt. Ich tue das gern noch einmal. Aber das wird nichts daran ändern. Ich verstehe nicht, dass euch das so überrascht. Habt ihr wirklich geglaubt, dass wir eine interne Ermittlung unbeschadet überstehen?«

Peter senkte den Kopf und blickte auf das Hähnchen und die leckersten Kartoffeln in der ganzen Elbmarsch. Er schüttelte sanft den Kopf. Nein, das hatte er natürlich nicht geglaubt. Er hatte es glauben wollen und das hatte bisher, entgegen seiner Natur, sehr gut funktioniert.

»Ja, ich habe die Station vor dem Aus bewahrt, weil ich einen Gefallen eingefordert habe. Und ja, dieser Gefallen ist durch eine heikle Angelegenheit entstanden, auf die ich nicht stolz bin, mit der ich aber wieder genauso umgehen würde. Und ja, ich bin nicht ganz freiwillig nach Kophusen gekommen.«

Peter hob den Kopf. »Habe ich es doch gewusst. Was hast du angestellt?«

»Ich habe einem befreundeten Kollegen abseits des Dienstweges geholfen. Der hat sich danach als nicht so guter Freund herausgestellt und die Sache zu seinem Vorteil genutzt. Doch ich konnte ihn davon überzeugen, dass er mir etwas schuldig ist. So wurde die Dienststelle vor dem Aus bewahrt. Das ist alles, was ich zu diesem Thema sagen werde.«

Peter sah, wie Philip in dieses Clubsandwich biss, das neuerdings auf Rosis Karte stand. Es sah wirklich vorzüglich aus. Das würde er morgen Mittag bestellen. »Damit kann ich leben«, erklärte er und pickte die erste Kartoffelspalte auf.

»Ausgerechnet du kannst mit einem Geheimnis leben?«, stieß Hauke schnaubend aus.

»Ja. Ich habe lange genug erfolglos versucht dahinterzukommen. Wenn Philip es nicht erzählt, weiß ich niemanden, der es tun würde. Also bleibt es eben sein Geheimnis.«

»Und was ist, wenn die ganze Sache auffliegt? Die schützende Hand sich hebt und unseren werten Herrn Kommissar fallen lässt? Dann fallen wir beide mit!«

»Das wird nicht passieren«, sagte Philip ruhig.

»Und was macht dich da so sicher?«

»Weil die schützende Hand ebenso fallen würde. Und glaube mir, die hat mehr zu verlieren als ich.«

Hauke brummte etwas Unverständliches und biss von dem Hühnerbein ab. Bei ihm war das als Zustimmung zu werten. Wenn auch widerwillig.

Peter konnte den Unmut seines besten Freundes verstehen, aber er respektierte Philips Entscheidung. Die interne Ermittlung hatte sich gegen ihn gerichtet, also war er es auch, der diese Sache aus der Welt schaffen musste. Der Mann hatte getan, was er für richtig gehalten hatte. Ohne ihn wäre die Station geschlossen worden, daran bestand ab sofort kein Zweifel mehr. Schon lange hatten sie auf der Abschussliste gestanden. Es war immer nur eine Frage der Zeit gewesen, bis es sie treffen konnte. Peter vertraute dem Chef. Er war ein feiner Kerl und sehr guter Freund, der sicher einen nachvollziehbaren und ehrenhaften Grund für sein Handeln gehabt hatte.

»Was machen wir jetzt wegen des Fingers?«, fragte Peter.

»Weidenbach hat uns um Amtshilfe gebeten«, bemerkte Hauke, in sein Essen vertieft.

»Na, das ist ja mal eine gute Nachricht. Und wie gehen wir es an? Gibt es erste Anhaltspunkte, die wir verfolgen können?«

»Wir haben eine Zeugin, die einen Mann im Park gesehen hat«, begann Philip. »Gestern Abend zwischen sechs und sieben. Am Empfang hatte sich allerdings niemand angemeldet. Es wird wohl kein Besucher gewesen sein. Ich schätze, wir haben es hier mit unserem Täter zu tun.«

»Ein Finger! Scheiße! Ich kann es immer noch nicht glauben. Ein abgeschnittener Finger! Hier bei uns«, ereiferte sich Hauke mit vollem Mund.

Peter wich den größten Brocken aus.

»Organisierte Kriminalität?«, schlug Peter vor.

»Möglich, aber unwahrscheinlich«, kommentierte Philip vom Tresen aus.

»Vielleicht ist dein Besuch in Berlin nicht so gut angekommen, wie du gehofft hast. Wer weiß, in welchen Kreisen der Mann verkehrt, den du getroffen hast«, bemerkte Hauke kauend.

»Du vergisst, dass ich keine Person namens Linda kenne«, entgegnete Philip, der genüsslich in sein Sandwich biss.

Es tat gut, seinen Chef mit so viel Appetit essen zu sehen. Sie alle hatten sich schon Sorgen um ihn gemacht und das Schlimmste befürchtet.

»Ein Kreuz mit Blumen deutet auf ein Grab hin. Aber was haben der Plüschhase und der Finger da zu suchen?

Gehört beides einem mutmaßlichen Opfer? Oder soll das ein Hinweis auf ein kommendes Verbrechen sein?«, warf Peter in die Runde.

»Ein Fingerzeig, wenn du so willst.« Hauke grinste und gab dabei den Blick auf die Essensreste zwischen seinen Zähnen frei.

Die Geschwindigkeit, mit der sein Freund seine Gefühlsregungen wechselte, war schwindelerregend und zugleich beängstigend. Aber irgendwie auch Anlass zur Hoffnung, dass sein Groll wegen Philip bald verrauchen würde. »Du meinst eine Nachricht? Für uns oder für einen Bewohner des Altenheims?«

»Es muss einen Grund haben, weshalb der Park ausgewählt worden ist«, sagte Philip.

»Ich kann mir das Heim ja mal vornehmen.« Peter dachte an Bärbels und seine Freundin. Es war jetzt fast drei Jahre her, seit sie dort gestorben war. »Und wenn es mit Henriette zu tun hat?«

»Das ging mir auch schon durch den Kopf«, meinte Philip.

»Familie hatte sie ja keine. Ich checke mal die Bewohner und Angestellten. Vielleicht gibt es da irgendeine Verbindung«, erklärte Peter.

»Tu das. Und klär auch ab, ob es vor Kurzem einen Todesfall im *Deichgraf* gegeben hat«, bat Philip. »Und wir müssen dringend herausfinden, wer diese Linda ist.«

»Wird gemacht.«

8

Peter schloss die Glastür hinter sich. Er war früh dran. Die Kollegen waren noch nicht da. Der morgendlichen Routine folgend setzte er die Kaffeemaschine in Gang, fuhr den Rechner hoch und legte frische Haferkekse auf dem leeren Teller aus. Die Heimleiterin des *Deichgraf* hatte die Einwohnerliste per E-Mail geschickt. Es hatte ihn gestern Nachmittag einige Mühe gekostet, sie zu überzeugen, dass der Finger möglicherweise in Zusammenhang mit einem Bewohner oder einer Bewohnerin stand. Schließlich hatte sie eingewilligt. Die Excel-Datei war mit einem Kennwort gesichert, das sie ihm in einer gesonderten E-Mail geschickt hatte.

Während die alte Kaffeemaschine vor sich hin röchelte, überflog Peter die Liste, die auch die Namen des Personals enthielt. Er hatte die Heimleiterin gebeten, zusätzlich die Todesfälle aufzuführen, aber unter diesen acht Namen hatte ebenfalls niemand Linda geheißen. Peter seufzte. Das wäre auch zu einfach gewesen.

Er stand auf, füllte den Kaffee in die Thermoskanne und goss sich daraus einen Becher ein. Zurück am Schreibtisch, öffnete er die Internetseite des Heims. Unter der Leitung von Marcus Weber hatte es ihm besser gefallen. Der jetzige Internetauftritt war lieblos und altbacken. Den Fotos nach zu urteilen hatte sich im Haus nicht viel verändert, aber ohne die Blumen und die aufwendige Dekoration sah es irgendwie trist aus. Den Gedanken an Henriette schob er beiseite. Zwangsläufig musste er an den gestrigen Abend mit Greta denken, doch auch sie drängte er lächelnd in den Hintergrund.

Die ehemalige ELB-Residenz war von einem ausländischen Investor übernommen worden, der bereits über eine ansehnliche Zahl von Heimen verfügte. Es hatte jegliche Exklusivität verloren. Peter klickte sich durch die Seiten, doch er fand nichts Nennenswertes oder Verdächtiges.

Es musste einen Grund geben, warum dieses Kreuz ausgerechnet dort aufgestellt worden war. Vielleicht handelte es sich ja um eine ehemalige Bewohnerin der ELB-Residenz. Eilig stand er auf und kramte aus dem abschließbaren Metallschrank das alte Dossier heraus. Peter war ein Verfechter von doppelter Buchführung. Alles, was er digital speicherte, sicherte er zusätzlich auf Papier. Die Liste war fein säuberlich abgeheftet. Doch auch hier fand er niemanden mit dem Namen Linda. Resigniert legte er sie zurück in den Schrank. Solange sie nicht wussten, wer Linda war, hatten sie keinen vernünftigen Ermittlungsansatz. Wo sollten sie nach ihr suchen, wenn nicht im Heim? Das Telefon klingelte.

»Polizeistation Kophusen, Peter Brandt.«

»Guten Morgen, früher Vogel. Ich dachte mir doch, dass du schon am Schreibtisch sitzt.« Bruno Leiser, der Rechtsmediziner aus Kiel, lachte.

»Bruno, schön, dass du dich meldest. Hast du etwas für mich?«

»Du willst immer nur das eine. Apropos, ich habe gehört, du triffst dich mit jemandem?«

Peter stockte für einen Augenblick. Damit hatte er nicht gerechnet. »Wer sagt denn so etwas?«, fragte er, obwohl er sich die Antwort denken konnte.

»Philip und ich haben uns nichts mehr zu erzählen, da müssen wir auf andere Themen ausweichen. Also stimmt es?«

»Kein Kommentar.«

»Du weißt ja, man kann nicht nicht kommunizieren.«

»Bruno, ich will nicht unhöflich sein, aber das ist meine Privatsache.«

»Verstehe. Es war den Versuch wert.«

»Hast du den Finger untersucht?«

»Ja. Aller Wahrscheinlichkeit nach gehört er einer Frau im Alter von schätzungsweise neunzig Jahren. Auf den Röntgenbildern sieht man deutliche Spuren von Arthrose. Ihren Fingerabdruck haben die Kollegen genommen. Mit Glück ergibt das einen Treffer in der Datenbank. Der Finger ist sauber abgetrennt worden. Eine scharfe, glatte Klinge. Vielleicht eine Axt. Der Schuhkarton stammt von einer Sanitätshauskette. Das würde zu dem Alter und der Erkrankung der Frau passen.«

»Meinst du, dieser Jemand muss medizinisch ausgebildet sein, um einen Finger so abzutrennen?«

»Nicht unbedingt. Aber die Chuzpe muss man erst mal besitzen. Das ist kein Filet Mignon, das du wie ein Stück Butter durchschneidest.«

Peter schüttelte das Bild, das in seinem Kopf entstand, rasch ab. »Könnte die Frau noch leben?«

»Sicher. Das würde allerdings eine fachgerechte Wundversorgung voraussetzen. Ohne die kann sich so eine Wunde schnell verunreinigen und nicht selten zu einer Sepsis führen.«

»Medizinische Kenntnisse würden den Täterkreis sehr einschränken und uns die Arbeit erleichtern.«

»Habt ihr an Organisierte Kriminalität gedacht?«

»Das haben wir vorerst ausgeschlossen. Ich meine, wir sind hier in Kophusen. Außerdem ist der Finger auf dem Grundstück eines Altenheims gefunden worden. Apropos, wann, glaubst du, ist das passiert?«

»Einige Untersuchungen stehen noch aus. Aber wenn ich mich festlegen müsste, vor rund vierundzwanzig Stunden.«

»Also am Sonntag.«

»Euer Täter ist entweder sehr unerschrocken oder ein Profi. Ich an eurer Stelle würde Organisierte Kriminalität nicht kategorisch ausschließen.«

»Ich mag den Begriff nicht. Das klingt immer nach Mafia und Al Capone. Und das ausgerechnet hier bei uns? Und warum begräbt man den Finger dann?«

»Das ist euer Job. Ihr macht das schon. Wenn ich die restlichen Ergebnisse habe, melde ich mich. Jetzt rufe ich die Kollegen in Itzehoe an. Grüß mir deine beiden Spezis und die schöne Unbekannte.« Lachend verabschiedete sich Bruno und sie legten auf.

Peter starrte nachdenklich auf den Bildschirm. Vor ein paar Jahren hatte es tatsächlich einige Auseinandersetzungen von konkurrierenden Banden in Schleswig-Holstein gegeben. Das war sogar durch die überregionale Presse gegangen. Ziemlich spektakulär war das gewesen. Dagegen war ihr Finger fast schon harmlos. Er machte sich eine Notiz. Bruno hatte recht. Zu diesem Zeitpunkt durften sie nichts ausschließen. Obwohl es Peter nach wie vor eher unwahrscheinlich fand, dass man einer armen alten Dame ihren Arthrose-Finger abschnitt und im Park eines Altenheims beisetzte. Oder sollte es der Finger der Großmutter eines verfeindeten Bandenanführers sein? Legte man den dann nicht eher als Warnung vor der Haustür der Angehörigen ab?

»Moin.« Hauke betrat das Büro. Dicht gefolgt von seinem Chef.

»Moin«, erwiderte Peter.

»Guten Morgen, Peter«, sagte Philip.

»Hat sie dich aus dem Bett geschmissen oder schnarcht sie?« Haukes anzügliches Grinsen würde Peter nicht mehr lange ertragen. Der Mann hatte Ausdauer. Eine Stärke, die in seinen »Bewerbungsunterlagen« durchaus herausgestellt werden sollte.

»Ich habe gerade mit Bruno gesprochen.« Peter erstattete kurz Bericht.

»Eine alte Frau«, kommentierte Hauke aus der Küche. »Passt ja zum Altenheim. Fehlt denen jemand?«

Peter verdrehte die Augen. »Nein. Der letzte Todesfall war vor drei Monaten. Ein Mann, eingeäschert.«

»Wer schneidet einer alten Frau den Finger ab? Das ist makaber«, sagte Hauke.

»Wir müssen herausfinden, wer Linda ist«, mahnte Philip, der auf dem Tresen Platz genommen hatte.

»Keine Treffer in den Listen des Altenheims. Ich habe auch die alte Liste der ELB-Residenz abgeglichen. Keine Übereinstimmung.«

»Wenn die ominöse Linda überhaupt jemals in dem Kasten gewohnt hat«, warf Hauke ein, der sich mit seinem Becher an den Schreibtisch setzte.

»Warum sollte das Kreuz denn sonst dort aufgestellt worden sein?«, fragte Peter.

»Vielleicht ist ja auch ein Köter oder eine Katze damit gemeint. Der Plüschhase könnte genauso gut ein Hundespielzeug sein«, erwiderte Hauke. »Vielleicht hat jemand von dem Altenheim Rattengift ausgelegt. Und um diesen Jemand zu bestrafen, liegt der Finger als Warnung mit dabei.«

»Ja, aber von wem stammt dann der Finger? Weder dem Personal noch den Bewohnern fehlt einer. Das ergibt doch keinen Sinn, Hauke.«

»Das ist die Frage: Wem gehört dieser Scheißfinger?«

»Außerdem, welches Haustier heißt denn Linda?« Peter fand diese Theorie immer abstruser.

»Kann ja nicht jeder so einen coolen Namen wie White Sock haben.«

»Weil der ja für eine Katze mit weißen Pfoten auch so originell ist.«

»Das sagt ausgerechnet der Mann, der seinen Findling Murle getauft hat. Bitte, geht es noch altbackener?«

Peter blickte Hilfe suchend zu Philip, der ihnen amüsiert vom Tresen aus lauschte. »Was machen wir als Nächstes?«

»Ja, großer weiser Mann. Sprich zu uns.«

Philip ignorierte Haukes Bemerkung. »Peter, du telefonierst sämtliche Krankenhäuser ab. Vielleicht ist die Person ohne Finger dort behandelt worden. Frag bei den Kollegen in den umliegenden Wachen nach. Wenn die Frau noch lebt, ist sie vielleicht irgendjemandem aufgefallen.«

»Gute Idee, ich kümmere mich darum.«

»Und wenn die fingerlose Lady nicht zu finden ist?«, fragte Hauke.

»Dann heißt es abwarten«, entgegnete Philip.

»Bis wir den nächsten finden?« Peter warf ihm einen besorgten Blick zu.

»Was auch immer das zu bedeuten hat, das ist erst der Anfang«, wiederholte Philip seine Prognose.

»Na, toll. Du bist ja ein richtiger Mutmacher«, gab Hauke zurück.

»Vielleicht sollten wir den Park beobachten?«, schlug Peter vor.

»Tu dir keinen Zwang an. Ich schlage mir nicht die Nächte im Auto um die Ohren.«

»Der Finger gehört einer alten Frau«, sinnierte Philip. »Nehmen wir einmal an, dass es sich um eine Art Bestrafung handelt. Was könnte eine alte, kranke Frau getan haben, dass man ihr den Finger abschneidet?«

Peter dachte darüber nach. Da gab es Dutzende Möglichkeiten.

»Wie hoch ist die Wahrscheinlichkeit, dass diese Frau in ihrem kranken Zustand vor Kurzem etwas getan hat, das ihn diese Strafe einbrachte?«, fragte ihr Chef.

»Na ja, unterschätze die alten Leutchen nicht. Wir hatten früher eine Nachbarin, die ein richtiger Drachen war. Die ging in ihrem Vorgarten mit dem Besen auf uns los«, erwiderte Hauke.

»Deshalb schneidet man ihr aber keinen Finger ab«, kommentierte Peter.

»Hätte die Alte sicher mundtot gemacht.«

»Ich stimme Peter zu. Es gehört eine ordentliche Portion Skrupellosigkeit dazu, jemandem einen Körperteil abzutrennen. Die Knochen sind hart, das erfordert Kraft. Das ist nicht so einfach, wie es klingen mag.«

»Oder eine gehörige Portion Wut«, warf Peter ein.

»Der Grund für die Bestrafung muss gravierend gewesen sein, um so etwas vermeintlich verdient zu haben«, ergänzte Philip.

»Du meinst also, Rache könnte das Motiv sein?«, fragte Peter.

Philip nickte.

»Und was soll die Alte getan haben?«, erkundigte sich Hauke.

Das Telefon riss sie aus ihren Überlegungen. Trautchen, die Frau des Friedhofsgärtners, war am Apparat. Sie berichtete Peter von einem herumlungernden Jungen, den sie auf dem Parkplatz des Friedhofes beobachtet hatte. Ihre Neugier war ortsbekannt. Sie wohnte direkt gegenüber dem Arbeitsplatz ihres Mannes. Die Frau schien den ganzen Tag am Fenster zu sitzen und zu verfolgen, was in dem kleinen Ausschnitt ihrer Welt geschah. Um sich nichts vorwerfen zu lassen, machten Philip und Hauke sich auf den Weg zu ihr.

Hauke hatte aufgehört, die Anrufe zu zählen, die Trautchen im Laufe der Jahre getätigt hatte. Es kam nur selten vor, dass sie mit ihren Verdächtigungen einen konstruktiven Hinweis gegeben hatte. Kurzum, Hauke mochte sie nicht besonders. Was zweifelsohne auf Gegenseitigkeit beruhte. Als er den Streifenwagen auf den Parkplatz lenkte, wartete sie neben einem Jungen, den Hauke auf etwa zehn schätzte. Seinem Gesichtsausdruck nach zu urteilen, wünschte er sich nichts sehnlicher, als woanders zu sein. Kaum waren sie ausgestiegen, plapperte Trautchen drauflos.

»Gut, dass ihr da seid. Ich habe diesen jungen Mann mutterseelenallein aufgegriffen. Er will mir partout nicht verraten, was er hier zu suchen hat. Er rannte mir direkt in die Arme. Und seinen Namen konnte ich auch nicht aus ihm herauskriegen.«

Kein Wunder, dachte Hauke. Dieser Frau hätte er auch nichts erzählt. »Danke, Trautchen, wir übernehmen jetzt«, sagte er und griff nach ihrer Hand, die die Schulter des Jungen umschloss, als hätte sie einen Schwerverbrecher in Gewahrsam genommen.

»Seid ihr sicher, dass ihr nicht noch eine Zeugenaussage braucht?«

Hauke nickte. Widerwillig löste sie ihre Hand von ihrem Opfer und ließ sich mühsam in Richtung Haus komplimentieren.

»Komm, lass den armen Jungen in Ruhe. Wir bringen ihn nach Hause.«

»Aber wenn ihr Hilfe braucht, dann sagt Bescheid. Du weißt ja, wo ihr mich findet.«

Ja, das wussten sie nur zu gut und Trautchen tat alles Menschenmögliche, damit das auch so blieb.

»Auf Wiedersehen«, sagte er und gab ihr einen sanften Schubs.

»Bis bald.«

Er hoffte nicht. Haukes strenger Blick folgte ihr über die Straße. Zu allem Überfluss winkte sie ihm zu. Stöhnend wandte er sich dem Jungen zu.

Philip hatte sich vor ihn gehockt und ihn nach seinem Namen gefragt. Julius Clasen war elf Jahre alt und auf dem Weg zur Schule im Bus eingeschlafen. Als er es bemerkt hatte, war es viel zu spät gewesen und er war an der nächstmöglichen Haltestelle ausgestiegen. Danach war er der Landstraße bis zum Kophusener Ortsschild gefolgt. Der Friedhof befand sich in unmittelbarer Nähe.

»Wo gehst du zur Schule?«, fragte Philip, noch immer auf Knien.

»Waldorfschule Elmshorn«, brachte er flüsternd heraus.

Der Junge schien eingeschüchtert zu sein. Wahrscheinlich hatte Trautchens blockwarthafte Art ihm Angst eingejagt.

»Na, dann bist du aber weit vom Kurs abgekommen. Hast du Lust, mit uns im Streifenwagen zu fahren?«, fragte Philip, als würde er ihn auf einen Ausflug in den *Heide-Park* einladen wollen.

Julius' Gesicht hellte sich auf. »Machen Sie auch die Sirene an?«

»Das geht leider nicht. Aber du darfst hinten sitzen, wie ein richtiger Verbrecher.«

»Ist gut.«

»Willst du deine Eltern anrufen?«

»Nee, auf gar keinen Fall.«

Der Junge schüttelte heftig den Kopf. Dann sah er sich zu den Gräbern um, als wolle er sichergehen, dass ihn niemand hörte. Hauke dachte sich nichts weiter dabei. Trautchen in Verbindung mit einem Friedhof konnte einem Jungen in seinem Alter durchaus Angst einjagen.

»Ist alles okay?«, fragte Philip.

Der Junge nickte heftig und blickte sich erneut um, als wolle er sich vergewissern, dass niemand ihnen folgen würde.

»Na, dann steig ein«, sagte Philip.

Während der Fahrt stellte der Junge unaufhörlich Fragen, die Philip geduldig beantwortete. Er machte das gut. Kurz dachte Hauke an die Stieftochter Muriel, die sein Chef verloren hatte. Es musste ein enormer Verlust gewesen sein, auch wenn es nicht sein eigenes Kind gewesen war. Philip hatte sichtlich Freude an dem Frage-und-Antwort-Spiel. Der Junge war ziemlich plietsch, fand Hauke, stellte kluge Fragen, auf die er in dem Alter selbst nie gekommen wäre.

»So, da sind wir«, sagte Hauke und parkte den Wagen direkt vor dem Eingang der Schule.

»Ich bringe dich rein«, bot Philip an und öffnete die Tür.

Der Junge blieb sitzen und zögerte. »Kommen Sie auch mit?«, fragte Julius und tippte Hauke dabei auf die Schulter.

Erstaunt drehte der sich um. »Ich? Wieso?«

»Sie sehen wie ein richtiger Polizist aus.«

Hauke stutzte kurz, bis er begriff. »Ach, du meinst die Uniform. Klar, wir mischen den Laden mal richtig auf.«

»Cool!«

Julius führte sie durch die breiten Gänge bis zu seinem Klassenzimmer. Als sie durch die Tür traten, sah die Lehrerin sie alle drei erstaunt an. »Ist etwas passiert?«

»Nein, ich bin nur …« Der Junge brach ab und senkte den Blick. Offenbar war es ihm peinlich.

»Julius Clasen, dass mir das nicht noch einmal vorkommt«, sagte Hauke in strengem Ton.

Der Junge sah überrascht auf und schüttelte instinktiv den Kopf.

»Das will ich dir auch geraten haben. Dein Einsatz war äußerst gefährlich. Wenn wir dich noch einmal brauchen sollten, kommen wir auf dich zurück. Vielen Dank für deine Hilfe.«

Julius schien zu begreifen und setzte ein ernstes Gesicht auf.

»Passen Sie gut auf den Jungen auf. Er ist ein Held.«

Der Lehrerin fehlten offenbar die Worte. Sie nickte stumm und Julius ging unter dem bewundernden Blick seiner Klassenkameraden zu seinem Platz.

»Auf Wiedersehen, Kinder.« Hauke tippte sich an die Dienstmütze.

Als sie die Tür hinter sich geschlossen hatten, schüttelte Philip den Kopf. »Ein Held?«

»Was denn, jetzt hat er wenigstens eine gute Geschichte zu erzählen und steht nicht wie der letzte Vollhonk da, der zu blöd ist, rechtzeitig aus dem Bus auszusteigen.«

»Was glaubst du, denkt er sich aus?«

»Vielleicht macht er aus Trautchen einen Zombie. Ist das gerade hip bei den Kids?« Hauke lachte. »Verdient hätte sie es.«

»Der Junge wirkte nervös«, sagte Philip.

»In dem Alter hätte mich das Gezeter von Trautchen auch verstört.«

»Hast du seine Blicke gesehen?«

Hauke wusste genau, worauf sein Chef anspielte. »Vielleicht hat da jemand am Grab geweint oder mit den Toten gesprochen.«

»Möglich.«

Gerade als sie ins Auto stiegen, meldete sich Peter über Funk. Im Park des *Deichgraf* war ein zweites Grab entdeckt worden. Hauke schüttelte sich bei dem Gedanken an den nächsten abgetrennten Finger und hoffte, dass es dieses Mal nichts Größeres war.

9

Die beiden Beamten hockten im Gras. Vor ihnen das zweite Grab. Unter einem ähnlichen Kreuz und einem weiteren Strauß weißer Rosen auf der anderen Seite der Eiche waren sie erneut auf einen vergrabenen Schuhkarton gestoßen. Doch zum Glück ohne menschliche Überreste. Statt des Plüschhasen fanden sie dieses Mal eine altmodische Puppe, der ein Auge fehlte. Aus dem Verbliebenen schien sie sie ausdruckslos anzustarren. Sie trug ein dunkelblaues Kleid mit weißen Punkten, das an mehreren Stellen ausgebessert worden war. Um ihren Hals war ein Seil befestigt, als hätte sie sich erhängt. Ihre blonden Haare waren verfilzt. Philip musste unwillkürlich an Muriel denken. Ein beklemmendes Gefühl stieg in ihm auf.

»Warum zum Teufel immer diese Spielsachen? Weißt du, an wen mich das erinnert?«, fragte Hauke.

»Ich kann es mir denken. Aber das ist unmöglich.«

»Bei der Frau kann ich mir so einiges vorstellen.«

»Judith ist in der JVA Lübeck.«

»Hast du dich erkundigt?«

Goldberg nickte.

»Zwei Dumme, ein Gedanke.« Hauke betrachtete den Fund. »Das wird langsam echt unheimlich.«

»Was genau findest du unheimlich?«, fragte Goldberg, der seine eigene Irritation noch nicht in Worte fassen konnte.

»Na, dass jemand Spielsachen vergräbt.«

»Ja, aber womit verbindest du es?«

»Mit Kindern.«

Goldberg nickte.

»Worauf willst du hinaus?«

»Ich frage mich, ob da jemand um ein Kind trauert oder ob eines in Gefahr sein könnte.«

»Du glaubst, jemand hat ein Kind entführt? Aber der Finger gehört einem erwachsenen Menschen.«

»Ich weiß, aber wir müssen in alle Richtungen denken.«

»Ein Grab deutet doch eher darauf hin, dass jemand gestorben ist, oder? Das würde auch besser zum Finger passen. Dann wäre die alte Dame entweder schon tot oder, wenn es dumm läuft, stirbt sie demnächst.«

Goldberg besah sich den Karton. Er war beschriftet und schien von derselben Marke zu sein wie der erste. Laut Peter stammte er von einem Sanitätshaus. Während Goldberg die Puppe näher in Augenschein nahm, schoss Hauke ein paar Fotos mit seinem Diensthandy. Das Seil war mit einem Seemannsknoten gebunden. Die Person kannte sich aus oder hatte es sorgfältig nachgelesen. Philip legte die Puppe zurück in den Karton. Hauke schloss seine Fotoserie ab. Auf dem Kreuz stand die gleiche Inschrift.

Linda. In ewiger Liebe bis zum Tod.

Wenn Linda bereits vor langer Zeit gestorben war, wem gehörte dann der Finger?

»Die Inschrift klingt fast nach einer Drohung: Vorsicht, meine Liebe dauert bis zum Tod. Geht ewige Liebe nicht über den Tod hinaus?«

Das ist ein guter Gedanke, dachte Goldberg. »Warum sollen wir die Sachen finden?«, fragte er.

»Da gibt es viele Gründe. Entweder will derjenige entdeckt werden oder Eitelkeit: Seht mal, was ich tue, und ihr kriegt mich nicht.«

»Oder es soll ein bereits begangenes Verbrechen aufgedeckt werden?«, murmelte Goldberg.

»Das ginge viel schneller und effektiver mit einem Anruf bei der eins eins null.«

»Zu diesem Zeitpunkt ist vieles möglich. Wir werden sammeln müssen.«

»Du kannst ja schon mal sammeln, ich rufe die Kollegen. Soll die Kripo sich mit dieser erhängten Puppe befassen. Ich finde das gruselig.«

Während Hauke ihren Fund telefonisch durchgab, ließ Goldberg den Blick über den Park schweifen. Es war kaum möglich, sich hier unbemerkt zu bewegen. Er vermutete, dass das Grab im Dunkeln ausgehoben worden war. Frau Liebermann hatte die gleiche Geschichte wie gestern erzählt. Sie hatte bei ihrem morgendlichen Spaziergang das Grab entdeckt. Vielleicht lohnte es sich doch, eine Nacht im Park zu verbringen. Hauke würde er dazu nicht kriegen. Aber möglicherweise legte Peter mit ihm zusammen eine Nachtschicht ein.

»Ich sehe mich ein bisschen um, du wartest bitte auf die Kollegen.«

»Ja, ja. Hau du nur ab und lass mich mit der suizidgefährdeten Püppi allein.«

Das Grundstück grenzte an einer Seite an die riesige Villa und erstreckte sich entlang des breiten Kieswegs bis zum Parkplatz. Zur anderen Seite waren Wiesen. Das nächste Haus lag schätzungsweise fünfzig Meter entfernt. Astrid Maier hatte dieses Mal niemanden bemerkt. Mit den beiden Frauen hatte Goldberg bereits sofort nach dem Eintreffen gesprochen. Es war unmöglich, das gesamte Grundstück ununterbrochen zu observieren. Es sei denn, die Kollegen aus Itzehoe würden mehrere Beamte dafür abstellen. Aber bei der löchrigen Personaldecke war das eher unwahrscheinlich. Ebenso wie eine breit angelegte Suche nach Fußspuren oder Autoreifen. Allein die Sicherung würde Tage in Anspruch nehmen, geschweige denn der Abgleich mit den Besuchern des Heimes und den Mitarbeitern. Bisher war nicht sicher, ob sie es tatsächlich mit einem Verbrechen zu tun hatten. Einen Finger konnte man sich theoretisch auch selbst abnehmen. Auch wenn Goldberg das ausschloss, er wollte nicht tatenlos zusehen, bis sie die Reste einer kompletten Leiche finden würden. Hier stimmte etwas nicht. Jemand wollte Aufmerksamkeit. Früher oder später würde er sich zu erkennen geben. Es war nur eine Frage der Zeit.

Zurück auf der Station, überlegten die Männer, was sie jetzt tun konnten. Peter speicherte die Fotos von Haukes Diensttelefon und betrachtete sie genau. Sein Unbehagen war ihm deutlich anzusehen.

»Was machen wir, wenn wirklich ein Kind in Gefahr ist?«, fragte Peter, ohne die Augen vom Bildschirm abzuwenden.

»Verdammte Scheiße. Wir haben keine Ahnung, wer Linda ist, wem der Finger gehört und was zum Teufel das alles soll.« Haukes Stimme war zittriger als sonst.

Einen Moment saßen sie da wie betäubt. Die Kollegen aus Itzehoe hatten bisher ebenso wenig zutage gebracht wie sie. Der Fingerabdruck des Zeigefingers hatte erwartungsgemäß keine Treffer ergeben. Die Krankenhäuser und Notfallpraxen in der Umgebung verzeichneten keine Patientin mit einem fehlenden Finger.

»Ich habe sogar bei Hilde Deterding angerufen. Ihr geht es gut. Gesund und munter wie eh und je«, ergänzte Peter seinen Bericht.

»Dann hatten wir wohl alle ein Déjà-vu«, sagte Hauke.

»Ja. So weit hergeholt finde ich das jetzt nicht. Immerhin hat sie noch zwei Kinder, die auf freiem Fuß sind«, fügte Peter hinzu.

»Gibt es Vermisstenanzeigen aus der Gegend, die auf eine alte Dame passen könnten?«, fragte Goldberg.

»Nee, nix.«

»Was ist, wenn es jemand auf eine Bewohnerin im Heim abgesehen hat?«, überlegte der Kommissar laut.

»Du meinst, da will jemand einen von den alten Herrschaften einschüchtern?«, fragte Hauke.

»Warum sonst ist das Grab ausgerechnet dort?«

»Dann sollten wir das Haus unter Polizeischutz stellen.« Peter blickte zu Goldberg. »Was meinst du?«

»Ich denke, dass das Sache der Kollegen ist«, grätschte Hauke dazwischen. »Wie sollen wir neben unseren Aufgaben noch eine Vierundzwanzig-Stunden-Bewachung stemmen? Ist ja nicht so, dass wir uns hier den ganzen Tag die Eier schaukeln.«

»Hauke hat recht«, entgegnete Goldberg. »Aber wir können uns sämtliche Personen vornehmen und befragen.«

»Das hast du doch schon getan. Niemand hat etwas gesehen«, wandte Hauke ein.

»Erstens habe ich nicht alle befragt. Zweitens möchte ich wissen, ob jemand eine Person namens Linda kennt oder gekannt hat. Dieser Name ist der Schlüssel zu dem Rätsel. Wenn wir wissen, wer Linda ist, dann wissen wir, wo wir nach dem Täter oder der Täterin suchen müssen.«

»Na gut. Dann fahren wir nach der Mittagspause noch mal hin und nehmen uns die Oldies vor«, sagte Hauke.

»Wollt ihr das wirklich tun?«, fragte Peter. »Nicht, dass da jemand vor lauter Schreck einen Herzinfarkt bekommt, wenn die Polizei schon wieder auf der Matte steht. Haben die Kollegen die nicht alle schon befragt?«

»Und was schlägst du stattdessen vor?«, fragte Hauke.

»Ich meine ja bloß. Wir sollten vorsichtig sein.«

»Wir werden sehr behutsam sein«, sagte Goldberg mit Blick auf Hauke.

»Was denn! Ich kann sehr wohl behutsam sein. Ihr tut immer so, als wäre ich ein Elefant im Porzellanladen.«

»Das trifft es ganz gut, würde ich sagen«, stimmte Peter ihm zu.

»Ha, ha, ha.«

»Man wächst mit seinen Aufgaben«, kommentierte Goldberg und sprang vom Besuchertresen. »Ich bin in meinem Büro.«

»Viel Spaß beim Malen«, sagte Hauke und streckte ihm einen Bleistift entgegen.

»Danke.«

Goldberg schloss die Tür hinter sich. Es dürstete ihn nach einem anständigen Espresso. Er musste endlich seine Bialetti auf die Station bringen. Bei ihm zu Hause staubte der Espressokocher ohnehin nur ein. Die interne Untersuchung war überstanden, es sprach nichts mehr dagegen, sein eigenes Domizil endgültig aufzugeben.

Die Wohnung in Berlin würde er behalten, obwohl ein Verkauf sicher ein kleines Vermögen einbringen würde. Aber er mochte die Hauptstadt und wollte sich die Möglichkeit, irgendwann zurückzukehren, nicht verbauen. Seiner Mutter ging es gut, doch sie würde nicht ewig allein in ihrem Haus in Potsdam leben können. Außerdem packte Magda vielleicht irgendwann die Lust auf eine Luftveränderung. Das Professoren-Ehepaar, das seine Wohnung gemietet hatte, zahlte pünktlich und kümmerte sich um alles. Es gab keinen Grund, die Immobilie abzustoßen.

Der Kommissar setzte sich an seinen Schreibtisch und nahm den Block zur Hand, den er in der obersten Schublade des Rollcontainers aufbewahrte. In Fällen wie diesem zeichnete er. Es waren rudimentäre Strichmännchen, die sein mangelndes Talent in Sachen Kunst offenbarten, aber das störte ihn nicht. Es half ihm beim Nachdenken. Er begann mit einem großen Fragezeichen in der Mitte. Links davon zeichnete er ein kleines Strichmännchen und schrieb den Namen Linda darunter. Vielleicht war es ihr Grab. Ihre Spielsachen, die mit ihr vergraben worden waren. Aber warum der Finger einer alten Frau? War Linda so alt, dass der Zeigefinger von ihr stammte? Das würde die antiquierten Spielsachen erklären. Sollte Linda für etwas bestraft werden, das sie als Kind getan hatte? Und warum trug die Puppe ein Seil um den Hals?

Hauke hatte recht, es hatte unheimlich ausgesehen. Als würde die erhängte Puppe jeden Augenblick lebendig werden und aus ihrem Pappsarg emporsteigen. Der Täter hatte einen Sinn fürs Dramatische, so viel war klar. Sein Magen drehte sich bei der Vorstellung, dass dies nicht der letzte Fund bleiben würde.

10

»Ohne mich. Das können die getrost vergessen.«

»Hauke, beruhige dich. Das ist doch erst mal nur ein Pilotprojekt. Die gucken sich das ein Jahr lang an und dann erst entscheiden sie, ob es Sinn ergibt.«

»Wie soll das bitte gehen? Glauben die im Ernst, dass ich mit dem Ding mehrere Hundert Kilometer am Tag abreiße? Und dann diese Helme! Das sieht doch total lächerlich aus! Ich mache mich nicht zum Affen. Ich hasse dieses Neongelb.«

»Nun warte doch erst mal ab.«

»Hier gibt es ja nicht einmal vernünftige Radwege. Ich lasse mir bestimmt nicht meine kostbaren Kronjuwelen durchschütteln, nur weil ich über diese verkackten Baumwurzeln radeln muss. Das können die schön in der Stadt machen. Mir kommt das jedenfalls nicht auf die Station!«

Peter atmete tief ein. Hätte er seinem Kollegen bloß nicht die polizeiinterne Mitteilung vorgelesen. In Kiel sollte ab nächstem Jahr die erste Fahrradstaffel eingeführt werden. Auf E-Bikes würden einige Kolleginnen und Kollegen erstmals auf Streife fahren. Peter war begeistert gewesen und hatte die Auswirkungen auf Haukes Laune nicht bedacht. Nun saßen sie nach Feierabend bei Rosi und die Stimmung war im Keller. Eigentlich hatte er Hauke zum Essen einladen und ihn bei der

Gelegenheit subtil auf die bevorstehende Sache mit der Kontaktanzeige vorbereiten wollen. Doch die Meldung war ein denkbar schlechter Einstieg in das Gespräch gewesen. Peter musste dringend das Thema wechseln.

»E-Bikes! Wie schnell fährt so ein Ding überhaupt? Dreißig Stundenkilometer? Vierzig? Super! Die Verbrecher sind schon nach Glückstadt geflüchtet, da strample ich noch an der Dücker Mühle vorbei.«

Hauke schnaubte lautstark und nahm einen großen Schluck von seinem Bier. Er redete sich in Rage. Es war klüger, wenn er sich ausschimpfen konnte. Egal, was Peter einwerfen würde, es würde nichts nützen. Schweigend sah er zum Tresen. Kenan hatte Dienst. Der junge Mann im Rollstuhl war ungeheuer flink. Rosi hatte Mühe und Zeit investiert, den Barbereich barrierefrei zu machen, damit sie ihn hatte einstellen können. Angeblich hatte sie früher eine Schwäche für ihn gehabt. Sie kannten sich bereits seit der Grundschule. Mit Anfang dreißig hatte er einen Motorradunfall gehabt, von dem er sich lange nicht erholt hatte. Vor zwei Jahren war er nach Kophusen zurückgekehrt.

»Und erst der Gegenwind. Du weißt, es ist kein Vergnügen, hier Fahrrad zu fahren. Ab Windstärke sieben nützt dir auch kein Elektromotor was. Heiße ich Lance Armstrong oder was?«

Peter leerte stoisch sein Glas und bestellte zwei neue für ihn und seinen zeternden Kollegen. Kenan nickte grinsend. Auch er kannte Hauke. Nicht nur als Polizist, auch als Stammgast und Bruder der Inhaberin. Man ließ ihn gewähren. Die meisten nahmen ihm diese Ausbrüche nicht übel. Im Gegenteil, sie amüsierten sich im Stillen. Vielleicht kamen sogar einige nur seinetwegen hierher. Er gehörte unfreiwillig zum Unterhaltungsprogramm. Das hatte er mit den Katzen gemeinsam.

Für einen Dienstagabend war es nicht sonderlich voll. Sie hatten sich an einen Tisch am Fenster gesetzt. Murle war zu Beginn von Haukes Tirade zum Nachbartisch geflüchtet. Dort ließ sie sich genüsslich von einem der Pensionsgäste streicheln. Dem Mann schien das nicht weniger zu gefallen.

»Das kriegen die niemals durch. Nicht auf dem Land. Die Welt wird immer verrückter, wenn du mich fragst.«

Allmählich ging Haukes Wut die Puste aus. Es würde noch das obligatorische Lamento über den Zustand der Welt folgen und dann konnten sie endlich über wichtige Dinge sprechen.

»Immer moderner, aber ob das wirklich sinnvoller ist, interessiert niemanden.«

»Ganz ehrlich, Hauke. Ich finde das gut. Es geht dabei nicht nur um ökologische Aspekte, sondern auch um Bürgernähe. Natürlich ist das hier bei uns auf dem Land nicht umsetzbar, das ist denen klar. Nun reg dich mal wieder ab.«

Wie aufs Stichwort kam Bärbel an ihren Tisch. »Hat er sich wieder beruhigt?«, fragte sie und streichelte ihm zärtlich über den Kopf. »Du brauchst endlich eine Frau, mein Sohn. Eine, die dich umsorgt und vor allen Dingen entspannt.« Sie warf Peter einen vielsagenden Blick zu. Der konnte sich ein Grinsen nicht verkneifen.

Hauke wischte die Bemerkung seiner Mutter vehement beiseite. »Danke, aber das kann ich schon selber.«

»Wie man sieht, kannst du das nicht. Peter, fällt dir denn keine für ihn ein?«, fragte Bärbel.

Mit Mühe riss Peter sich zusammen, um nicht mit seinem Plan rauszuplatzen. Im Beisein von Bärbel wäre das keine gute Idee. Hauke musste in Stimmung dafür sein und seine Mutter bewirkte genau das Gegenteil bei ihm.

»Nun lass ihn mal in Ruhe damit«, ergriff Peter sanft Partei für seinen Freund. Er musste die Wogen glätten. »Es findet sich schon die Richtige, wenn es so weit ist. Und bis dahin passe ich auf ihn auf.«

Bärbel stieß einen kleinen Seufzer aus und küsste ihren Sohn auf den Kopf.

»Mama!«

»Du bist wie dein Vatter. Der war auch immer so gritzig.« Sie verschwand in Richtung Tresen.

»Warum komme ich eigentlich hierher? Kannst du mir das erklären?« Hauke wischte sich mit der Hand über den Kopf.

»Sag mal, wo wir gerade beim Thema sind. Hast du schon mal über Online-Dating nachgedacht?«, fragte Peter in gedämpftem Ton.

»Was?«

»Du hast mich schon verstanden.«

»Bist du jetzt völlig verrückt?« Hauke machte eine Pause, in der ihn ein Lichtblitz zu ereilen schien. »Moment mal. Du hast deine Torte online aufgerissen?«

»Wie kommst du denn jetzt da drauf?«

»Sonst würdest du es mir doch wohl nicht vorschlagen.«

Peter überlegte für den Bruchteil einer Sekunde, ob er diese Geschichte weiterspinnen sollte. Konnte das funktionieren? Konnte er Haukes Bewerberinnen als seine eigenen ausgeben und sie ihm auf diese Weise ganz unauffällig präsentieren? Das wäre am einfachsten und würde vermutlich auf die geringste Abwehr bei seinem Kollegen stoßen. Er erinnerte sich an eine Szene aus grauer Vorzeit. Kurz vor Peters Geburtstag hatte sein Großvater ihn gebeten, mit ihm Schuhe kaufen zu gehen, da er ein Geschenk für einen Jungen in seinem Alter suchte, der zufälligerweise auch bald Geburtstag habe. Völlig ahnungslos war er an der Hand seines Opas durch die Schuhgeschäfte getingelt und hatte sich wohlüberlegt für ein Paar schwarze Lackhalbschuhe entschieden. Eine Woche später zu seinem Geburtstag packte Peter das besagte Paar Schuhe aus. Sein Opa hatte ihn schmunzelnd dabei beobachtet. Peter hatte nicht einmal ansatzweise Verdacht geschöpft. Zugegeben, Hauke war keine acht Jahre alt, so wie er damals. Aber vielleicht würde der Anblick der Frauen ihn so sehr ablenken, dass er das Manöver nicht durchschaute.

»Hey«, rief Hauke und schnipste mit den Fingern, um seine Aufmerksamkeit zu erlangen. »Bist du deswegen im Dauergrinseneinsatz? Du hast nicht nur eine Braut am Start, sondern gleich mehrere? Klappt das so gut mit dem Online-Dating?«

Peter schüttelte den Kopf. »Nee, ich bin da eher klassisch unterwegs«, hörte er sich sagen.

»Schreibst du etwa Briefe?«

»Na ja, ein bisschen moderner schon. E-Mails.«

Hauke beugte sich vor. »Guck mal einer an, der Peter, unser Casanova. Und wie viele waren es bisher?«

Das würde außer Kontrolle geraten, dachte Peter, aber nun war er bereits mittendrin. »Ich fange ja gerade erst an. Und es ist wirklich schwierig. Die Auswahl ist riesig.

Du hast ja keine Ahnung, wie viele Frauen Singles und auf der Suche sind.«

»O doch, Kumpel, das habe ich, glaube mir! Also, wie viele?«

»Noch keine.«

»Was? Wieso?«

In Sekundenschnelle nahm ein riskanter Plan in Peters Kopf Gestalt an. Hauke würde sich diese Frau selber aussuchen. Das würde er natürlich nicht wissen. Er würde weiterhin glauben, sie suchten für Peter. Er beugte sich vor und sie steckten ihre Köpfe zusammen. »Ich habe ein paar Dates ausgemacht. Am übernächsten Samstag.«

Hauke ließ einen leisen Pfiff ertönen. »Du alter Schwerenöter. Jetzt weiß ich, warum du in letzter Zeit so strahlst. Und? Scharfe Frauen dabei?«

»Hauke, bitte. Ich suche keine belanglosen Abenteuer. Ich suche eine Frau, eine echte Partnerin.«

»Du könntest nach den vielen Jahren der Abstinenz ruhig etwas Spaß vertragen. Und sicher auch ein wenig Übung. Nicht, dass sich Mrs. Right in der Koje mit Grausen abwendet.«

»Das ist nichts für mich und das weißt du.«

»Ja, du Langweiler.« Hauke trank einen Schluck Bier.

»Ich habe mich mit der Auswahl echt schwergetan.« Peter hoffte, sein Freund würde selbst auf die Idee kommen, ihn bei der Suche nach der passenden Partnerin zu unterstützen. Deshalb ließ er ihm etwas Zeit, den Gedanken zu entwickeln. »Ich habe so etwas noch nie gemacht, weißt du?«, fügte er hinzu, was nicht gelogen war. »Mich verunsichern diese vielen Frauen. Das ist eine Ewigkeit her«, setzte er flüsternd nach.

Das war nur halb gelogen. Jedenfalls bis Greta in sein Leben getreten war.

»Das verstehe ich total. In Liebesdingen bist du echt aus der Übung, mein Lieber.« Diskret wechselte Hauke in den Flüsterton. »Wie lange ist es her? Neun Jahre? Zehn?«

»Zwölf.«

Hauke verschluckte sich fast. »Heilige Scheiße! Hast du nicht schon einen Dauerständer?«

»Bitte, darüber möchte ich nicht sprechen.«

»Kann ich gut verstehen, Kumpel. Also, erzähl, ist eine dabei, die dir so richtig gefällt?«

»Na ja, die, mit denen ich mich verabredet habe, kommen in die engere Auswahl.«

»Ein Speeddating? Du traust dich was! Hast es echt faustdick hinter den Ohren. Was ist, wenn die sich über den Weg laufen? Das könnte böse enden. Glaub mir, ich spreche aus eigener Erfahrung. Du bist zu unerfahren für so was.«

Peter war davon ausgegangen, dass sie genügend Puffer zwischen den Dates eingeplant hatten. Zumal es ja nicht um ihn ging, sondern um Hauke. Es bestand also keinerlei Gefahr, dass es sofort funkte und die Gespräche sich in die Länge ziehen würden. Aber auch das konnte er Hauke nicht erklären. Er überlegte, ob das wirklich so eine gute Idee gewesen war, die Frauen für seine eigenen Bewerberinnen auszugeben.

»Glaub mir, du musst einer Frau das Gefühl geben, die eine und einzige zu sein. Sonst kommst du nicht zum Schuss.«

»Hauke, noch mal: Ich bin nicht auf eine schnelle Nummer aus.«

»Umso schlimmer. Wenn die spitzkriegen, dass da ein Massendate läuft, schnappen die zu wie eine Auster. Das erfordert sehr viel Fingerspitzengefühl. Besonders wenn es dir ernst ist. Soll ich das nicht lieber in die Hand nehmen? Ich habe mehr Erfahrung als du.«

Manchmal war es wirklich simpel. »Würdest du das für mich tun?« Peter warf ihm einen dankbaren Blick zu.

»Na klar. Ich kann dich doch nicht ins offene Messer laufen lassen. Warum hast du denn nicht gleich um Hilfe gebeten? Du weißt doch, dass ich mich mit Frauen auskenne.«

Peter schluckte einen Kommentar hinunter. »Ich bin halt ein bisschen schüchtern.«

Bärbel trat zu ihnen und servierte zwei frisch gezapfte Biere. Peter nahm einen großen Schluck und freute sich im Stillen über diese unerwartete Wendung. Er konnte es nicht abwarten, Greta davon zu erzählen.

»Was hast du für den Samstag denn geplant?«, fragte Hauke, als seine Mutter wieder außer Hörweite war.

Peter berichtete ihm von der Kontaktanzeige, wie er die Vorauswahl getroffen hatte und von seinem Zeitplan für Samstag. Hauke gefiel diese Idee sichtlich. Sein Kollege sah sich bereits in der Rolle des Amors, der seinem besten Freund die Frau fürs Leben verschaffen würde. Eine Rolle, für die Peter sich bereits selbst besetzt hatte. Er hoffte, dass seine spontane Idee nicht am Ende nur verbrannte Erde hinterlassen würde. Ein vages Gefühl von Kontrollverlust überkam ihn. Er würde die Auserwählte schließlich nicht wie sein Opa in Geschenkpapier einwickeln und ihm mit einem wissenden Lächeln überreichen können. Doch er schob seine Befürchtungen beiseite. Es war ohnehin zu spät und die Begeisterung im Gesicht des Freundes rührte ihn. Am Ende würde alles gut werden und sie würden gemeinsam über diese Geschichte lachen.

»Du gehst ein hohes Risiko ein mit deinem Massendate. Ich weiß, du willst effektiv sein, aber so funktioniert das mit dem anderen Geschlecht nicht. Wir sollten die Termine umlegen.«

»Nein«, rief Peter eine Spur zu laut und senkte die Stimme. »Das sieht nicht gut aus, wenn man gleich die erste Verabredung verschiebt.«

»Ja, das stimmt. Dann sollten wir taktisch klug vorgehen und dafür sorgen, dass die Mädels sich nicht begegnen.«

Peter nahm einen großen Schluck Bier und versuchte, sein zufriedenes Grinsen hinter dem Glas zu verstecken.

11

Als Goldberg an diesem Morgen aufstand, war Magda bereits auf dem Weg zur Arbeit. Er stieg die schmale Treppe hinunter und zog dabei seinen Kopf routiniert ein, um nicht an die Decke zu stoßen. Während die Espressomaschine sich aufwärmte, ging er unter die Dusche und ließ den gestrigen Besuch im Seniorenheim *Deichgraf* Revue passieren. Sie hatten jeden Bewohner und jede Bewohnerin einzeln befragt, aber es war nichts dabei herausgekommen, das sie in irgendeiner Form weitergebracht hätte. Auch dem Personal war nichts Ungewöhnliches aufgefallen. Die geheimnisvolle Linda blieb im Verborgenen. Niemandem sagte der Name etwas. Die Gräber schienen weder mit den Bewohnern noch mit den Angestellten etwas zu tun zu haben.

Mit dem ersten Espresso des Tages setzte er sich an den kleinen Küchentisch. Die Tasse seiner verstorbenen Stieftochter in der Hand, dachte er an Judith. Wenn es möglich gewesen wäre, hätte er Hauke zugestimmt. Aber seine Ex-Lebensgefährtin befand sich noch immer in Lübeck.

Der Finger gehörte zu einer alten Frau, die vielleicht noch lebte oder bereits tot war. Was hatte das zu bedeuten? Und wenn es nichts mit dem Altenheim zu tun hatte, worum ging es dann? Warum wurden die Gräber ausgerechnet dort inszeniert? Goldberg leerte die Tasse. Sein Blick streifte durch den Garten, mit dem Magda sich so viel Mühe gab, und blieb an den blauen Perlhyazinthen hängen, deren Zwiebeln sie gemeinsam gesetzt hatten.

Wenn es nichts mit den Menschen im Heim zu tun hatte, ging es vielleicht um den Ort an sich, überlegte er. Sollte das Motiv wirklich Rache sein, wäre es durchaus denkbar, dass es sich um ein Ereignis aus der Vergangenheit handelte. Das würde auch zu dem altmodischen Spielzeug und zu dem Finger einer alten Frau passen. Sein Magen meldete sich zu Wort. Nicht weil er Hunger hatte, sondern weil er auf der richtigen Spur zu sein schien. Eilig zog er sich ein Sakko über und verließ das Haus.

Hauke saß neben ihm in seinem Saab 900i Cabrio und schien verkatert zu sein. Goldberg hatte sich gestern Abend aus dem Treffen bei Rosi ausgeklinkt und war stattdessen mit Magda essen gegangen. Der Kommissar erkundigte sich nach ihrem Gelage, doch aus Hauke war nicht viel herauszubekommen. Es würde noch eine Kanne Kaffee erfordern, um ihn aus seinem Panzer aus Restalkohol und Schlafmangel herauszulösen.

Auf der Polizeistation ging es Peter ähnlich. Doch war dieser deutlich fröhlicher gestimmt. Der Kaffee war gekocht und der Teller mit den frischen Haferkeksen stand bereit. Schweigend nahm sich Hauke einen Becher Kaffee und setzte sich an den Schreibtisch. Goldberg spürte, dass gestern Abend etwas geschehen war, doch das musste warten. Schließlich hatten sie wichtigere Dinge zu tun. Er schwang sich auf den Tresen.

»Ich hatte heute Morgen eine Idee.« Der Kommissar wartete kurz, bis er die Aufmerksamkeit der Kollegen hatte, und fuhr dann fort: »Wir sind bisher davon ausgegangen, dass diese Gräber etwas mit einem Menschen in dem Heim zu tun haben müssen. Was ist aber, wenn es mit dem Gebäude zu tun hat? Oder mit etwas, das an diesem Ort stattgefunden hat?«

»Du meinst ein Ereignis aus der Vergangenheit?«, fragte Peter.

Goldberg nickte. »Was wisst ihr über diesen Ort?«

Hauke runzelte die Stirn, als ob er in den Tiefen seiner Erinnerungen kramte.

»Bevor Weber und seine Bagage das Haus gekauft haben, stand es ein paar Jahre leer. Und davor gehörte es einem Rechtsanwalt aus Hamburg, die Begeisterung für das Leben auf dem Land hielt aber nicht lange an. Und davor war es auch schon ein Seniorenheim«, erklärte Peter.

»Wann ist das Gebäude gebaut worden?«, fragte Goldberg.

»Puh, ich habe keine genauen Daten, aber bestimmt Ende des neunzehnten, Anfang des zwanzigsten Jahrhunderts.«

»Peter, ich möchte, dass du die Geschichte dieses Gebäudes herausfindest. So viel du kriegen kannst und so weit wie möglich zurück. Ich glaube, des Rätsels Lösung liegt in der Vergangenheit.«

»Wie weit soll ich denn da gucken?«

»So weit, wie es geht. Gibt es Kophusener Chroniken oder Jahresbücher?«

Peter nickte. »Ja, einige von ihnen habe ich sogar zu Hause. Aber ich werde mal den Chronikverein kontaktieren, die sind hier bei uns ziemlich gut aufgestellt. Und natürlich das Grundbuch.«

»Gute Idee.«

»Ich will ja nur ungern ein Spielverderber sein, aber glaubt ihr wirklich, da rächt sich jemand für eine Geschichte, die zig Jahre zurückliegt?«, wandte Hauke ein, dessen Lebensgeister allmählich wiederzukehren schienen.

»Wenn du eine andere plausible Idee für diese Gräber hast, nur raus damit. Wir sind für jeden Gedanken offen«, erwiderte Goldberg.

Hauke brummte.

»Was Neues von der Puppe oder dem Karton?«, fragte Goldberg.

»Kollege Weidenbach hat eine E-Mail geschrieben. Keine Fingerabdrücke. Der Schuhkarton stammt von derselben Firma wie der erste. Da sind die Kollegen dran. Sowohl die Puppe als auch der Stoffhase sind eindeutig älteren Datums. Das würde zu unserer neuen Theorie passen. Aber auch da keine verwertbaren Spuren.«

»Und das Kreuz?«, hakte Goldberg nach.

»Nichts. Es besteht aus handelsüblichen Holzlatten, die in jedem Baumarkt zu kriegen sind.«

»Was ist mit der Schrift. Ist ein grafologisches Gutachten in Auftrag gegeben worden?«

»Davon hat er nichts gesagt. Aber ich frage mal nach.«

»Mach das. Vielleicht hilft uns eine Analyse, die Person näher eingrenzen zu können.«

»Jetzt macht aber mal halblang. Ihr glaubt doch nicht, dass die Kollegen wegen zwei Stofftieren solchen Aufwand betreiben.« Hauke erhob sich und ging in die Pantryküche.

»Du vergisst den Finger«, entgegnete Goldberg.

»Finger hin oder her. Das ist doch absurd.«

»Wir können nicht ausschließen, dass noch etwas Schlimmeres passiert oder die Frau sogar schon tot ist«, wandte Peter ein.

Hauke blieb mit seinem frischen Kaffee in der Tür stehen. »Ja, schon, aber …« Er beendete den Satz nicht.

»Was ist mit der Friedhofsvase?«, kam es Goldberg in den Sinn.

»Nichts. Die ist ebenfalls überall zu haben.«

»Also suchen wir nach einem Bekloppten oder einer Beklopptin«, Hauke dehnte das letzte Wort, um zu zeigen, was er von gendergerechter Sprache hielt, »die auf dem Pfad der Rache alten Menschen die Finger abhackt?«

»Wenn es dir zum besseren Verständnis dient, ja«, erwiderte Goldberg.

»Na toll! Warum sind die bloß immer alle in Kophusen? Können diese Irren ihr Unwesen nicht in Krempe oder Glückstadt treiben?«

»Nun hör auf zu jammern. Vor ein paar Monaten warst du noch für jede Arbeit dankbar«, sagte Peter.

»Hast ja recht«, lenkte sein Kollege ein und setzte sich zurück an seinen Schreibtisch. »Also, was machen wir?«

»Während Peter sich um die Geschichte der Villa kümmert, statten wir unserer Frau Neumann einen Nachsorge-Besuch ab.«

»Wieso das denn? Willst du gucken, ob ihr ein Finger fehlt, oder was?«

»Wie kommst du ausgerechnet auf Ursula Neumann?«, fragte auch Peter überrascht.

»Na ja, sie wählt am Sonntag den Notruf, und als wir vor Ort sind, tut sie so, als wäre nichts gewesen. Eine Frau, die jeglichen Kontakt zu ihren Mitmenschen meidet. Nur einen Tag später taucht das erste Grab auf. Darin der Zeigefinger einer Frau, die ungefähr in ihrem Alter ist. Findet ihr das nicht auffällig?«

»Ich weiß, du glaubst nicht an Zufälle«, wandte Hauke ein, »aber die Alte wird sich sicher nicht in aller Seelenruhe den Finger amputieren lassen. Die ist mächtig zäh und lässt sich die Butter nicht vom Brot nehmen.«

»Wer sagt etwas von Seelenruhe?«

Hauke stöhnte. »Aber du fährst.«

Am Haus hatte sich nichts verändert. Goldberg klingelte, doch dieses Mal waren keine Schritte zu hören. Keine Schlösser, die aufgesperrt wurden. Goldberg überkam ein mulmiges Gefühl und er entschied, sich bei den Nachbarn zu erkundigen.

Rechts nebenan öffnete ihnen ein Mann die Tür und ließ sie hinein. Er berichtete von der eigenartigen Frau, die seine Familie und er nur selten zu Gesicht bekämen. Vom Garten aus sahen sie auf Ursula Neumanns Blickschutz. Eine Art Mauer, die seltsam bedrohlich wirkte, als wäre das Grundstück ein Gefängnis. Die Dame hatte einen ungewöhnlichen Drang, sich von der Außenwelt abzuschirmen. Goldberg fragte sich, was so geheimnisvoll sein konnte, dass man es mit allen Mitteln vor seinen Mitmenschen zu verbergen suchte. Ihre Nachbarn hatten es inzwischen aufgegeben, hinter ihr Geheimnis zu kommen. Sie war nur noch selten Gesprächsthema. An nachbarschaftlichen Unternehmungen beteiligte sich die alte Dame erwartungsgemäß nie. Die Polizisten bedankten sich und gingen zum Haus auf der anderen Seite.

Es öffnete ihnen eine Frau. Das Bild von ihrem Garten aus war das gleiche. Ursula Neumann gewährte nicht den kleinsten Einblick. Die Frau berichtete ebenfalls von dem Einsiedlerdasein, das ihre Nachbarin zu führen schien. Nie kam Besuch. Kinder gab es nicht und wohl auch sonst keine Angehörigen. Die Vorbesitzer seien vor zwanzig Jahren sogar wegen der Neumann ausgezogen, weil die ihnen und vor allem ihren Kindern so unheimlich gewesen sei, erklärte die Frau. Damals habe sie das Grundstück zur uneinsehbaren Festung aufgerüstet. In den letzten Tagen war der Nachbarin jedoch nichts Ungewöhnliches aufgefallen.

»Die war schon immer so verrückt«, sagte Hauke, als sie wieder im Freien standen.

»Habt ihr den Umbau mitbekommen?«

»Klar, die Nachbarn haben sich ja oft genug über den Lärm beschwert. Aber die Alte ließ uns nie rein. Außerdem ist es ja nicht verboten, sein Grundstück einzuzäunen.«

»Gab es einen Auslöser?«

»Keinen Schimmer.«

»Vielleicht sollten wir mit den Vorbesitzern sprechen.«

»Wer weiß, wo die jetzt wohnen.«

Sie standen auf dem Bürgersteig schräg gegenüber von Ursula Neumanns Haus.

»Gefahr im Verzug?«, fragte Hauke leise, die Hand instinktiv am Holster.

»Wir haben keine Hinweise auf eine Straftat. Wir werden mit Weidenbach reden müssen.«

»Nanu, so regelkonform auf einmal?«, spottete Hauke.

»Besser, wir setzen unsere neugewonnene Freiheit nicht gleich wieder aufs Spiel.«

Sie klapperten noch zehn weitere Häuser der Siedlung ab. Die meisten Bewohner waren allerdings nicht zu Hause. Was sie in Erfahrung bringen konnten, deckte sich mit den Informationen, die sie bereits bekommen hatten. Zurück im Streifenwagen blieben sie vor dem Haus der Neumann sitzen. Nichts rührte sich. Früher oder später würden sie in diese Festung eindringen und ihrem Geheimnis auf die Spur kommen.

12

Peter brütete über dem alten Dossier, das er bei ihrem Fall in der ehemaligen ELB-Residenz vor drei Jahren angelegt hatte. Über das Haus hatte er allerdings nicht viel vermerkt. Egon Behrens, den Vorsitzenden des Chronikvereins, hatte er telefonisch nicht erreichen können. Daraufhin hatte er ihm eine E-Mail geschrieben. Als Erster Vorsitzender war er am besten vernetzt. Außerdem kannten sich die beiden. Auf der Website des *Deichgraf* wurde Peter nicht fündig. Er loggte sich mit ihrem Fake-Account, den sie zu Recherchezwecken angelegt hatten, in die sozialen Netzwerke ein. Manchmal hatte man Glück und es gab einige Gruppen oder sogenannte Hashtags zu dem Thema, das sie interessierte. Doch auch hier Fehlanzeige. Er öffnete *Ecosia*, seine ökologisch orientierte Suchmaschine, und gab einige Begriffe ein. Es erschienen Bilder der ELB-Residenz. Allesamt neueren Datums.

Er beschloss, eine Art Zeitstrahl zu erstellen. Der Einfachheit halber begann er im Hier und Jetzt. Seit anderthalb Jahren gehörte das Gebäude zu der ausländischen Kette, die es gekauft und neu eröffnet hatte. Davor hatte es gut ein Jahr leer gestanden. Nach den schrecklichen Ereignissen in der ELB-Residenz war es schwer gewesen, einen Käufer zu finden. Aber auch schon vor dem Erwerb und der gründlichen Sanierung durch Prof.

Marcus Weber und Co. war das Gebäude ungenutzt gewesen. Die genauen Jahreszahlen bekam Peter nicht mehr zusammen. In seiner Erinnerung waren es sechs oder sieben Jahre gewesen, bis Weber sich der Villa angenommen und daraus die edle ELB-Residenz gemacht hatte. Der Besitzer davor hieß Leonhardt von Stubben, ein illustrer Notar und Rechtsanwalt aus Hamburg. Das hatte er bereits herausgefunden. Das mochte vielleicht fünfzehn Jahre zurückliegen. Der Grundbuch-Auszug, den er bereits beim Amtsgericht angefordert hatte, würde ihnen Aufschluss geben. Die Dame am Telefon hatte ihm versichert, sein Anliegen schnellstmöglich zu bearbeiten. Was auch immer das heißen mochte. Peter trug es in die Zeitleiste mit Bleistift ein und nahm sich den Rechtsanwalt vor. Die Gerüchteküche hatte damals ordentlich gebrodelt. Angeblich hatte der Mann gute Kontakte zu Adelshäusern gehabt, sogar zu den britischen Royals. Immerhin tauchte von Stubben regelmäßig in den einschlägigen Klatschspalten auf. Es hatte sogar einige Touristen angezogen, die hofften, einen Blick auf irgendwelche Vertreter des europäischen Hochadels werfen zu können. Auch Peter war dem Promi-Wahn in Kophusen für einige Zeit erlegen gewesen. Hauke hatte sich anfangs darüber amüsiert, bis es ihm zu viel geworden war und er Peter aufgefordert hatte, den Mund zu halten. Das und die ausbleibenden Berühmtheiten hatten seine Begeisterung merklich abgekühlt.

Warum sich der Mann ausgerechnet dieses Gebäude ausgesucht hatte, wusste niemand. Er ließ sich so gut wie nie im Dorf blicken. Einmal war er an Heiligabend in der Kirche gewesen, was die Kophusener mit großem

Interesse wahrgenommen hatten. Doch ansonsten war er dem Dorfleben ferngeblieben. Was ihn nur umso interessanter hatte werden lassen. Erst recht, als die Villa plötzlich wieder zum Verkauf stand. Bis heute hielt sich das Gerücht, dass er sein Vermögen bei krummen Geschäften verloren hatte.

Peter klickte sich durch diverse Seiten im Netz. Leonhardt von Stubben hatte seine Kanzlei in der Elbchaussee, eine der renommiertesten Adressen Hamburgs. Von Stubbens Foto war augenscheinlich bearbeitet worden. Die unnatürlich weißen Zähne strahlten Peter vom Bildschirm aus entgegen. So ein Mann hatte sich im Laufe seiner Karriere sicher den einen oder anderen zum Feind gemacht. Peter schrieb die Adresse ins Dossier und druckte das Foto aus. Laut dem kurzen Text war er vierundsechzig Jahre alt, hatte zwei erwachsene Töchter und eine Ehefrau. Ob eine der Frauen Linda hieß, war nicht herauszufinden. Möglicherweise würde Philip ihm einen Besuch abstatten wollen, aber vielleicht reichte es auch, ihn anzurufen, dachte Peter und hob die Frage für später auf. Sehr viel mehr war nicht über ihn herauszufinden. In den sozialen Medien war er nicht aktiv.

Peter blickte zurück auf den provisorischen Zeitstrahl. Er versuchte nun, sich auf die Zeit vor von Stubbens Stippvisite zu konzentrieren. Er erinnerte sich, dass von Stubben die Villa damals von einer Hotelkette gekauft hatte, die ein Tagungshotel in Kophusen etablieren wollte. Aber das war nur ein kurzes Gastspiel gewesen. Die Anbindung an Hamburg war nicht aufgegangen.

Peter kramte in seinem Gedächtnis. Davor war es ebenfalls ein Altersheim gewesen. Dann fiel ihm Alfred Wilke ein. Ihr ehemaliger Dienststellenleiter hatte rund fünfzehn Dienstjahre mehr auf dem Buckel, die er allesamt in Kophusen verbracht hatte. Er nahm das Telefon zur Hand und versuchte sein Glück.

»Hey, Peter, was gibt es? Wieder ein Verbrechen, das ihr ohne den alten Wilke nicht lösen könnt?«

»Jedenfalls würden wir gern eines verhindern. Hast du kurz Zeit?«

»Für euch immer. Schieß los.«

Peter fasste die Sachlage kurz zusammen. Schweigend nahm Alfred sämtliche Fakten auf.

»Und ihr meint, es hat mit dem Gebäude zu tun?«

»Wir haben alle möglichen Bezüge aktueller Bewohner und Angestellter überprüft. Nichts. Fällt dir irgendetwas zu dem Gebäude ein?«

»Was ist mit dem reichen Rechtsanwalt? Das hat doch damals ziemlich viel Aufsehen erregt.«

»Da bin ich schon dran.«

»Dann gab es noch die noble Hotelkette. Aber das währte höchstens ein paar Monate.«

»Und davor war es doch auch ein Altenheim, oder?«

»Ja, und noch früher war es ein Kurheim.«

Peter machte sich eine Notiz. »Weißt du, wem es ursprünglich mal gehört hat oder wann es gebaut worden ist?«

»Das war ein reicher Fabrikant, meine ich. Frag mal beim Chronikverein nach. Egon hat sicher genauere Informationen.«

»Ja, dem habe ich eine Nachricht geschrieben.«

»Ich kann dir da nicht weiterhelfen. Ich höre mich aber gern mal um. Schade, dass meine Eltern nicht mehr leben, die hätten sicher etwas gewusst. Und sonst, alles gut überstanden?«

»Zum Glück ja.«

»Ich habe gehört, in Itzehoe gibt es einen Neuen? Klose ist wohl krank?«

»Woher du immer so gut Bescheid weißt. Weidenbach heißt der junge Mann. Er ist die Vertretung auf unbestimmte Zeit. Was Klose hat, weiß niemand so genau.«

»Und, wie ist er?«

»Ich habe ihn noch nicht persönlich kennengelernt, aber von den Erzählungen der Kollegen macht er einen ganz netten Eindruck. Auf jeden Fall ist er deutlich kooperativer als Klose.«

»Pass auf, ich habe einiges über ihn gehört. Nach außen immer nett und freundlich, und wenn es seiner Karriere dient, rammt er dir ohne zu zögern das Messer in den Rücken.«

»Er hat da so eine Andeutung gegenüber Hauke fallen lassen«, sagte Peter, ehe er es sich anders überlegen konnte.

»Was für eine Andeutung?«

»Na ja, dass unsere Station überlebt hat, weil Philip an einigen Rädchen gedreht haben soll. Weißt du was darüber?«

»Nee.«

»Ich habe kein gutes Gefühl bei der Sache, aber ich kann mir auch nicht vorstellen, dass Philip in krumme Dinger verwickelt ist.«

»Du weißt, ich traue grundsätzlich jedem ein Verbrechen zu.«

»Ich weiß.«

»Habt ihr ihn zur Rede gestellt?«

»Hauke hat es versucht, aber du kennst ja deinen Nachfolger, der schweigt sich aus. Er sagt nur, dass er einem Kollegen mal aus der Klemme geholfen hat und dafür war der ihm einen Gefallen schuldig. Das kann alles oder nichts heißen. Kryptisch wie immer.«

»Hauptsache, die Station bleibt. Klingt blöd, aber sei froh, dass Philip offenbar die richtigen Drähte gezogen hat.«

»Wenn uns das mal nicht wieder auf die Füße fällt.«

»Denk nicht drüber nach, geh lieber zum Yoga. Ich bin jetzt übrigens auch da. Karin hat mich mitgeschleppt. Aber ich sage dir, diese Panchakarma-Kur wirkt Wunder. Ich könnte Bäume ausreißen.«

»Auf Sohanraj lasse ich nichts kommen.«

»Apropos, es ist wieder Zeit für meine Kräutereinnahme. Die schmecken wie Knüppel auf den Kopf, aber wenn es der Entgiftung hilft, meinetwegen. Mach dir keine Sorgen, und ich melde mich, wenn ich etwas weiß.«

»Gut. Viel Spaß weiterhin bei der Kur und grüß Karin.«

Peter legte auf. Es freute ihn, dass der Kophusener Yogi so großen Anklang fand. Sohanraj hatte sein Leben verändert. Bei dem Gedanken huschte Greta in sein Bewusstsein. Heute Morgen hatten sie zusammen gefrühstückt. Sie war eine Frühaufsteherin und hatte ihn mit selbst gebackenem Brot und frischem Kaffee überrascht. Er hatte ihr von dem Gespräch mit Hauke berichtet. Ihre Reaktion war etwas unterkühlt ausgefallen, dass er die Entscheidung ohne sie getroffen hatte. Außerdem stellte sie die nicht unberechtigte Frage, wie Peter den Frauen seine unerwartete Anwesenheit erklären sollte, ohne dass Hauke auch nur den Hauch eines Verdachts haben würde. Daran hatte Peter nicht gedacht. Er war davon ausgegangen, dass Hauke sich dezent im

Hintergrund halten würde. Aber was passierte, wenn er sich einmischte oder schlimmer, sich den Frauen vorstellte?

Der Signalton einer eingehenden E-Mail lenkte ihn von diesen Problemen ab. Egons Antwort fiel wie erhofft aus. Er würde die gewünschten Informationen zusammenstellen und ihm Bescheid geben. Peter bedankte sich im Voraus und beschrieb ihm kurz die Dringlichkeit, ohne näher auf den Fall einzugehen. Mehr konnte er im Augenblick nicht tun. Wenn sie morgen den Grundbuch-Auszug hatten, war schon viel gewonnen. Das würde die Ermittlungen hoffentlich überschaubarer machen. Obwohl es schwierig werden würde, an die damaligen Eigentümer heranzukommen. Geschweige denn an Listen der früheren Bewohner des Altenheims. Peter hoffte einfach auf einen erleuchtenden Einfall. Philip würde sicher eine Idee haben. Ihn überfiel ein schlechtes Gewissen, dass er Alfred gegenüber von Philips unorthodoxem Einsatz zur Rettung der Station gesprochen hatte. Das ging niemanden etwas an. Sein Vertrauen in seinen Chef war nicht erschüttert, aber dennoch machte er sich Sorgen um die Zukunft. Nicht auszudenken, wenn jemand Philips Geheimnis aufdeckte. Er würde Hauke und ihn mit sich in den Abgrund ziehen. Mitten auf der Zielgeraden wollte er nicht versetzt oder gar suspendiert werden. Ihm blieben schließlich noch gut sieben Jahre bis zur Pensionierung.

Er beherzigte Alfreds Rat und schüttelte die unheilvollen Gedanken ab. Ein frischer Kaffee würde guttun. Gerade als er aufstehen wollte, um in die Küche zu gehen, klingelte das Telefon. Ein Lokaljournalist vom *Norddeutschen Kurier* wollte Informationen zu den beiden

Gräbern, die auf dem Gelände des Seniorenheims *Deichgraf* gefunden worden seien. Souverän verwies er den Reporter an die Pressestelle der Polizei oder an die Kripo in Itzehoe, die seien schließlich für den Fall zuständig. Doch der Mann ließ sich nicht so leicht abwimmeln und behauptete, er habe einen anonymen Hinweis bekommen. Peter horchte auf. Um der Sache auf den Grund zu gehen, bestellte er den Anrufer für den Nachmittag auf die Polizeistation ein, damit Philip da sein würde. Allein wollte er sich mit dem Journalisten nicht unterhalten.

Nachdem er aufgelegt hatte, blieb er nachdenklich sitzen. Steckte hinter diesen ominösen Gräbern womöglich doch eine große Sache? Der Reporter hatte sehr interessiert geklungen. Peter kannte den Mann nicht. Aber einen guten Draht zur Presse zu haben war nie verkehrt. Die Beamten mussten allerdings behutsam vorgehen. Solche Gespräche konnten heikel sein. Bezüglich der Herkunft des anonymen Anrufs hegte Peter eine vage Vermutung. Es musste jemand aus dem Heim gewesen sein. Doch egal, woher der Tipp gekommen war, vielleicht hatte der Reporter Informationen, die ihnen weiterhelfen konnten. Außerdem war es klüger, mit ihm zu sprechen, bevor er eigenmächtig einen Artikel veröffentlichte, der den Täter verscheuchen konnte. Möglicherweise hing ein Leben davon ab, und das wollte Peter auf keinen Fall gefährden.

13

Der Reporter hieß Malte Damm und war als freier Mitarbeiter beim *Norddeutschen Kurier* tätig. Zu ihrer Überraschung war er ganz neu bei der Zeitung und gerade mal Mitte zwanzig. Das erklärte seinen Enthusiasmus. Sein schmächtiger Körper täuschte nicht über seinen klaren Verstand hinweg. Dieser Heißsporn war mit Vorsicht zu genießen.

Nachdem Hauke und Philip von ihrem Ausflug zur Neumann zurückgekehrt waren, hatte Peter ihnen von Damms Anruf berichtet. Beim Mittagessen hatten sie eine Strategie entwickelt und beschlossen, sich in nichts hineinziehen zu lassen.

Der Typ auf dem Stuhl vor ihren Schreibtischen schaute sie durch seine runden Brillengläser hindurch an. Zum Glück hatte Philip sich bereit erklärt, das Reden zu übernehmen.

»Herr Damm, vielen Dank, dass Sie sich die Mühe gemacht haben vorbeizukommen. Unser Kollege sagte, dass Sie einen anonymen Hinweis erhalten hätten.«

»Ja. Eine Frau rief heute an und sagte, die Presse sollte sich auf dem Grundstück des Seniorenheims *Deichgraf* umschauen. Die Polizei sei auf zwei ungewöhnliche Gräber gestoßen.«

Damm war zwar jung, aber nicht naiv. Er konnte die

Story förmlich riechen, wie ein Bluthund würde er die Witterung aufnehmen, bis er alles aufgedeckt hatte.

»Ich weiß, Sie dürfen sich zu laufenden Ermittlungen nicht äußern, aber ist das wahr?«, fragte Damm.

»Das liegt nicht in unserem Zuständigkeitsbereich. Da müssten Sie sich bitte an die Kriminalpolizei in Itzehoe wenden«, erwiderte Philip in einem fast schon bedauernden Tonfall.

»Sie wollen keine neue interne Ermittlung gegen sich auslösen. Das verstehe ich. Aber gerade deshalb glaube ich, dass wir zusammenarbeiten sollten.«

Der Typ war gut, das musste Hauke ihm lassen. Offenbar hatte er seine Hausaufgaben gemacht.

»Bei unserer Aufklärungsquote gab es bisher keine Beanstandungen. Im Gegenteil«, konterte Philip.

»Mag sein. Ich schlage trotzdem vor, dass wir in diesem Fall unsere Kräfte bündeln. Ich verspreche Ihnen, dass ich sehr diskret vorgehe und mein Rechercheergebnis mit Ihnen teilen werde. Dafür kriege ich die Geschichte exklusiv. Das könnte sich auch für Sie lohnen. Verstehen Sie mich nicht falsch, ich meine nicht finanziell, sondern eher beruflich.«

Philip nickte und schien darüber nachzudenken. Damm lächelte. Mit seinem jungenhaften Aussehen kam er sicher überall gut an. Doch Philip war zu klug, um darauf reinzufallen. »Angesichts der unübersichtlichen Lage wären wir sehr froh, wenn Sie Licht ins Dunkel bringen würden. Außerdem machen Sie sich strafbar, falls Sie Informationen wissentlich zurückhalten. Aber das dürfte Ihnen ja bekannt sein. Also, was können Sie uns über die Frau mitteilen, die Sie angerufen hat?«

»Wie gesagt, sie wollte anonym bleiben. Die Rufnummer war unterdrückt.« Damm ließ sich nicht aus der Ruhe bringen.

»Wie alt schätzen Sie sie?«

»Schwer zu sagen. Eher älter als jünger. Vielleicht fünfzig oder sechzig.«

»Was hat sie noch zu Ihnen gesagt?«

»Sie sagte, ich solle mich um die Geschichte des Gebäudes kümmern. Wissen Sie etwas darüber?«, fragte Damm.

»Hat sie erläutert, was sie damit gemeint hat?«

»Nein.«

»Und weiter?«

»Sie erwähnte, dass in dem einen Grab ein Finger gefunden worden sei. Und ein Spielzeug.«

»Sonst noch etwas?«

»Nein. Das Gespräch war sehr kurz. Aber ich hatte den Eindruck, dass sie nicht allein war, als würde jemand neben ihr sitzen und mithören.«

»Warum?«

»Sie wirkte angespannt, fast ein bisschen eingeschüchtert.«

»Warum hat sie ausgerechnet Sie angerufen?«

»Unsere Redaktion ist nicht groß.« Er lachte verlegen. »Ich war rein zufällig am Telefon.«

Hauke wusste genau, was Philip in dem Augenblick dachte: Es gibt keine Zufälle.

»Sie haben zwei Gräber gefunden, nicht wahr?«, tastete sich Malte Damm an seine mögliche Titelstory heran.

»Wir waren bisher zu zwei Einsätzen im Seniorenheim *Deichgraf*.«

Damm nickte. »Ist es wahr, dass Sie beide Male ein Kreuz mit einer Inschrift gefunden haben?«

»Wir sind mitten in der Ermittlung.«

»Okay, okay. Gibt es Verdächtige?«

»Die Kollegen ermitteln in alle Richtungen.«

»Verstehe. Herr Goldberg, ich wäre Ihnen dankbar, wenn Sie mich über Ihre Ergebnisse auf dem Laufenden hielten. Und im Gegenzug teile ich mit Ihnen die Informationen, die ich herausfinde. Eine Hand wäscht die andere. Sie kommen viel schneller an Archivmaterial, und ich dachte …«

»Sie dachten, dass wir als Polizeibeamte Ihnen beim Zugang zu den Archiven behilflich sind und interne Ermittlungsergebnisse ausplaudern.« Philip sprang vom Tresen herunter. »Ich weiß nicht, was Ihnen über uns zu Ohren gekommen ist, aber wir nehmen unsere Arbeit sehr ernst. Ich danke Ihnen für Ihren Besuch, Herr Damm. Wenn Sie wieder einen Anruf erhalten sollten, geben Sie uns Bescheid.« Philip ging voran und hielt ihm die Tür auf. »Sie werden verstehen, dass unsere Zeit knapp bemessen ist.«

Damm war so klug, der Ausladung Folge zu leisten. Er bedankte sich höflich und reichte Philip seine Visitenkarte, bevor er die Station verließ. Er warf einen langen Blick auf das Kärtchen in seiner Hand.

»Woher weiß die Anruferin von dem Finger?«, fragte Peter.

»Und was soll der Hinweis auf die Geschichte vom *Deichgraf*? Da scheint sich jemand ja gut auszukennen.«

»Ich habe bei den Befragungen weder das Spielzeug noch den Finger erwähnt. Möglich, dass es die Kollegen aus Itzehoe waren«, erklärte Philip. »Aber ich glaube kaum, dass jemand aus dem Heim die Presse anruft.«

»Du meinst, dass die anonyme Anruferin selbst die Täterin ist?«, fragte Hauke.

»Wer sonst ist so detailliert darüber informiert und dazu noch über die Geschichte dieses Hauses?«, erwiderte Philip. »Das ist eindeutig Täterwissen.«

Hauke verzog das Gesicht. »Schon, aber welcher Täter ruft die Presse an?«

»Vielleicht gehen ihr unsere Ermittlungen nicht schnell genug«, schlug Peter vor.

»Wir müssen die Nummer herausfinden«, sagte Philip.

»Ich gebe das an die Kripo weiter, die sollen sich einen richterlichen Beschluss besorgen und sich an die Telefongesellschaft des *Norddeutschen Kuriers* wenden.«

»Das geht?«, fragte Hauke. »Die Rufnummer war doch unterdrückt.«

»Ja. Ein aktivierter CLIR-Dienst verhindert nur, dass die Nummer für den Angerufenen nicht sichtbar ist. Die Anrufinformation wird netzseitig an die Teilnehmervermittlungsstelle des Empfängers übermittelt«, erklärte Peter und machte sich eine Notiz.

»Okay. Aber wer kommt nach Kophusen, schneidet Finger ab und stellt Kreuze auf? Wenn das lange zurückliegt, muss der- oder diejenige doch inzwischen steinalt sein«, warf Hauke ein.

»Stimmt. Es dürfte schwierig werden, an Namen zu kommen. Wenn wir nicht gerade Zeitzeugen auftreiben«, ergänzte Peter. »Da muss ich einige Strippen ziehen.«

»Tu das. Ich will vor Malte Damm wissen, was es mit diesem Haus auf sich hat. Und such alles zusammen, was du über Ursula Neumann rauskriegen kannst.«

»Wie sollen wir nach so vielen Jahren an Informationen kommen? Die sind doch garantiert alle längst tot.«

»Nicht so voreilig, Hauke. Wenn man weiß, wo man graben muss, findet man immer etwas«, erwiderte Peter.

»Na, dann viel Spaß. Bin gespannt, was dabei herauskommt.« Hauke leerte seinen Becher. So ein Schwachsinn, dachte er im Stillen. Alte Leute, die umherschlichen, Kreuze in den Boden schlugen und anderen alten Leuten die Finger abschnitten. Was kam als Nächstes? Eine Seniorin als Racheengel? »Kann es nicht doch die Alte aus dem Heim gewesen sein, die Damm angerufen hat? Wenn die die ganze Zeit am Fenster gehockt hat, könnte sie den Finger doch mit einem Fernglas erspäht haben«, schlug Hauke vor.

»Astrid Maier? Die Frau ist fast neunzig«, wandte Peter ein.

»Na und? Trotzdem kann die ja wohl noch telefonieren. Die hat ja schließlich noch alle Finger.«

»Sei nicht geschmacklos, Hauke. Außerdem kann ich mir nicht vorstellen, dass eine alte Dame die Presse anruft. Woher soll sie denn die Nummer haben?«, wandte Peter ein.

»Schon mal was von der Auskunft gehört?«

»Trotzdem. Und woher soll sie von der Geschichte des Gebäudes erfahren haben?«

»Vielleicht gibt es eine geschichtsinteressierte Person in dem Heim. Die haben ja sonst nichts zu tun.« Hauke stand auf und ging in die Küche. Seit er nicht mehr rauchte, war sein Kaffeekonsum deutlich angestiegen.

»Wir konzentrieren uns auf die Vergangenheit. Dort liegt der Schlüssel. Und ich will die Nummer haben, mit der in der Redaktion angerufen worden ist«, sagte Philip, der den beiden die ganze Zeit über zugehört hatte.

»Vielleicht sollten wir einfach mal abschalten. Das Ganze sacken lassen und morgen wieder neu anfangen.

Ich finde …« Weiter kam Hauke nicht. Das Telefon unterbrach ihn.

Peter nahm das Gespräch an, das nach wenigen Minuten beendet war. »Einsatz, Kollegen. Verkehrsunfall. Ecke Grönland.«

»Was? Wie kann das denn sein? Da ist doch jetzt die provisorische Ampel! Sind denn nur noch Vollpfosten auf den Straßen unterwegs?«

»Verletzte?«, fragte Philip.

Peter schüttelte den Kopf. »Nur Blechschaden. Hört sich aber ziemlich übel an.«

Als Hauke die Tür zu seinem kleinen Einfamilienhaus aufschloss, war es bereits nach sieben Uhr. Er war müde und er freute sich auf ein kühles Bier und einen gemütlichen Abend vor dem Fernseher. Seine Dienstjacke hängte er sorgfältig über einen Bügel an die Garderobe. Im Schlafzimmer oben im ersten Stock zog er sich Jogginghose und Pullover an. Die Dienstwaffe verstaute er in dem Safe im Kleiderschrank. Danach ging er wieder nach unten und griff sich das erste Bier aus dem Kühlschrank. Er hatte keinen Hunger. Ein paar Chips würden genügen. Er setzte sich auf die Wohnzimmer-Couch und schaltete den neuen Fernseher ein. Mit dem Ding konnte er jetzt seine Lieblingsserien streamen. Hauke nahm einen großen Schluck aus der Flasche und klickte sich durch das Angebot. Sein Blick glitt kurz in den Garten und wieder zurück auf den Bildschirm. Er stockte. Hauke stellte das Bier ab und erhob sich. Die Pforte zu seinem Garten stand einen Spalt offen. Das war seltsam, denn er war sicher, dass er sie geschlossen hatte, als er sie das letzte Mal benutzt hatte. Sein Magen zog sich zusammen. Elsa! Sie hatte ihr Versprechen eingelöst und war nach Kophusen zurückgekehrt. Konnte das möglich sein? War seine ehemalige Bettgeschichte nach Kophusen gekommen, um ihn erneut zu tyrannisieren? Gestört genug war sie jedenfalls, dachte er.

Unschlüssig blieb er stehen. Möglicherweise trieb sie sich noch im Garten herum. Ohne sein Grundstück aus den Augen zu lassen, tastete er sich rückwärts am Esstisch vorbei. Sein Mobiltelefon lag auf der Kommode im Flur. So eine verdammte Scheiße, dachte er. Wurde er jetzt paranoid? Hatte diese Verrückte ihn an den Rand des Wahnsinns getrieben?

Hauke griff nach dem Handy. Er rief Peter an, doch sein Kollege meldete sich nicht. Wahrscheinlich chattete der gerade mit einer schönen Unbekannten. Hauke schnaubte. Hätte er damals bloß seinen Trieb gezügelt. Die ganze Sache war ohnehin schon peinlich genug ausgegangen. Schnell schob er die unsäglichen Bilder beiseite und versuchte, Philip zu erreichen. Ohne Erfolg. Einen Moment blieb er ratlos stehen und starrte zur Terrassentür hinaus. Er konnte diesem Irrsinn ganz leicht ein Ende setzen. Er musste nur rausgehen und nachsehen. Aber ohne Dienstwaffe würde er das besser nicht tun.

Schnell ging er nach oben und kehrte bewaffnet ins Wohnzimmer zurück. Er war felsenfest davon überzeugt, dass nur diese Irre infrage kam. Sie war ihnen entkommen und seines Wissens bisher nicht festgenommen worden. Mit tiefen Atemzügen versuchte er, seine Unruhe zu vertreiben. Er musste einen klaren Kopf behalten. In diesem Zustand war er leichte Beute.

Ein kopfloses Huhn, das völlig blind durch die Gegend rannte, war seiner Position nicht würdig.

Entschlossen riss er die Terrassentür auf. Hauke atmete tief ein. Die Waffe in seiner Hand wog schwerer als sonst. Langsam schritt er über die selbst gebaute Holzterrasse. Kein Mucks war zu hören. Nichts bewegte sich. Sie konnte in den Lorbeerbüschen hocken, die den Garten zu beiden Seiten säumten.

»Hallo? Ist da jemand?«

Niemand antwortete.

Vielleicht war seine Reaktion doch übertrieben. Konnte er die Gartentür nicht doch offen gelassen haben? Sein Atem beruhigte sich. Langsam schritt er über den feuchten Rasen. Zum Glück konnten ihn seine Nachbarn nicht sehen. Bei Fehlalarm würden sie ihm das ewig aufs Brot schmieren. An der Pforte entdeckte er nichts Ungewöhnliches. Sie ging auf einen schmalen Weg, der an seinem Haus vorbei auf die Wiese führte. Meistens nutzten ihn Hundebesitzer oder vereinzelte Spaziergänger.

Es war niemand da. Hauke schloss die Pforte und zog ganz bewusst den kleinen Riegel vor, damit er sich das nächste Mal genau daran erinnerte. Wahrscheinlich hatte er es vergessen und ein Hund hatte das Türchen beim Spaziergang aufgestoßen. Warum sollte Elsa tatsächlich nach Kophusen zurückkehren und ihm auflauern? Streng genommen hatte sie keinen Grund dafür. Schließlich war er damals nur Mittel zum Zweck gewesen. Er schüttelte den letzten Rest des mulmigen Gefühls ab und ging zurück zum Haus.

Sein Blick blieb an der neuen Teakholzgarnitur hängen, die er letzten Frühling gekauft hatte. Als er die kleine

Schachtel auf dem Tisch liegen sah, war das beklemmende Gefühl schlagartig zurück. Sein Herzschlag beschleunigte sich. Er drehte sich suchend um, und als er niemanden bemerkte, näherte er sich der Box. Vorsichtig hob er den Deckel an und lugte hinein.

»Verfluchte Scheiße!«

Angewidert ließ er den Kartondeckel wieder sinken. Das Päckchen war heute Morgen definitiv noch nicht da gewesen. Das wusste er genau, denn er hatte um kurz nach sechs Uhr an diesem Tisch gesessen und seinen ersten Kaffee getrunken. Jemand war in seinem Garten gewesen und hatte ihm ein Präsent dagelassen, auf das er gut hätte verzichten können.

Hauke brauchte jetzt unbedingt eine Kippe aus seiner Notfallschachtel, die er ganz hinten im Küchenschrank aufbewahrte. Aber erst musste er seine Kollegen benachrichtigen.

Dieses Mal nahm Philip ab.

»Hauke, was gibt es?«

»Ich hatte Besuch.«

»Was ist passiert?« Sein Chef schaltete sofort in den Arbeitsmodus.

»Ich habe ein Geschenk bekommen.«

»Was ist es?«

»Der Rest vom Schützenfest.«

14

Hauke kauerte auf einem seiner neuen Teakholzgarten-
stühle und rauchte eine nach der anderen. Goldberg
ignorierte den Rückfall seines Kollegen. Unter diesen
Umständen war es ihm zu verzeihen, fand er. Die ange-
brochene Zigarettenschachtel lag auf dem Gartentisch.
Daneben die offene Geschenkbox. Haukes anfängliche
Panik hatte sich in Wut verwandelt. Der Kommissar war
sehr erleichtert gewesen, als sie Haukes Irrtum entdeckt
hatten. Es war menschlich, sich in so einem Schockmo-
ment zu irren. Auch als Polizist. Zum Glück hatte er
nicht sofort die Kollegen aus Itzehoe alarmiert.

»Wie konnte ich so dumm sein!«, fluchte Hauke und
stieß dabei den Rauch der Zigarette aus. »Und das mir!
Ich bin Polizist, verdammt.«

»Beruhige dich. Das hätte jedem von uns passieren
können. Viel besorgniserregender finde ich, dass du im
Visier des Täters bist. Ob die Hand nun echt ist oder
nicht, spielt für mich nur eine untergeordnete Rolle.«

»Das ist eine ganz billige Imitation. Aus Gummi! So
was kriegst du in jedem Karnevalsladen. Damit täuscht
man nicht mal ein Kind.«

»Du standest unter Schock. Da reagiert jeder irratio-
nal. Nur weil wir Polizisten sind, sind wir keine Über-
menschen.«

»Das weiß ich. Aber trotzdem. Eine verfluchte Gummihand.«

»Ohne Zeigefinger. Hast du eine Idee, wer das gewesen sein könnte?«

Hauke sah auf. »Nein, ich habe keine Idee, wer mir eine Scheiß-Gummihand als Geschenk auf die Terrasse legt.«

»Du denkst an Elsa, oder?«

Hauke ließ den Zigarettenstummel zu Boden fallen und trat ihn aus. »Ist dumm, oder?«

»Wer weiß. An deiner Stelle wäre ich auch auf der Hut.«

»Aber warum sollte sie das tun?«

»Die Frau ist ziemlich speziell, um es vorsichtig auszudrücken.«

»Die Frau hat nicht alle Tassen im Schrank, um es auf den Punkt zu bringen.«

Hauke tat Goldberg leid. Er hatte es in den letzten Jahren nicht leicht gehabt. Insbesondre die Sache mit Elsa hatte ihm schwer zugesetzt. Sie hatte ihn damals benutzt, um an Informationen zu kommen, und ihn vor seinen Kollegen gedemütigt. Dabei schien er sich gerade davon erholt zu haben. Auch wenn es keine echte Hand war, die in dem Päckchen lag, Goldberg beunruhigte dieser Fund nicht minder als Hauke. Der Attrappe fehlte der Zeigefinger. Das war wenig subtil. Entweder war das alles ein sehr geschmackloser Scherz oder diese Geschichte nahm eine Dimension an, die sie noch nicht einmal im Ansatz erahnten.

»Du packst jetzt ein paar Sachen und ziehst in mein Haus.«

»Was? Kommt nicht infrage. Ich flüchte doch nicht vor einer Gummihand.«

»Du flüchtest auch nicht vor der Hand, sondern vor der Person, die sie dir zugedacht hat.«

»Und was soll ich bei dir? Scheißkaffee aus Puppentässchen trinken?«

Goldberg verkniff sich ein Grinsen. »Nimm gerne deine Maschine mit. Du bleibst auf jeden Fall nicht hier. Und ich werde dir Gesellschaft leisten.«

Goldberg spürte die Erleichterung seines Kollegen, auch wenn er dies nie zugeben würde.

»Wird das jetzt eine WG oder was?«

»Wenn du es so nennen willst, bitte.«

Hauke grinste. »Da musst du dich aber auf etwas gefasst machen. Das weißt du hoffentlich.«

»Ja, ich ahne es.«

»Ich mag es nun mal sauber. Und ich nehme meine Kaffeemaschine mit. Ich will nicht jeden Morgen diesen braunen Furz trinken müssen.«

»Das kann ja heiter werden.«

»Und wir brauchen Bier.«

»Noch etwas?«

»Hast du Chips?«

Goldberg schüttelte den Kopf.

»Wir müssen eine Einkaufsliste zusammenstellen.«

Goldberg seufzte ergeben.

Hauke hatte sich von dem kurzen Abstecher zum Supermarkt nicht abbringen lassen. Der Kommissar saß im Wagen auf dem Parkplatz des kleinen Supermarktes in Krempe und wartete. Während Hauke in seinem Haus ein paar Sachen zusammengepackt hatte, hatte Goldberg Magda Bescheid gegeben, dass er für ein paar Tage zurück in sein Haus ziehen würde. Diese ganze Sache bereitete ihm Kopfzerbrechen. Auch wenn in der Schachtel keine echte Hand gelegen hatte, so war die Botschaft doch explizit an seinen Kollegen adressiert gewesen. Sie mussten die Ermittlungen mit aller Kraft vorantreiben. Das Problem war, dass die bisherigen Ermittlungsansätze ins Leere liefen. Es gab kein Opfer, an dem sie ansetzen konnten. Ohne Opfer kein Motiv. Doch wieso nun Hauke? Was hatte er damit zu tun, außer dass er wegen der Gräber an den Ermittlungen beteiligt war? Für dieses Geschenk musste es einen plausiblen Grund geben. An einen schlechten Scherz glaubte Goldberg nicht. Ein abgeschnittener Finger war bitterer Ernst. Es ging um einen Menschen, dem man Gewalt angetan hatte, und es war an ihnen, weitere Gewalt zu verhindern.

Hauke kam mit einem Kasten Bier und ein paar Tüten Chips aus dem Supermarkt heraus, als würden sie einen Männerabend planen. Für Goldbergs Geschmack benahm er sich ein wenig zu sorglos. Sicher, er gab sich nur Mühe, den Schock zu überspielen, aber ein bisschen mehr Vorsicht hätte ihm gut zu Gesicht gestanden.

Hauke verstaute alles im Kofferraum des Saabs und stieg ein. Auf der Fahrt versuchte Hauke ein Gespräch abseits der heutigen Geschehnisse anzufangen, doch Goldberg war nicht in Stimmung. Irgendwann gab sein Kollege auf und schwieg.

Im Haus schlug ihnen ein muffiger Geruch entgegen. Goldberg war seit einigen Wochen nicht mehr hier gewesen. Er knipste das Licht im Flur an. Alles schien so, wie er es das letzte Mal verlassen hatte. Er überprüfte die Räume im Erdgeschoss und die beiden oberen

Zimmer. Hauke hatte in der Zwischenzeit den Garten inspiziert. Alles in Ordnung.

Goldberg öffnete einige Fenster und machte sich daran, sein Nachtlager auf dem Sofa herzurichten. Hauke würde er im Schlafzimmer einquartieren. Gemeinsam bezogen sie das Bett frisch.

Danach setzten sie sich in die kleine Küche, die zum Garten hinausführte.

»Willst du ein Bier?«, fragte Hauke.

»Gern.«

»Siehst du, ich habe es gewusst.«

Sie prosteten sich zu und Hauke leerte die Flasche zur Hälfte. »Das tut gut. Rauchen darf ich wohl nicht hier drin?«

Goldberg schüttelte den Kopf und folgte ihm auf die Terrasse. Die Dämmerung hatte eingesetzt. Das Licht aus der Küche drang heraus. Hauke zog den Rauch der Zigarette ein und stieß ihn seufzend wieder aus.

»Was für ein Abend.«

»Hast du wirklich keine Ahnung, wer das getan haben könnte?«, fragte Goldberg vorsichtig.

»Außer Elsa fällt mir niemand ein.«

»Hat sie jemals von der ELB-Residenz gesprochen?«

»Wir haben nicht viel geredet, weißt du.«

»Verstehe.«

»Glaub nicht, dass das alles spurlos an mir vorübergeht. Du kennst mich, ich mache mir auch meine Gedanken.«

»Das weiß ich.«

Hauke leerte die Flasche.

»Glaubst du, es könnte eine Verflossene sein? Eine, die du beim Marner Karneval kennengelernt hast?«

»Du meinst, wegen der Gummihand?«

»Ich versuche alle Möglichkeiten in Betracht zu ziehen.«

»Das waren schon ein paar. Aber keine davon weiß, wo ich wohne. Ich bin immer mit zu ihnen gegangen. Außerdem hieß keine meiner Verflossenen Linda. Also, jedenfalls von den Frauen, an deren Namen ich mich erinnere.«

»Wenn dieses makabre Geschenk wirklich mit deinem Sexualleben zu tun haben sollte, würde ich an deiner Stelle mal gründlich darüber nachdenken, ob eine Verhaltensänderung nicht angebracht wäre.«

»Vielleicht mache ich bald Online-Dating.« Hauke steckte sich eine neue Zigarette an.

»Dass du erst jetzt auf die Idee kommst, wundert mich.«

»Peter macht das, wusstest du das?«

»Nein.«

»Ich soll ihm dabei helfen, eine Frau auszusuchen. Er hat sie alle in den *Strandfloh* nach Bielenberg eingeladen. Kannst du dir das vorstellen?«

»Alle zusammen?«

»Nein, so doof ist er ja nun auch wieder nicht. Jede Frau hat einen Termin. Wie beim Arzt.«

»Ich dachte, er hätte schon jemanden gefunden?«

»Ja, das dachte ich auch. Aber das waren wohl nur die Vorboten.«

Goldberg kam die Geschichte seltsam vor, er beließ es allerdings dabei. »Ist dir in letzter Zeit irgendetwas aufgefallen?«

»Nein, wirklich nicht. Ich bin die ganze Woche in Gedanken durchgegangen. Nichts, was mein kleines

Geschenk erklären würde. Bringst du mir noch ein Bier?«

Ausnahmsweise folgte Philip der Bitte seines Freundes ohne Widerspruch und kam mit einer geöffneten Flasche zurück auf die Terrasse. Der Himmel war klar. Der nahende Sommer lag bereits in der Luft.

Goldberg hatte solche Sackgassen schon oft erlebt. Es war Teil jeder Ermittlung. Manchmal dauerte es Wochen oder Monate, bis sie einen entscheidenden Hinweis bekamen. Schweigend starrten sie in den schwach erleuchteten Garten. Sie würden sicher beide eine schlaflose Nacht haben. Goldberg fragte sich im Stillen, ob sie alle ein Geschenk erwartete oder ob sich nur jemand einen dummen Scherz mit Hauke erlaubt hatte.

Haukes Telefon klingelte. Es war Peter. Während die beiden Männer sprachen, ging Goldberg wieder ins Haus und setzte seine Bialetti auf. Er hatte sie lange nicht mehr benutzt. Es würde der vierte Espresso für heute werden, aber das war an so einem Tag egal.

Während der Espressokocher auf dem Herd stand, nahm er ein paar Einweghandschuhe aus der Küchenschublade und öffnete die Schachtel, die Hauke erhalten hatte. Die Gummihand endete am Handgelenk. Sie bestand aus festem Material und war nicht labbrig, weshalb sie auf den ersten Blick durchaus echt aussah. Selbst das Blut an den vermeintlichen Schnittkanten wirkte halbwegs echt. Ein Hingucker auf jeder Halloweenparty. Den oberflächlichen Spuren nach zu urteilen, war der Zeigefinger mit einem Messer abgeschnitten worden. Genaueres würde die kriminaltechnische Untersuchung ergeben. Er würde die Kollegen gleich morgen früh benachrichtigen.

War dieses Ding als Warnung aufzufassen? Aber wovor? Oder war es mehr eine Drohung, dass sie, wenn sie nicht schnellstens in die Gänge kamen, auf die echte Hand stoßen würden? Womöglich konnte es auch ein Hinweis auf ein geplantes Verbrechen sein. Spielte da jemand mit ihnen? Legte der Täter Spuren aus, damit sie ihm folgten? Aber warum dieser ganze Aufwand?

»Was willst du uns sagen?«, murmelte Goldberg.

»Führst du jetzt schon Selbstgespräche?« Hauke war ihm in die Küche gefolgt. »Peter ist sehr besorgt. Den musste ich erst einmal beruhigen.«

»Woran hast du als Erstes gedacht, als du die Hand gesehen hast?«, fragte Goldberg.

»An den Finger von vorgestern.«

»Irgendetwas Persönliches, an das du denken musstest?«

Hauke überlegte kurz und schüttelte dann den Kopf.

Der Espressokocher begann zu blubbern. Goldberg nahm ihn vom Herd und goss sich eine Tasse ein.

»Du willst wohl die ganze Nacht grübeln?«, fragte Hauke und öffnete sich die dritte Flasche Bier.

»Habe ich eine Wahl?«

Hauke hockte mit Block und Kugelschreiber auf Philips Doppelbett und versuchte, sich an sämtliche Frauenabenteuer zu erinnern, die er in den letzten Jahren gehabt hatte. Leider hatte er längst nicht mehr alle Namen parat, um sie zu notieren. Jetzt, wo er so intensiv darüber nachdachte, fiel selbst ihm auf, dass es mächtig viele waren. Peter predigte ihm das schon lange, aber er hatte es wider besseres Wissen immer ignoriert. Nach einer Stunde zählte er rund fünfzig Frauen, an die er sich erinnern konnte. Die Dunkelziffer lag sicher höher. Ein Wunder, dass er das Pensum so lange durchgehalten hatte. Jedes Wochenende war er auf die Pirsch gegangen. Meistens mit einem alten Kumpel aus Schultagen. Doch der war irgendwann seiner zukünftigen Frau über den Weg gelaufen und hatte Hauke allein zurückgelassen.

Natürlich war ihm der schale Beigeschmack nicht entgangen, den er morgens verspürte, wenn er sich wieder aus einem fremden Zimmer schlich oder ungewollt beim Kaffee mit der Frau am Tisch saß und sie nicht wussten, worüber sie reden sollten. Er hatte es bisher immer verdrängt. Erst als er Sophie getroffen hatte, hatte dieses rastlose Umhertigern aufgehört.

Hauke blickte auf die Liste vor sich. Er traute keiner dieser Frauen zu, ihm eine Kunststoffhand vor die Tür gelegt zu haben. Als er gerade aufgeben wollte, fiel ihm eine Frau ein, die er vor einigen Jahren tatsächlich beim Marner Karneval kennengelernt hatte. Nadine, wenn er sich richtig erinnerte. Hastig schrieb er ihren Namen zu den anderen und unterstrich ihn. Die Frau war über fünfzig gewesen, und eigentlich hatte Hauke sich mehr für ihre jüngere Freundin interessiert, aber Nadine hatte, im Gegensatz zu der Freundin, ein Auge auf ihn geworfen und nicht lockergelassen. Sie war nicht unsexy gewesen. Das Kleid, das an die Zwanzigerjahre erinnerte, hatte ihre üppigen Rundungen umspielt. Je mehr er sich konzentrierte, desto deutlicher erschien sie vor seinem inneren Auge. Sie hatte sich ein Muttermal auf die linke Wange gemalt und ein Stirnband mit einer Feder getragen. Die Zigarettenspitze hatte sie nur zur Deko bei sich gehabt. Hauke hatte sich ihrer kleinen Frauengruppe angeschlossen, und nachdem ihre Freundin ihr Nicht-Interesse deutlich zum Ausdruck gebracht hatte, hatte er sich Nadines Werben ergeben. Es war ein schräger Abend gewesen, der in ihrer Wohnung geendet hatte. Auf dem Sofa hatten einige Stofftiere und Puppen gesessen, die Hauke dezent beiseitegeschoben hatte, als es zur Sache ging. Er hatte das unkommentiert gelassen, bei One-Night-Stands war er mit seinen Äußerungen immer vorsichtig, er wollte ja schließlich sein Ziel nicht vereiteln. Im Schlafzimmer hatte er feststellen müssen, dass ihr Bett genauso dekoriert war. Lauter Teddys und Puppen. Wenn also eine seiner Eroberungen infrage kam, dann diese Braut.

Er stand auf und lief die Treppe hinunter. »Philip? Bist du noch wach?«

»Was denkst du, warum die Stehlampe brennt?«

»Ich glaube, mir ist da was eingefallen.« Hauke schob Philips Beine vom Sofa und quetschte sich neben ihn. »Ich erinnere mich an Nadine, ihre ganze Bude war voller Plüschtiere.«

»Plüschtiere?«

»Ja, so wie der Hase in der Schuhschachtel, verstehst du?«

»Und was ist damals passiert?«

»Ich kriege es nicht mehr richtig zusammen, aber es endete sehr unschön. Der Sex war gut gewesen, doch als ich morgens loswollte, hat sie einen Ausraster bekommen. Sie hat mich beschimpft, dass ich ja wohl nur das Eine von ihr gewollt hätte. Ich meine, hallo? Karneval? Was denn sonst? Ich dachte, das wäre klar gewesen. Jedenfalls musste ich mich gegen sie wehren und bin schließlich aus der Wohnung getürmt.«

»Wie lange ist das her?«

»Puh, da muss ich echt überlegen. Vielleicht fünf oder sechs Jahre.«

»Ein bisschen spät für Rachegelüste«, murmelte Philip.

»Du wolltest, dass ich grabe. Das ist die Sorte Frau, die ich schnell aus meinem Gedächtnis streiche. Außerdem war ich betrunken. An Karneval verschwimmt alles bei mir. Da in Marne geht es ganz schön ab. Solltest nächstes Jahr mal mitkommen.«

»Vielen Dank für das verlockende Angebot. Magda wäre sicher begeistert von der Idee.«

»Ach ja, ich vergaß.«

»Führst du kein schwarzes Büchlein über deine Eroberungen?«

»Am Anfang schon. Aber das wurde dann zu viel. Außerdem gab es ja immer genug Nachschub.«

»Hauke, du bist ein übler Chauvinist. Im Lexikon findet man sicher ein Bild von dir.«

»Ha, ha, ha. Ich habe immer mit offenen Karten gespielt.«

»Weißt du noch, wo die Frau gewohnt hat?«

»Ja, so ungefähr.«

Philip gab ihm das Tablet vom Tisch. Hauke überlegte fieberhaft, wo er an jenem Morgen aufgewacht war. Es war in der Nähe der Bäckerei gewesen. Da hatte er sich ein Frühstück und einen Kaffee genehmigt. In Marne gab es nur eine Balzer-Filiale. Er öffnete eine Karte und sah sich die Süderstraße an. An das Bestattungsinstitut konnte er sich erinnern und danach war er links abgebogen. Ziegeleistraße, das musste sie sein. Er vergrößerte den Ausschnitt und klickte auf Satellitenansicht.

»Das Haus da, das könnte es sein.« Hauke reichte Philip das Tablet. »Aber selbst wenn wir herauskriegen, wie Nadine mit Nachnamen heißt, warum sollte sie die zwei Gräber am Altenheim angelegt haben? Und was hat der Finger damit zu tun?«

»Ich weiß es nicht. Aber es könnte eine Verbindung zu dir geben und irgendwo müssen wir ja ansetzen.«

»Apropos ansetzen. Ich setze jetzt im Bett an. Vielleicht findet Peter morgen etwas heraus, das uns weiterbringt.«

Philip nickte. »Schlaf gut.«

»Du auch, Mitbewohner.«

Hauke trottete die enge Treppe hinauf und zog den Kopf ein. Er hoffte, dass dieser Spuk bald vorbei sein würde. Ein mieser Scherz, über den sie später lachen würden. Auch wenn ihm im Moment so gar nicht nach Lachen zumute war.

15

Ein mulmiges Gefühl überfiel Peter, als er die klaffende Lücke sah, die der fehlende Zeigefinger hinterlassen hatte. Hauke hatte am Telefon nicht zu viel versprochen. Sie hatten alle eine kurze Nacht gehabt. Die geöffnete Schachtel stand auf dem Tresen, umringt von den drei Beamten. Die Hand sah täuschend echt aus, fand Peter. Kein Wunder, dass Hauke im ersten Moment darauf reingefallen war.

»Nicht auszudenken, wenn's keine Attrappe wäre«, sagte Peter. »Was ist mit der Spurensicherung? Soll die sich Haukes Garten mal anschauen?«

»Wir haben heute Morgen nicht mal Fußabdrücke gefunden«, erklärte Hauke.

»Fingerabdrücke vielleicht?«, bohrte er nach.

»Es reicht, wenn die Sachen im Labor untersucht werden«, meinte Philip. »Ich denke, alles andere ist unnötig.«

»Geht ja auch nicht um dein Leben«, sagte Hauke munter.

Dafür, dass sich jemand in seinem Garten herumgetrieben hatte, wirkte ihr Kollege relativ entspannt, fand Peter. Er wäre sicher nicht so gelassen. Andererseits wusste er, dass Haukes wahrer Gemütszustand nur schwer zu ergründen war.

»Ich habe eine vage Adresse für dich. Kannst du die überprüfen?« Hauke reichte ihm einen Zettel.

»In Marne?«

»Ja, eine von meinen Karnevalsbekanntschaften.«

»Ihr glaubt, die könnte dahinterstecken?«

»Philip wollte, dass ich tief in meinem Gedächtnis grabe, und das habe ich getan. Die Gute ist sicher kein Fan von mir.«

»Du warst doch schon seit drei Jahren nicht mehr zum Marner Karneval.«

»Das kleine Intermezzo muss sogar schon fünf oder sechs Jahre her sein.«

»Das halte ich für wenig wahrscheinlich. Da würde ich dann doch eher auf Elsa tippen«, meinte Peter.

»Mein Reden.«

»Aber gut, ich kümmere mich drum, wenn du willst.«

Philip nickte. »Wir haben keinerlei Anhaltspunkte. Uns bleibt nichts anderes übrig, als jeder möglichen Spur nachzugehen, und sei sie auch noch so abwegig.«

»Ich habe übrigens im Sanitätshaus angerufen. Das wollten zwar die Kollegen machen, aber wer weiß, wann die dazu kommen. Hat nicht viel gebracht. Die Schuhkartons können überall herstammen. Das ist eine gängige Marke. In der Umgebung wohnen ja nicht gerade wenig alte Menschen. Es könnte Wochen dauern, bis wir da einen Treffer hätten.«

»Das war zu erwarten.«

»Mann, das ist doch Scheiße! Irgendeine Spur muss es doch geben. Was will diese Person von uns. Und was, verdammt noch mal, will sie in meinem Garten? Wenn es denn ein und dieselbe Person ist.«

»Egon hat sich gemeldet. Ihr könnt nachher zu ihm fahren. Vielleicht gibt er uns einen Tipp zum *Deichgraf*.«

»Peter, weißt du, wie alt der Mann ist?«, fragte Philip.

»An die siebzig, schätze ich.«

»Dann kann er bestimmt aus dem Nähkästchen plaudern. Der ist ja quasi Zeitzeuge«, kommentierte Hauke.

»Ansonsten habe ich leider auch nichts.« Peter seufzte und schob sich einen Haferkeks in den Mund. »Es ist wie verhext.«

»Was ist mit der unbekannten Nummer?«, fragte Philip.

»Kümmern sich die Kollegen.«

Das Telefon klingelte. Hauke war schneller und nahm das Gespräch an. Während er aufmerksam lauschte, veränderte sich seine Miene. »Ja, wir machen uns sofort auf den Weg.« Hauke legte auf. »Notruf von einer Nachbarin der Neumann. Dieses Mal kein Fehlalarm.«

Die Nachbarin stand vor ihrem Haus und winkte, als sie die beiden Beamten im Streifenwagen kommen sah.

»Aller guten Dinge sind drei«, kommentierte Hauke und parkte am Straßenrand.

Goldberg stieg aus und begrüßte die Frau, die den Notruf abgesetzt hatte. Ihr Name war Bettina Strobel und sie bewohnte mit ihrer Familie das Haus schräg gegenüber von Ursula Neumann. Bei ihrer gestrigen Befragung hatte niemand aufgemacht.

»Gut, dass Sie so schnell gekommen sind. Da stimmt etwas nicht«, begann sie. »Gestern Abend brannte die ganze Nacht das Außenlicht. Normalerweise kommt das bei Frau Neumann nicht vor. Sie ist sehr sparsam.«

»Haben Sie jemanden gesehen?«, fragte Goldberg.

Sie schüttelte den Kopf. »Nein, aber heute Morgen hörte ich Stimmen. Zuerst habe ich mir nichts dabei gedacht. Aber dann konnte ich Frau Neumanns Stimme hören. Sie schien aufgebracht. Vom Küchenfenster aus sah ich ein Auto wegfahren. Ich bin dann rübergegangen, um zu fragen, ob alles in Ordnung sei. Da war die Tür angelehnt. Das ist noch nie passiert. Ich habe mich nicht reingetraut. Sie können sich vorstellen, dass wir nicht viel mit der Neumann zu tun haben. Und sie legt ja auch überhaupt keinen Wert darauf.«

»Haben Sie eine Idee, wer das gewesen sein könnte?«, wollte Goldberg wissen.

»Nein, sie bekommt nie Besuch.«

»Können Sie die Person in dem Auto beschreiben?«, fragte Goldberg, obwohl er wenig Hoffnung hatte.

»Nein, leider nicht. Ich habe es nur wegfahren sehen. Und die Neumann hat kein Auto, das hatte mich irritiert.«

»Können Sie sich an die Marke erinnern? Ein Nummernschild?«, erkundigte sich Hauke.

Sie schüttelte den Kopf. »Nur, dass es ein helles Auto war.«

»Und die anderen Stimmen? War das eine Frau oder ein Mann?«, hakte Hauke nach.

»Das kann ich nicht sagen.«

»Danke, Frau Strobel. Sie haben alles richtig gemacht. Gehen Sie bitte ins Haus zurück und warten Sie dort«, bat Goldberg.

Zögernd wandte sich die Nachbarin ab. Goldberg nickte Hauke zu. Gemeinsam überquerten sie die Straße. Alles schien unverändert. Bis auf die angelehnte Haustür.

»Frau Neumann? Sind Sie da?«, rief der Kommissar.

Hauke klopfte laut. Sie warteten einen Augenblick. Es herrschte Totenstille.

»Wir gehen rein«, sagte Goldberg.

»Sollten wir nicht Verstärkung anfordern?«

»Ja, mach das. «

Hauke rief Peter an und gab ihm Bescheid. Dann zückte er seine Dienstwaffe.

»Frau Neumann, wir kommen jetzt zu Ihnen rein.«

Die ersten Nachbarn drängten sich auf den Bürgersteig. Hauke wies sie an, zurückzubleiben, was sie nicht daran hinderte, neugierige Blicke auf sie zu werfen und die Kameras ihrer Mobiltelefone in Position zu bringen.

Goldberg ignorierte sie und betrat den dunklen Flur. Er war sich sicher, dass sich niemand mehr in dem Haus befand. Ursula Neumann hätte die Tür nie unverschlossen gelassen. Er fand den Lichtschalter rechts von ihm. Die altmodische Deckenlampe erhellte den Raum. Das Haus schien seit Jahrzehnten nicht renoviert worden zu sein. Die dunkelbraunen Tapeten ließen den Flur noch schmaler wirken, als er ohnehin schon war. Der strenge Geruch nach Desinfektionsmitteln stieg ihm in die Nase. Die Luft klebte förmlich. Flach atmend ging er vorsichtig weiter.

»Frau Neumann? Hören Sie mich?«

Goldberg spürte, dass sie zu spät waren. Dicht hinter ihm erklang Haukes Schnauben. Linkerhand befand sich die Küche. Das Fenster zur Straßenseite war, wie alle anderen, mit Zeitungspapier verhängt. Es roch nach angebranntem Fett. Das abgewaschene Geschirr stand im Abtropfgitter und wartete darauf, wieder in den Schrank geräumt zu werden. Keine Unordnung, keine

Spur von Verwahrlosung. Hauke stand inzwischen in der Tür zum Wohnzimmer und hatte das Licht angeschaltet. Goldberg sah, wie er angesichts der Einrichtung den Kopf schüttelte.

»Das ist wie ein Museum.«

Sein Kollege hatte recht. Alles schien original aus den Sechzigerjahren zu stammen. Das große Fenster mitsamt Terrassentür zum Garten war ebenfalls mit Zeitungspapier abgeklebt.

»Entweder ist die gute Frau ein Vampir oder sie hat eine tödliche Lichtallergie.«

Goldberg ignorierte die Bemerkung seines Kollegen. Auch dieses Zimmer war aufgeräumt. Seine Vermutung, dass es sich bei Frau Neumann um einen Messi handelte, bestätigte sich nicht. Gegenüber war ein kleines Bad, in dem sich derselbe Anblick darbot. Ein zugeklebtes Fenster, ansonsten sauber und ordentlich.

»Ihr Stromverbrauch muss astronomisch sein.«

Hauke nahm die Treppe nach oben. Goldberg folgte ihm. Im ersten Stock waren nochmals drei Räume. Das Schlafzimmer war mit einem Einzelbett und einem alten Kleiderschrank möbliert, in dem alles sorgfältig aufgehängt oder zusammengelegt war. Es hatte etwas Penibles an sich, dachte Goldberg. Auch wenn Hauke das sicher für normal hielt. Die anderen beiden Zimmer waren leer. Anscheinend brauchte Frau Neumann den Platz nicht.

»Da reicht doch auch eine Zwei-Zimmer-Bude, oder?«, fragte Hauke.

»Lass uns im Garten nachschauen.«

Das schlauchartige, von massiven Holzwänden umgebene Grundstück wirkte von hier noch beklemmender als vom Nachbargarten aus. Auf der Terrasse stand ein Stuhl mit einem Tisch, darauf ein benutzter Aschenbecher. Keine Blumenbeete oder Sträucher, sondern nur eine gepflegte Rasenfläche. Die Abgrenzungen waren von innen dicht mit Efeu berankt, was das Gefühl von Enge noch verstärkte. Im hinteren Teil befand sich ein kleiner Schuppen. Er enthielt nichts außer einem Rasenmäher und einigen Gartengeräten.

»Hallo?«, ertönte eine Stimme vom Eingang.

»Ich glaube, die Kollegen sind da.« Hauke wandte sich dankbar ab und ging zur Haustür zurück.

Goldberg blieb in der Mitte der Rasenfläche stehen und blickte auf die Rückseite des Hauses. Von hier aus sah es ebenso unbewohnt aus wie von vorne. Wo steckte die Frau nur? Sie hatten keine Spuren von Einbruch oder Diebstahl entdecken können. Es kam ihm vor, als wäre die alte Dame zum Einkaufen gegangen. Er ließ den Blick schweifen. An der linken Seite bemerkte er eine Treppe, die vermutlich in den Keller führte.

Am Geländer entdeckte er einen roten Fleck. Goldberg überkam eine Gänsehaut. Er hörte, wie Hauke die Kollegen instruierte, ihnen die Nachbarn vom Leib zu halten, die scheinbar immer zahlreicher geworden waren. Mit einem jungen Beamten im Schlepptau kehrte er in den Garten zurück.

»Was ist?«

Goldberg deutete auf die Kellertreppe.

»Würde mich nicht wundern, wenn sie dort unten friedlich in ihrem Sarg schläft.« Hauke grinste und blickte Beifall heischend auf den jungen Beamten. Allerdings bewirkte seine Bemerkung nicht die gewünschte

Reaktion. Stattdessen starrte ihn der blonde Mann irritiert an.

Goldberg verkniff sich eine Erwiderung und ging voraus. Die Tür zum Keller war verschlossen, die Scheiben wieder mit Zeitungen blickdicht abgeklebt.

»Ich habe im Flur ein Schlüsselbrett gesehen. Bin gleich wieder da«, sagte der Kollege und verschwand im Haus.

»Sehr aufmerksam, der Nachwuchs. Vielversprechend«, bemerkte Hauke.

»Ja, und so angenehm professionell, findest du nicht?«, entgegnete Goldberg.

»Humorlos, wenn du mich fragst.«

Schweigend warteten sie, bis der junge Kollege zurückkam. Mit dem größten Schlüssel öffnete Goldberg die Tür. Uringeruch stieg ihnen in die Nase. »Hallo? Hier spricht die Polizei. Wir kommen jetzt rein.«

Quietschend schob er die Tür ganz auf und trat in den Vorraum. Der Gestank wurde stärker. Die Beamten hielten den Atem an. Vor ihnen gingen zwei weitere Holztüren ab, die ebenfalls verschlossen waren. Goldberg nahm den Schlüsselbund und begann mit der zu ihrer Rechten. Die graue Holztür klemmte, als er sie aufstieß. Hauke hatte den Lichtschalter gefunden. Die nackte Glühbirne über ihnen leuchtete auf.

»Ach du Scheiße!«, stieß Hauke hervor, als er über Goldbergs Schulter in den Raum blickte.

»Das kannst du laut sagen.«

An der gegenüberliegenden Wand stand ein Metallbett. Die Bettwäsche war zerwühlt, die Matratze dreckig. An einer Ecke war eine rote Schleife befestigt und an einer anderen hing ein Paar Handschellen. Neben dem

Bett stand ein gefüllter Nachttopf, der für den Gestank verantwortlich war. Daneben erblickten sie leere Wasserflaschen und zwei Teller mit Essensresten, einen Klappstuhl und einen Campingtisch. Kein Zweifel: Dieser winzige Raum war bis vor Kurzem ein Gefängnis gewesen.

16

Simon und Frank von der kriminaltechnischen Untersuchung trafen als Letzte ein. Hauptkommissar Weidenbach und vier weitere Kollegen hatten sich in ihre Schutzkleidung geworfen und durchkämmten das Haus. Zwei Beamte hatten es weiträumig abgesperrt und kümmerten sich um die Schaulustigen, deren Anzahl sich mehr als verdoppelt hatten. Goldberg stand in der Küche und warf gerade einen Blick in den Gefrierschrank, der randvoll mit Fertiggerichten gefüllt war. Hauke durchwühlte den Mülleimer.

»Wie kann man sich bloß diesen Fraß reinziehen? Das ist ja eklig.«

»Irgendwelche Katzenfutterdosen?«, fragte Goldberg.

»Nee, wieso?«

»Am Sonntag gab sie vor, ihr Kater Filou habe eine Tasse heruntergeschmissen.«

»Das war dann wohl gelogen. Hier sind nicht mal Fressnäpfe.«

»Sonst etwas?«

»Ach, guck mal einer an.« Mit behandschuhten Fingern fischte Hauke eine braune Ampulle aus den Untiefen der Umverpackungen. Er las die lateinischen Begriffe vor, die auf dem Etikett standen, und tütete die Flasche in einen Asservatenbeutel ein. »Was, glaubst du, ist das?«

»Vielleicht ein Betäubungsmittel.«

»Kein Wunder, dass die Alte sich so verbarrikadiert hat. Niemand sollte mitkriegen, dass sie jemanden hier versteckt hat. Aber wer könnte das sein?«

»Das sollten wir schnellstens herausfinden.«

»Glaubst du, die ist mit dem Gefangenen geflohen?«

»Sie hatte kein Auto.«

»Vielleicht haben die sich ein Taxi genommen?«

»Ein Taxi?«, wiederholte Goldberg ungläubig.

»Kann doch sein. Wenn ich dich mit einer Knarre bedrohe, steigst du sicher auch ein, ohne einen Mucks zu machen.«

»Woher sollte sie eine Waffe haben?«

»Schau dir den Knast da unten an. Wer sich so viel Mühe gibt, der kommt auch an eine Knarre ran. Außerdem vergisst du das World Wide Web.«

»Ich habe keinen PC gesehen, du?«

»Schon einmal was von tragbaren PCs gehört? Laptops nennt man diese neumodischen Geräte, oder ganz neu: Smartphones.«

»Ja, schon gut, ich habe es verstanden.«

»Wie lange ging das wohl schon?«, fragte Hauke.

»Das wage ich mir gar nicht auszumalen. Ich hoffe, wir finden brauchbare Spuren.«

»Meinst du, die Alte hat diesen Bunker nur zu diesem Zweck gebaut? Bei Natascha Kampusch waren es fast neun Jahre. Stell dir mal vor, da lebst du jahrelang neben einer etwas verrückten alten Dame und denkst dir nichts Böses dabei, während sie Alcatraz nachbaut. Vielleicht hatte sie wechselnde Gefangene. Könnte doch sein.«

»Möglich.«

»Ich bin nur froh, dass die Kollegen sich den Keller vornehmen und nicht ich in der Scheiße wühlen muss.«

»Herr Goldberg?« Weidenbach lugte um die Ecke. »Können wir uns kurz unterhalten?«

»Ich komme.« Goldberg und Hauke warfen sich einen schnellen Blick zu, bevor der Kommissar die Küche verließ.

»Schön, dass wir uns endlich persönlich kennenlernen«, sagte er, als die beiden Männer im Flur standen.

»Ebenfalls.«

»Was halten Sie davon?«

Goldberg ließ sich Zeit mit der Antwort. Weidenbach war ehrgeizig, das hatte Goldberg auf den ersten Blick erkannt. Er erinnerte ihn an sein jüngeres Ich. Goldbergs Karriere hatte mit dem Umzug nach Kophusen einen entscheidenden Knick erlitten. Sicher wusste Weidenbach davon. Bei Männern wie ihm musste man aufpassen. Auch wenn sie sich nach außen teambewusst gaben, wollten Beamte wie er vor allem Karriere machen und nutzten jede Chance, die sich ihnen bot. Außerdem war ihm Weidenbachs Blick beim Eintreffen nicht entgangen. Offenbar war die interne Ermittlung gegen ihn immer noch ein Thema, das in der Gerüchteküche der Polizei für Gesprächsstoff sorgte. Es kam nicht alle Tage vor, dass man intern gegen Kollegen ermittelte. Er konnte das verstehen. Aber in dem Blick des Kriminalbeamten hatte noch etwas anderes gelegen. Etwas, das Goldberg aufmerksam werden ließ. Entweder wusste Weidenbach mehr über die Ermittlung gegen ihn oder aber er kannte das Prozedere gut genug, um zu wissen, dass es unerwartet rasch beendet worden war.

»Das bunkerartige Haus, die Zelle im Keller. Alles sieht

danach aus, dass Frau Neumann heimlich einen unfreiwilligen Gast hatte«, sagte Goldberg.

»Aber die Frau war doch schon über achtzig, oder?«

Goldberg nickte.

»Haben Sie sie gekannt?«

»Niemand kannte sie. Ich persönlich habe sie am Sonntag kurz gesprochen. Sie hatte den Notruf gewählt, aber als wir eintrafen, sagte sie, es sei alles in Ordnung.«

»Ich möchte keinesfalls respektlos klingen. Ich weiß natürlich, dass Sie in Berlin nicht nur auf Streife waren.« Weidenbach lachte. »Deshalb würde ich mich freuen, wenn Sie uns Amtshilfe leisten, sofern es Ihre Zeit erlaubt. Sie und Ihre Kollegen sind einfach näher dran und verfügen über entsprechende Ortskenntnis. Das ist von großem Vorteil.«

»Wir helfen gern.«

Weidenbach lächelte und streckte die Hand aus. »Auf gute Zusammenarbeit.« Sie schüttelten sich die Hände. »Schön zu wissen, dass Sie mit an Bord sind. Ein Kollege mit Ihrer Erfahrung ist Gold wert.«

»Das sieht nicht jeder so, Herr Weidenbach.«

»Aber ich. Glauben Sie mir, ich lege großen Wert auf die Erfahrung der älteren Kollegen. Entschuldigen Sie, das sollte jetzt nicht despektierlich klingen.«

»Ich bin nicht empfindlich. Haben Sie schon etwas Neues zu den Gräbern?«

»Ich hatte gehofft, Sie könnten mir etwas sagen.« Er lachte. »Kophusen hat in letzter Zeit für Wirbel gesorgt.«

»Ja, unser kleines Dorf hat in den letzten Jahren des Öfteren für Schlagzeilen gesorgt.«

»Ich freue mich auf unseren Austausch. Vielleicht können wir ja mal zusammen essen gehen?«

»Warum nicht.«

Ein Kollege unterbrach sie und rief Weidenbach ins Haus. Goldberg kehrte in die Küche zurück.

Hauke sah ihn fragend an.

»Später«, flüsterte der Kommissar.

Hauke nickte und reichte ihm einen Plastikbeutel. »Ich habe übrigens das passende Utensil gefunden.«

Goldberg besah sich die Spritze. »Vielleicht ein tödliches Gift?«

»Du meinst, sie hat die Person umgebracht? Und wo ist die Leiche? Einen Zeigefinger haben wir ja schon.«

»Sehen wir uns an, was die Kollegen im Keller gefunden haben.«

Der Gestank war noch immer bestialisch. Hauke hielt sich eine Hand vor Mund und Nase, während sein Chef unbeeindruckt die Gefängniszelle betrat. Die Kriminaltechniker in ihren Schutzanzügen sahen wie Überlebende einer Apokalypse aus. Simon war dabei, Proben vom Nachttopf zu nehmen, und Frank untersuchte gerade das Bett.

»Wie haltet ihr das bloß aus?«, fragte Hauke.

Simon schaute auf. »Alles Übungssache.«

»Hiermit geht ihr endgültig in die Annalen der Kriminalgeschichte ein. Mit diesem Verlies habt ihr euch selbst übertroffen. Alle Achtung«, sagte Frank anerkennend.

»Danke für die Lorbeeren. Aber darauf können wir gut verzichten«, erwiderte Hauke.

»Vielleicht solltet ihr eure Bürgerinnen und Bürger mal einem Psychotest unterziehen«, schlug Simon vor.

»Wenn das legal wäre, wäre ich der Erste, der sie überprüft«, konterte Hauke.

»Irgendetwas, das ihr uns schon sagen könnt?«, fragte Philip.

»Ein paar Fingerabdrücke. Kot- und Urinspuren. Das Laken ist eine wahre Fundgrube. Essensreste, Haare, Fingernägel und sogar Blut«, erklärte Simon.

»Und der Fleck am Geländer?«, fragte Philip.

»Blut. Eindeutig. Die Dame hat ganze Arbeit geleistet. So was habe ich noch nie gesehen. Fast wie in Guantanamo«, ergänzte Frank.

»Nun übertreib mal nicht«, entgegnete Hauke.

»Habt ihr Körperteile gefunden?«, fragte Philip.

»Du meinst weitere Finger?« Frank sah ihn spöttisch an.

»Wenn du dem den kleinen Finger gibst, will der gleich die ganze Hand«, rief Simon und lachte.

Frank grinste breit. »Sehr gut.«

»Kommt schon, Jungs, irgendetwas?«, mahnte Hauke ungeduldig. Der Gestank wurde immer schlimmer.

»Jetzt verbreite mal keine Hektik«, erwiderte Simon. »Wir sind hier bestimmt noch eine Weile beschäftigt. Und wenn wir menschliche Überreste finden, sagen wir euch Bescheid. Und jetzt raus. Ihr habt den Tatort schon genug verunreinigt.«

Philip bedankte sich und verließ den Raum.

»Dein Chef hat den Humor eines Besenstiels«, sagte Frank.

»Vorsicht. Den Humor dieses Mannes würdet ihr gar nicht verstehen. Der ist nicht so platt wie eurer«, entgegnete Hauke. »Schickt ihr uns eine Kopie des Berichts?«

Simon nickte. Hauke tippte gegen seine Dienstmütze und stieg rasch die Treppe hinauf. Er inspizierte den Rasen und warf einen erneuten Blick in das Gartenhäuschen. Die Schaufel schien unbenutzt. Genau wie die übrigen Gerätschaften. Wo war die alte Neumann bloß? Und wie hatte sie den Gefangenen oder die Gefangene aus dem Haus geschafft? Die Person konnte sich ja nicht in Luft aufgelöst haben. Genauso wenig wie die Alte selbst. Was zum Teufel hatte die hier getrieben? Und warum hatte niemand etwas von dem grauenvollen Treiben bemerkt?

»Und? Anzeichen von einem Grab?« Philip kam zu ihm herüber.

»Nein, gar nichts. Ich verstehe das nicht. Was zum Teufel geht hier vor? Und warum die Gräber? Hat sie ihr Opfer aus dem Keller in handliche Stücke zerhackt und verteilt die jetzt munter in Kophusen?«

»Ich hoffe nicht.«

»Wer zum Teufel ist Linda? Die Gefangene? Und wer hat die Gräber errichtet? Die Neumann? Oder hat jemand ihr kleines Geheimnis entdeckt und sie musste fliehen?«

»Wäre die Person nicht sofort zur Polizei gegangen?«

»Vielleicht hatte sie Angst oder hängt da irgendwie selbst mit drin.«

»Die anonyme Anruferin?«

»Bingo!«

»Zumindest haben wir endlich einen Ansatzpunkt. Lass uns zur Station zurückfahren. Hier können wir eh nichts mehr tun.«

Peter saß am Rechner. Bisher hatte er nicht viel über Ursula Neumann herausfinden können. Er fasste die spärlichen Informationen für seine beiden Kollegen zusammen: Die alte Dame war achtundachtzig Jahre alt und in Itzehoe zur Welt gekommen. Ihr Vater war im Zweiten Weltkrieg gefallen. Es gab keine Geschwister. Ihre Mutter zog mit ihr zu den Großeltern nach Kophusen. Die lebten auf einem alten Bauernhof, der inzwischen längst verkauft und kernsaniert worden war. Sie blieb viele Jahre in Kophusen, bis sie in den Sechzigerjahren wegzog und erst Ende der Neunziger nach Kophusen zurückkehrte und das Haus kaufte. Da war sie bereits in Rente gewesen.

»Weißt du, wo sie die Jahre ihrer Abwesenheit verbracht hat?«, fragte Philip.

»Laut Melderegister ist sie nach Aitrang ins Allgäu gezogen.«

»Wovon hat die Alte gelebt?«, wollte Hauke wissen.

»An die Information ist leider nicht so schnell ranzukommen, aber da bin ich dran.« Peter schüttelte den Kopf. »Ich kann immer noch nicht fassen, dass sie in dem hohen Alter ein Gefängnis in ihrem Keller besitzt. Ein bisschen merkwürdig war sie ja schon immer, aber wer denkt denn an so etwas?«

»Und das vor unseren Augen!«, ergänzte Hauke. »Du hättest das sehen müssen. Widerlich.«

»Es muss eine Verbindung zu den Gräbern geben«, sagte Philip. »Und nicht zuletzt bleibt die Frage, weshalb Hauke das Geschenk auf seiner Terrasse zugedacht wurde.«

»Eine Verflossene können wir jetzt wohl ausschließen«, erwiderte er. »Mit der Alten habe ich jedenfalls nichts gehabt. Daran würde ich mich erinnern. Ich kenne sie nur von den Einsätzen her. Ansonsten habe ich nichts mit der zu tun gehabt. Wenn es hochkommt, habe ich die vielleicht zehnmal gesehen.«

»Trotzdem. Es muss da irgendeine Verbindung geben«, sagte Philip überzeugt. »Möglicherweise eine, von der du gar nichts weißt.«

»Was soll das denn heißen?«

»Das werden wir herausfinden.«

»Die Adresse in Marne habe ich überprüft. Da wohnt keine Nadine.«

»Ich denke, die Spur können wir getrost vernachlässigen«, meinte Philip.

17

Egon Behrens, der Vorsitzende des Chronikvereins, war ein Kophusener Urgestein. Peter hatte ihnen erzählt, dass er sein aktives Berufsleben als Lehrer vor rund zehn Jahren beendet hatte und sich seitdem mit viel Engagement der historischen Arbeit widmete. Er führte Philip und Hauke in sein Arbeitszimmer, dessen Panoramafenster abgewandt von der Straße in den Garten hinausging. Der große Schreibtisch aus Mahagoni dominierte den Raum. Überall an den Wänden standen deckenhohe Bücherregale. Magda wäre entzückt gewesen.

Die beiden Beamten setzten sich dem Mann gegenüber, der hinter dem Schreibtisch Platz nahm. Er bot ihnen Wasser aus der Karaffe an, die auf dem Tisch bereitstand. Die Beamten lehnten dankend ab. Goldberg befürchtete, dass Egon Behrens ein Mann mit viel Zeit und einem ausgeprägten Mitteilungsbedürfnis war. Doch der selbst ernannte Chronist überraschte ihn. Er hatte schon alles, was seine umfangreiche Sammlung hergab, übersichtlich zusammengestellt. Lächelnd tippte er auf die dicke Mappe vor sich. Daneben unzählige Jahresbände der *Kophusener Chronik*, die mit bunten Klebezetteln gespickt waren.

»In der Tat hat dieses Haus eine sehr bewegte Geschichte. Gibt es einen konkreten Anlass für Ihr Interesse?«

Goldberg wies auf die laufende Ermittlung hin und dass sie deshalb keine Einzelheiten nennen dürften. Egon Behrens nickte verständnisvoll.

»Das ist alles, was ich auf die Schnelle finden konnte. Von einigen Perioden abgesehen unterlag das Haus die meiste Zeit einer sozialen Nutzung. Gebaut wurde es 1888 als Villa eines damals ebenso betuchten wie verschwenderischen Fabrikanten. Als er Anfang des zwanzigsten Jahrhunderts plötzlich verstarb, fiel die Immobilie an die Gemeinde. Es gab keine Erben. Im Ersten Weltkrieg diente das Haus als Lazarett und Heim für Kriegsversehrte. Als der Krieg vorbei war, wurde es eine Erholungsstätte. Zunächst für Kriegsheimkehrer, doch als dies nicht mehr von Nöten war, wurde daraus ein Kinderkurheim. Warten Sie, es gibt ein Foto von der Eröffnung. 1938 war das.«

Während der Mann in einem Buch blätterte, warfen sich die Beamten einen kurzen Blick zu.

»Hier ist es.« Behrens schob ihnen das aufgeschlagene Buch hin.

Die körnige Schwarz-Weiß-Aufnahme zeigte den Eingang zur Villa. Die Gesichter der Personen, die sich für das Foto aufgestellt hatten, waren kaum zu erkennen. Goldberg zählte vier Männer und zehn Frauen. Die Frauen trugen eine Art Krankenhaus-Uniform mit Schürze und Häubchen.

»Dies ist der frühere Bürgermeister.« Behrens tippte auf den Mann links.

»Kennen Sie die Namen der anderen auch?«, fragte Hauke.

»Leider nein. Wenn Sie nähere Aufzeichnungen aus der Zeit suchen, müssen Sie sich an die Gemeinde oder den Kreis wenden. Vielleicht werden Sie in deren Archiven fündig. Sie als Polizeibeamte werden da sicher schneller Zugang bekommen als wir Normalsterbliche.«

Goldberg horchte auf. »Haben Sie es selbst probiert?«

»Nein. Aber es gibt immer wieder mal Menschen, die Kontakt mit mir aufnehmen, um Näheres zu diesem Heim zu erfahren. Ehemalige Kinder, die dort auf Kur waren.«

»Hat sich in letzter Zeit jemand bei Ihnen erkundigt?«, fragte Goldberg.

»Durchaus. Dieses Thema gerät mehr und mehr in den Fokus der Öffentlichkeit.«

»Wie viele haben denn Kontakt mit Ihnen aufgenommen?«, wollte Hauke wissen.

»Im letzten Jahr waren es vielleicht fünf bis zehn.«

»Kennen Sie die Namen der Personen, die sich bei Ihnen gemeldet haben?«, erkundigte sich Goldberg.

»Nein. Ich merke mir das nicht.«

»Wie haben sie Kontakt aufgenommen?«

»Die meisten per E-Mail. Die Adresse steht im Impressum der Internetseite des Chronikvereins.«

Goldberg spürte, dass sie endlich auf der richtigen Fährte waren. Ein Kurheim für Kinder erklärte die Spielsachen. Das Kribbeln in seinem Bauch war eindeutig. »Haben Sie diese E-Mails noch?«

»Nein, ich lösche sie immer gleich, nachdem ich sie beantwortet habe. Schon allein aus Datenschutzgründen. Ich steige durch diese neuen Verordnungen nicht durch und habe keine Lust, mich damit zu beschäftigen.«

»Was suchen diese Menschen?«, fragte Goldberg, enttäuscht darüber, dass die Mails sie offenbar nicht weiterbrachten.

»Ich weiß nicht, ob Sie über dieses Thema Bescheid wissen. Es gab viele solcher Kinderkurheime in Deutschland. Die meisten an Nord- und Ostsee oder in den Bergen. Sie waren entweder in kommunaler Hand oder gehörten sozialen Organisationen, auch der Kirche. Damals wurden die Kinder allein verschickt. Meistens für sechs Wochen. Es herrschte oft ein strenges Reglement in diesen Einrichtungen. Das Erziehungsmodell war aus heutiger Sicht völlig untragbar. Damals hatte man als Kind zu gehorchen. Oft haben die Erwachsenen heute nur noch bruchstückhafte Erinnerungen und es ist für sie sehr mühsam, diese zu einem vollständigen Bild zusammenzusetzen. Manchmal dauert es Jahre. Die Menschen, die mir schreiben, sind auf der Suche, nicht selten haben die schlimmen Erlebnisse in den Heimen deutliche Spuren hinterlassen. Kophusen scheint da leider keine Ausnahme gewesen zu sein.«

»Können Sie sich vielleicht an eine E-Mail ganz besonders erinnern?«, wagte Goldberg noch einen Versuch.

»Nein. Die sind sich alle ziemlich ähnlich.«

»Falls in den nächsten Tagen jemand Kontakt mit Ihnen aufnehmen sollte, geben Sie uns bitte Bescheid«, bat Goldberg.

»Ja, das tue ich.«

»Kennen Sie Ursula Neumann?«, fragte Hauke.

»Nein, der Name sagt mir nichts. Sollte er?«

Hauke schüttelte den Kopf.

»Was wissen Sie über Leonhardt von Stubben?«, fragte Goldberg mehr der Vollständigkeit halber.

»Nicht viel. Er hat das Gebäude Anfang 2000 gekauft und ist später pleitegegangen. Soweit ich weiß, war er nicht besonders oft in Kophusen. Ein prominenter Anwalt, wenn ich mich recht erinnere. Er hat damals viel Aufsehen erregt.«

»Gibt es ein Verzeichnis der Kinder, die in Kophusen zur Kur waren?«, nahm Hauke den Faden noch einmal auf.

»Wie gesagt, da müssen Sie in den Archiven der Gemeinde suchen. Da finden Sie vielleicht noch offizielle Dokumente.«

Goldberg nahm die Unterlagen vom Tisch und erhob sich. »Herr Behrens, vielen Dank für Ihre Zeit. Sie haben uns sehr geholfen.«

»Gern. Sehen Sie es sich in Ruhe durch, und wenn Sie Fragen haben, melden Sie sich.«

»Das werden wir.«

Zurück auf der Polizeistation, erstatteten sie Peter Bericht. Euphorisch nahm er das Material entgegen. Er würde sich durch die Mappe arbeiten und die wichtigsten Informationen herausfiltern. Das war seine Stärke. Peter war das Herz der Station. Und er hielt ihnen immer den Rücken frei, damit Hauke und er draußen ermitteln konnten. Goldberg wusste nicht, was sie tun würden, wenn er in Ruhestand gehen würde. Der Termin rückte unweigerlich näher. Irgendwann würde ihr Dreiergespann der Vergangenheit angehören … Der Kommissar schob diesen Gedanken schnell beiseite und schwang sich auf den Tresen.

Egon Behrens hatte sie auf eine vielversprechende Spur gesetzt. Historisch war Goldberg nicht sehr bewandert. Peter würde die Lücken füllen müssen. Doch als Egon Behrens von den Menschen berichtete, die mit ihm Kontakt aufgenommen hatten, hatte er gewusst, dass das die Richtung war, in die sie gehen mussten. Eine traumatische Erfahrung als Kind ließ einen nie ganz los. Sie konnte einen bis ins Erwachsenenalter verfolgen, und wenn man Pech hatte, vergiftete sie das ganze Leben. Das war endlich ein Motiv, auch wenn die Ereignisse bereits viele Jahre zurücklagen und es wirklich dumm war, dass Behrens die Mails nicht archivierte. Eine davon hätte vom Täter stammen können.

»Das ist total an mir vorbeigegangen«, murmelte Peter, während er durch die zusammengestellten Dokumente blätterte.

»Du kannst ja nicht alles wissen. Außerdem warst du selbst ja noch ein Kind«, beschwichtigte Hauke.

»Ja, sicher, aber wenn das Heim bis Ende der Sechziger existierte, war ich auch schon sieben Jahre alt.«

»Jetzt weißt du es ja.«

»Peter, ich will alles über dieses Heim erfahren«, sagte Goldberg. »Sämtliche Mitarbeiter, die Namen der Kinder, die dort zur Kur waren, und wer die Leitung innehatte. Der Schlüssel liegt in diesem Heim. Das würde zu dem altmodischen Spielzeug passen. Und der abgeschnittene Finger passt auch irgendwie in dieses Bild, wenn ich auch noch nicht weiß, wie.«

»Ja, schon, aber was hat das mit dem Kerker der Neumann zu tun? Glaubst du, sie war als Kind in dem Heim?«, fragte Peter.

»Das ist eher unwahrscheinlich. Sie stammte ja von hier. Da wurde sie wohl kaum zwei Häuser weiter auf Kur geschickt«, wandte Hauke ein. Er nahm einen Schluck Kaffee. »Wenn dieses Heim wirklich so ein mieser Ort war, kann das für ein Kind echt der Horror gewesen sein. Ich war mal auf Klassenreise in einem beschissenen Landschulheim. Das Essen war ein einziger Fraß und der Herbergsvater ein alter Nazi. Das waren die schlimmsten fünf Tage meiner Kindheit.«

»Vielleicht greift diese Geschichte tiefer, als wir bisher annehmen«, überlegte Goldberg. »Wir wissen, dass in Ursula Neumanns Haus jemand über Tage, wenn nicht sogar Wochen oder Monate gefangen gehalten wurde. Wie lange, werden uns mit Glück die Auswertungen der Proben sagen.«

»Sie muss das von langer Hand geplant haben. Und jetzt wissen wir endlich auch, warum die Alte ihr Haus zur Festung umgebaut hat. Um ungehindert ihren sadistischen Neigungen nachzugehen«, fügte Hauke hinzu.

»Gruselig. Und das mitten unter uns. Wir hätten da schon viel eher eingreifen sollen«, sagte Peter.

»Irgendjemand scheint etwas geahnt oder sogar entdeckt zu haben«, fuhr Goldberg fort. »Deshalb musste Ursula Neumann fliehen. Entweder mit dem Opfer oder sie hat das Opfer umgebracht und entsorgt.«

»Aber warum dann der Notruf vom Sonntag?«, warf Hauke ein. »Bisher haben wir gedacht, sie wäre diejenige, die bedroht worden ist.«

»Vielleicht ist die Person, die ihr Geheimnis entdeckt hat, ihr zu nahe gekommen. Der Notruf könnte eine Kurzschlussreaktion gewesen sein. Irgendwie hat sie die Situation vorerst wieder in den Griff bekommen.«

»Okay, das verstehe ich«, erklärte Peter. »Aber was hat das mit den Gräbern zu tun? Und wessen Finger ist das? Vom Alter kommt ja eher die Neumann infrage. Aber die hackt sich doch nicht ihren eigenen Finger ab und vergräbt ihn, oder? Also, ich meine, warum sollte sie so etwas tun?«

»Wenn das Gefängnis der Neumann in Zusammenhang mit dem Heim steht, könnte das Opfer in ihrem Kerker in einem ähnlichen Alter wie sie selbst sein. Die ganze Sache ist ja schon zig Jahre her«, schlug Hauke vor.

»Das wird ja immer makabrer. Was für dunkle Geheimnisse haben manche Menschen bloß? Da sieht man seine Nachbarn ja mit ganz anderen Augen«, kommentierte Peter.

»Tür an Tür mit dem Grauen«, bemerkte Hauke.

Peter schüttelte sich. »Aber warum sollte die Neumann den Finger ihres Opfers abschneiden und vergraben? Soll das eine Nachricht sein? Und wenn ja, an wen um Himmels willen?«

»Ursula Neumann hält ihr Opfer im Keller gefangen«, überlegte Goldberg. »Sie will diese Person für etwas bestrafen, was sie getan oder vielleicht auch nicht getan hat. Irgendwann ist die Kerkerhaft nicht mehr genug. Sie will, dass diese Ungerechtigkeit an die Öffentlichkeit kommt, und sendet mit den Gräbern eine verschlüsselte Nachricht, um uns auf die Spur zu bringen.«

»Also, wenn die will, dass wir rauskriegen, was das Opfer getan hat, hätte sie ruhig etwas deutlicher sein können. Ich meine, geht es noch undurchsichtiger?«, fragte Hauke.

»Daher der anonyme Hinweis bei unserem ehrgeizigen Reporter«, schlug Peter vor.

»Sie möchte natürlich nicht selbst belangt werden. Das bedeutet, sie muss unerkannt bleiben. Aber was war der Auslöser für die Gräber? Sie muss einen Grund dafür gehabt haben. Und es bleibt immer noch die Frage, warum du in ihr Visier geraten bist.« Goldberg blickte Hauke an.

»Wenn die Neumann nur will, dass man die Tat des Opfers herausfindet, hat es vielleicht gar nichts mit Hauke persönlich zu tun, sondern nur damit, dass er Polizist ist. Die Frau kennt ihn, er stand ja oft genug bei ihr auf der Matte«, entgegnete Peter.

»Schon möglich«, sagte Goldberg.

»Endlich mal eine vernünftige Erklärung! Danke, mein Freund.«

»Wer hat die alte Dame aufgeschreckt? Warum ist sie nach all der Zeit plötzlich geflüchtet?«, sinnierte Goldberg weiter.

»Ein Nachbar, der ihr gedroht hat?«, fiel Hauke ein. »Gleich und Gleich gesellt sich gern. Vielleicht wurde sie mit ihrem kleinen Geheimnis erpresst?«

»Nun hör aber auf, Kophusen ist doch kein Mekka des Bösen.«

»Inzwischen habe ich da so meine Zweifel.«

Goldberg ignorierte das Geplänkel. Brainstorming war ein wichtiger Baustein in einer Ermittlung. Man musste sich erlauben, jeden noch so absurd klingenden Gedanken laut auszusprechen. »Mal angenommen, Linda ist das eigentliche Opfer, ein Kind aus dem Heim, dem damals Schaden zugefügt wurde. Das würde die altmodische Puppe in dem Grab erklären. Ist es möglich, dass Ursula Neumann um Linda trauert und jetzt den Täter von früher bestraft?«

»Du meinst, die alte Dame rächt sich stellvertretend für Linda?«, fragte Peter.

Goldberg nickte. »Vielleicht kannte sie Linda. Immerhin hat Ursula Neumann hier gelebt. Sie könnte das Mädchen während ihres Aufenthalts kennengelernt haben und hat sie nicht beschützen können. Vor was auch immer.«

»Das klingt doch total plausibel«, warf Hauke begeistert ein. »Jetzt müssen wir nur noch herausfinden, wen die Alte da gefangen gehalten hat und wer sie aufgescheucht hat.«

Peter grübelte. »Ja, aber es könnte auch anders gewesen sein. Die Gräber könnten ebenso gut als Warnung an Ursula Neumann gerichtet sein. Die Person, die ihr perfides Verlies entdeckt hat, kennt die Hintergründe und hat der Neumann mit dem Finger eine Nachricht senden wollen. Eine Drohung, sie an die Polizei zu verraten, deshalb auch die Gummihand auf Haukes Terrasse.«

Hauke schnaubte. »Och nee, Peter. Nun haben wir die Lösung gerade erarbeitet, da kommst du schon mit der nächsten um die Ecke. Können wir nicht erst einmal bei einer Theorie bleiben?«

»Ich finde deinen Gedankengang gut, Peter. Konzentriere dich bei der Suche auf ein Mädchen oder eine Frau namens Linda. Sie ist nach wie vor der Schlüssel zu diesem Drama«, entschied Goldberg.

»Dann kann ich jetzt doch wieder zu mir ziehen, oder, Mitbewohner?«

»Du bleibst bei mir, bis wir wissen, warum du das Geschenk bekommen hast.«

»Na, gut. Aber du hast Putzdienst.«

»Deine Sorgen möchte ich haben.« Goldberg schüttelte den Kopf.

»In einem aufgeräumten Haus wohnt ein aufgeräumter Geist. Was meinst du, warum ich so ausgeglichen bin?«

Goldberg und Peter mussten lachen.

»Was soll das denn bitte? Bei mir könnt ihr jederzeit vom Fußboden essen«, widersprach Hauke.

»Dein Haus mag ja aufgeräumt sein, aber dein Geist ist alles andere, nur nicht aufgeräumt«, meinte Peter.

»Warte ab, mein Freund. Dir wird das Lachen noch vergehen.«

Goldberg sprang vom Tresen und klopfte ihm auf die Schulter. »Wir gehen heute Abend zu deiner Schwester essen. Ich lade dich ein.«

»Gern, aber damit kannst du dich nicht vom Putzdienst freikaufen.«

»Das habe ich auch nicht vor. Ich will nur nicht wieder einen Abend mit Chips und Bier zubringen.«

»Ist dir meine Gesellschaft nicht gut genug? Muss ich mich in einen bücherlesenden Nerd verwandeln, damit du meine Gesellschaft zu schätzen weißt?«

»Nicht nötig, aber mir ist das Clubsandwich von Rosi lieber als eine Tüte Chips.«

Goldberg verzog sich in sein Büro und schloss die Tür hinter sich, ohne Haukes Antwort abzuwarten. Nachdenken konnte er nur, wenn er allein war.

18

Vor sich ein frisch gezapftes Pils, saß Hauke am Tisch neben dem Fenster und wartete auf seine Kollegen. White Sock hatte sich zu ihm gesellt und ließ sich genüsslich hinter den Ohren streicheln. Das schwarz-weiße Tier mochte Hauke von den vier Katzen am liebsten. Er war es auch, der dem Tier den Namen gegeben hatte. Die weißen Strümpfe zierten alle vier Beine des Katers.

»Die Katzen sind wirklich süß«, erklang eine Stimme neben ihm.

Hauke sah auf. Am Nebentisch saß der radelnde Gast, mit dem er sich neulich zu Mittag schon unterhalten hatte. »Ja, sie sind niedlich, aber erzählen Sie niemandem, dass ich das gesagt habe. Sonst zieht mich meine Familie nur wieder unnötig auf.«

»Ich schweige wie ein Grab.« Der Mann versiegelte mit den Fingern symbolisch den Mund.

»Wohnen Sie in der Pension?«, fragte Hauke.

»Ja, ich bin seit ein paar Tagen hier.«

»Urlaub?«

Er nickte. »Ich fahre mit dem Rad durch Schleswig-Holstein. Nächste Woche geht es weiter Richtung Husum.«

»Sehr sportlich.«

»Ist ein Hobby von mir. Und Sie? Feierabend?«

»Kann man wohl sagen.«

»Das ist ein schöner Ort.«

Hauke nickte stolz.

»Aber wahrscheinlich nicht viel los für die Polizei, oder?«

»Sie würden sich wundern, was in diesem Nest alles passiert. Ich könnte Ihnen da Geschichten erzählen … Da ist die Großstadt gar nichts gegen.«

»Denkt man nicht, wenn man sich Kophusen so anschaut.«

»Sie würden es mir wahrscheinlich auch nicht glauben.«

Die Wirtshaustür öffnete sich und Philip trat ein, gefolgt von Magda. Sie begrüßten Bärbel hinter dem Tresen und gingen auf Haukes Tisch zu. Magda umarmte Hauke und sie alle setzten sich. White Sock sprang von der Holzbank und ging beleidigt zum nächsten Tisch. Sie bestellten die Getränke. Mit dem Essen würden sie noch warten, bis Peter eintraf. Er kam in letzter Zeit öfter zu spät, was gar nicht die Art seines Kollegen war. Vermutlich feilte er noch an der Auswahl seiner Kandidatinnen.

»Schönen Abend noch«, sagte der Radfahrer und klopfte zum Abschied auf den Tisch.

»Danke, Ihnen auch«, erwiderte Hauke.

»Wer war das?«, flüsterte Magda, als der Unbekannte den Gastraum verlassen hatte.

»Ein Touri, der eine Fahrradtour durch unser schönes Bundesland macht.«

»Komischer Typ, findet ihr nicht?«, fragte sie.

»Wieso? Der war nett«, gab Hauke zurück.

»Weiß nicht. Er hat so seltsam geguckt, als wir reinkamen. Und wieso haut er gleich ab, nachdem wir uns zu dir gesetzt haben?«

»Er wird halt was anderes vorhaben. Wir haben uns neulich kurz gesehen, als Philip und ich was zu Mittag geholt haben. Der wohnt hier in der Pension.«

»War das der, mit dem du dich über die Katzen unterhalten hast?«, fragte Philip.

Hauke nickte und sie sprachen über etwas anderes.

Es dauerte zwanzig Minuten, bis Peter endlich erschien. Hauke grinste. Noch eine Woche, bis er die Frauen zu Gesicht bekommen würde, die Peter sich online ausgesucht hatte. Für ihn selbst war diese Art, Frauen kennenzulernen, bisher nichts gewesen. Ihm war es lieber, in freier Wildbahn unterwegs zu sein. Es fühlte sich natürlicher an und war sicher wesentlich ungezwungener. Außerdem waren die Frauen bestimmt eher auf etwas Festes aus als auf ein paar nette Stunden zu zweit. Obwohl es ja durchaus einige Kontaktbörsen gab, die für schnellen Sex bekannt waren. Hauke würde sich die Frauen genau ansehen und entscheiden, ob er dieses Online-Dating selbst einmal ausprobieren würde. Vielleicht traf er da ja eine richtig nette Frau, die ausnahmsweise mal an ihm und nicht an seinem Job oder an seiner Position interessiert war.

»Habt ihr schon bestellt?«, fragte Peter.

»Nee, wir haben auf dich gewartet, Casanova.« Hauke schnalzte mit der Zunge.

Peter verdrehte die Augen und vertiefte sich in die Speisekarte.

»Hauke, ich höre euer WG-Leben klappt ganz gut?«, fragte Magda, die anzügliche Bemerkung ignorierend.

»Kannst du dem Mann bitte mal beibringen, wie man richtig putzt? Und zwar nicht nur oberflächlich.«

»Bisher hat sich noch niemand über meine Reinlichkeit beschwert«, warf Philip ein.

»Ich fürchte, mit deinen Putzqualitäten kann niemand konkurrieren, Hauke«, sagte Magda.

»Ich lade euch alle mal ein und zeige euch, wie man auch hinter der Waschmaschine putzt. Um nur ein Beispiel zu nennen.«

»Du bist ein echter Putzteufel.« Peter legte die Karte beiseite.

»Ich nenne das gründlich.«

»Jedenfalls ist das ein Grund, warum Hilke es so lange mit ihm ausgehalten hat. Mit dem Mann hast du immer ein sauberes Haus«, bemerkte Peter, als würde er eine Checkliste über seine Vor- und Nachteile als potenzieller Partner führen.

»Ist es für dich so abwegig, dass sie mich um meinetwillen geliebt hat?«, fragte Hauke.

»Nein, natürlich nicht. Du bist nur manchmal etwas speziell.«

»Ja, das kannst du laut sagen«, mischte sich Bärbel ein, die mit einem voll beladenen Tablett an ihren Tisch getreten war. »Aber dafür lieben wir ihn ja, nicht wahr, Hauke-Maus?«

»Mama, nicht so laut, Herrgott noch mal. Schrei es doch durch den ganzen Laden. Ich glaube, Rosi hat es in der Küche noch nicht gehört.«

»Die kennt das ja schon.« Bärbel strubbelte ihm durch die Haare und servierte die Getränke. »Zum Wohl.«

Sie hoben ihre Gläser und stießen an. Hauke nahm einen kräftigen Schluck von seinem frisch gezapften Bier.

»Ich habe eben übrigens noch mit Frank gesprochen. Deshalb bin ich auch so spät«, erklärte Peter.

»Und, haben sie die Spuren auswerten können?«, fragte Philip.

»Ich gehe mal kurz auf die Toilette«, unterbrach Magda die Männer. »Ich lasse mir Zeit.« Sie gab Philip einen Kuss und verschwand.

Peter ließ sich nicht lange bitten. »Die Laborergebnisse der Proben sind noch nicht da«, er senkte die Stimme und beugte sich über den Tisch, »aber sie haben im Schlafzimmer einen Koffer gefunden. Unter dem Bett.« Er machte eine kurze Pause. »Und da drin waren lauter Krankenhausutensilien. Allerhand Tabletten, Mullbinden, Spritzen und so ein Zeug.«

»Alles, was das Kerkermeisterherz erfreut«, sagte Hauke leise.

»Sieht so aus. Sie meinten, dass der Kofferinhalt weit über die handelsübliche Hausapotheke hinausgeht. Und zwar nicht nur in der Menge, auch in der Bestückung. Das meiste Zeug ist verschreibungspflichtig.«

»Wie ist die Alte da drangekommen?«

»Das haben sich die Kollegen auch gefragt. Und noch etwas ist seltsam. In dem Kleiderschrank im Schlafzimmer haben sie eine Uniform gefunden.«

»Was für eine Uniform denn?«, wollte Philip wissen.

»So eine, wie Krankenschwestern sie früher getragen haben.«

Hauke stieß einen leisen Pfiff aus. »Jungs, wir sind auf der ganz falschen Fährte gewesen. Die hat sich einen Lustknaben gehalten und mit kleinen Rollenspielchen ihr langweiliges Rentnerleben aufgepeppt.«

Seine Kollegen verdrehten die Augen.

»Okay, ist ja gut«, lenkte Hauke ein. »Vielleicht ist das ihr früherer Beruf gewesen«, schlug er stattdessen vor.

»Kann schon sein. Aber hebt man Arbeitskleidung so viele Jahre lang auf?«, fragte Peter.

»Dass die Alte nicht mehr alle Latten am Zaun hat, darüber sind wir uns ja wohl einig, oder?«

»Wie sieht die Uniform aus?«, erkundigte sich Philip.

»Keine Ahnung. Warum?«

»Lass dir ein Foto schicken und gleich die Uniform mit dem Bild ab, das am Eröffnungstag vor dem Heim aufgenommen wurde.« Das Gehirn ihres Chefs machte anscheinend nie eine Pause.

»Du meinst, das könnte die Kleidung von den Heimmitarbeiterinnen sein?« Peter war angefixt.

»Ja, da bin ich mir sogar ziemlich sicher.«

»Na ja, wenn sie sich für irgendwelche Vorkommnisse im ehemaligen Kinderheim rächen will, hat sie ihrem Opfer vielleicht die Aufseherin gemimt. Also doch ein Rollenspiel«, bemerkte Hauke.

»Eine Art Zeitreise«, murmelte Philip.

»Die hat sich vermutlich jahrelang auf diesen Einsatz vorbereitet. Warum dann nicht auch die passende Kleidung? Klingt für mich nach einem Großeinkauf im Kostümhandel.« Für Hauke passte das auffällig gut zu der Handattrappe, die in seinem Garten gelegen hatte.

»Was ist mit ihrem Festnetzanschluss?«

»Die warten noch auf die Daten der Telefongesellschaft.«

»Haben die Kollegen ein Mobiltelefon gefunden?«, wollte Philip wissen.

Peter schüttelte den Kopf.

»Was ist mit der Tatwaffe? Ein Beil?«, fragte Philip.

»Nee, nix«, erwiderte Peter.

»Könnt ihr mal Feierabend machen?«, beschwerte sich Magda, nachdem sie sich wieder zu ihnen gesetzt hatte. »Ich würde gerne einen unbeschwerten Abend ohne Mord und Totschlag verbringen.«

»Du hast recht«, sagte Philip. »Lasst uns das Thema wechseln.«

Kurz vor Mitternacht hoben sie die Tafel auf. Peter wollte zu Fuß nach Hause gehen, doch Magda ließ das nicht zu. Sie hatte nicht viel getrunken und bestand darauf, sie alle nach Hause zu fahren. Hauke vermutete, dass Philip ihr von ihrem Fall erzählt hatte. Sie war keine ängstliche Frau, aber sie wollte scheinbar auch kein unnötiges Risiko eingehen.

»Können wir noch mal schnell bei mir vorbei?«, fragte Hauke, der auf dem Beifahrersitz Platz genommen hatte.

»Lass uns das auf morgen früh verschieben«, murrte Philip. »Ich muss dringend ins Bett.«

»Nein, auf keinen Fall. Ich habe etwas ganz Wichtiges vergessen.«

»Deinen Wischmopp, ohne den du nicht einschlafen kannst?« Peter lachte.

»Sehr witzig.«

»Nur, wenn es nicht lange dauert«, sagte Magda.

»Geht ganz schnell. Ich brauche meine Mundspülung. Diesen pelzigen Belag auf den Zähnen halte ich nicht noch einmal aus.«

Magda hielt vor Haukes Haus und er sprang aus dem Wagen. In seinem Kopf hatten die fünf Biere Spuren hinterlassen. Ein leichter Schleier umwaberte seinen

Verstand, doch als er die Haustür öffnete, war er schlagartig nüchtern. Der Geruch von frisch gebackenem Kuchen schlug ihm entgegen. Er knipste das Licht an und rannte in die Küche. Auf dem Tresen stand der Grund für den köstlichen Duft. Hauke riss das Küchenfenster auf und rief seine Kollegen herein. »Schaut euch das mal an!«

»Was ist denn los?« Peter war der Erste, der in die Küche stürmte. Direkt hinter ihm Magda und Philip.

»Hier backt jemand heimlich.«

Sie blickten auf die runde Metallform. Der Kuchen war goldbraun und hätte normalerweise durchaus zum Zugreifen verlockt. Doch die darauf hinterlassene Botschaft sorgte dafür, dass es ihnen jeglichen Appetit verschlug.

19

Haukes Laune am nächsten Morgen war düster. Der Kuchen in seiner Küche hatte ihm eine schlaflose Nacht beschert. Auch Goldberg hatte bis zum Morgengrauen grübelnd wach gelegen. In aller Herrgottsfrühe war er zu Kalles kleinem Supermarkt gefahren, um frische Brötchen zu holen. Beider Appetit ließ jedoch zu wünschen übrig.

Haukes Haus hatten sie noch in der Nacht abgesucht. Ohne Ergebnis. Nichts deutete auf einen Einbruch hin. Wer auch immer den Kuchen gebacken hatte, hatte keinerlei sichtbare Spuren hinterlassen. Die halbe Nacht hatten sie gerätselt, wie diese Person in sein Haus gelangt war. Ohne Schlüssel war das unmöglich.

Nervös leerte Hauke seine Tasse Filterkaffee. Goldberg stand auf, füllte ihm nach und goss sich selbst den letzten Espresso aus seiner Bialetti ein. Die halbe Nacht hatten sie nebeneinander auf dem Sofa gesessen und sich vergeblich den Kopf darüber zermartert, wer hinter diesem eigentümlichen Kuchen stecken könnte. Die kryptische Nachricht hatte ein unheimliches Gefühl hinterlassen. *Hast du es gewusst?*, lautete der Text, der, aus Streuseln bestehend, auf dem Kuchen zu lesen gewesen war. Keiner von ihnen hatte sich darauf einen Reim machen können.

Wortlos räumten sie den Tisch ab und fuhren anschließend zur Station. Peter wartete bereits auf sie. Auch er hatte Ringe unter den Augen. Das Päckchen mit dem Kuchen befand sich schon auf dem Weg in die KTU. Darum hatte er sich als Erstes gekümmert.

Hauke stapfte zu seinem Platz. Peter reichte seinem Freund seinen Lieblingsbecher mit der Aufschrift *Kein Bier vor vier*, aus dem der Kaffee dampfte.

»Danke«, murmelte Hauke. »Lasst uns anfangen. Mir reicht's jetzt. Ich will endlich wissen, was hier abgeht.«

Goldberg nahm einen Haferkeks vom Teller.

»Habt ihr eine Idee?«, fragte Peter.

Beide schüttelten den Kopf.

»Da ich nicht schlafen konnte, habe ich mir die Unterlagen von Egon Behrens angeguckt«, begann Peter und nahm eine Mappe zur Hand.

»Seit wann bist du hier?«, fragte Hauke überrascht.

»Frag nicht. Zurück zum Thema. Die Villa stand ab 1912 nach dem Tod des Fabrikanten leer. Man hatte keine Verwendung dafür. Bis der Krieg kam. Als der zu Ende war und die Verletzten abebbten, wurde das Haus zum Kinderkurheim umfunktioniert. Unser Heim in Kophusen war nicht besonders groß. Es war damals in öffentlicher Hand. Ob wir an die Listen von den Kindern kommen, ist fraglich. Ich kümmere mich nachher mal darum. Mit Glück gibt es da im Archiv noch etwas. Auf Egons Foto ist der damalige Bürgermeister zu sehen. Der lebt allerdings nicht mehr. Ich zapfe meine alten Kophusener Kanäle an, ob jemand die anderen Personen identifizieren kann. Ein Foto der Schwesternuniform aus dem Neumann-Haus habe ich noch nicht bekommen, aber ich habe es bei den Kollegen per Mail angefordert. Wenn es tatsächlich um ein Kind aus der Zeit geht, wird Ursula Neumann sich wahrscheinlich an einer verantwortlichen Person gerächt haben. Das kann eine Schwester, ein Arzt oder sogar jemand aus der damaligen Gemeindeverwaltung sein.«

»Vorausgesetzt, wir sind nicht auf der völlig falschen Fährte«, gab Hauke zu bedenken. »Ich habe nämlich keinen Schimmer, was ich mit dem Heim zu tun und was ich gewusst haben sollte.«

»Nicht du persönlich, aber vielleicht jemand aus deinem Umfeld«, sagte Goldberg.

Hauke riss die Augen auf. »Muss ich mir jetzt Sorgen um meine Mutter machen?«

Auf den Gedanken war bisher keiner von ihnen gekommen.

»Deine Mutter wäre im richtigen Alter«, sinnierte Goldberg. »Sie könnte etwas über das Heim wissen.«

Wie erwartet fanden sie Bärbel um diese Uhrzeit in der Küche. Sie bereitete gerade das Frühstück für die Gäste der Pension vor. Hauke atmete erleichtert aus, als er sie wohlbehalten dort hantieren sah. Die Pension besaß drei Gästezimmer, die in der Saison meistens belegt waren.

»Mama, wo ist Rosi?«

»Die schläft bestimmt noch, es ist spät geworden gestern. Aber wem sage ich das.« Sie lächelte.

»Und bei dir? Alles gut?«

»Was ist los? Warum fragst du?«

Hauke wollte gerade etwas erwidern, doch Philip kam ihm zuvor.

»Wir haben uns gefragt, ob du Informationen zu unserem neuen Fall hast.«

»Ich? Was ist denn das für ein Fall?« Bärbel ließ von einem Teller mit Käse und Aufschnitt ab und sah die beiden Männer neugierig an.

»Es geht um die ehemalige ELB-Residenz«, erklärte sein Chef.

Auch wenn Hauke es seiner Mutter gerne selbst erzählt hätte, ließ er Philip gewähren. Der Mann besaß mehr Feingefühl. Außerdem fehlte Hauke gerade die nötige Ausgeglichenheit für so ein Gespräch.

»Geht es wieder um Henriette?«

Philip schüttelte den Kopf. »Nein. Erinnerst du dich an die Zeit, in der die Residenz ein Kindererholungsheim war?«

Bärbel sah sie erstaunt an. »Ja, natürlich. Mein Vatter hat da ja gearbeitet.«

»Was? Opa Franz?«

Bärbel nickte. »Ja, er war kurze Zeit Hausmeister dort.«

»Warum weiß ich das nicht?«

»Das ist schon eine Ewigkeit her. Ich habe das bestimmt mal erwähnt. Außerdem war mein Vatter nicht lange da beschäftigt. Nach dem schrecklichen Tod des Kindes hat er dort aufgehört.«

»Tod eines Kindes?« Die Folgen der schlaflosen Nacht verflüchtigten sich augenblicklich. Hauke war jetzt hellwach.

»Du warst ja noch gar nicht geboren. Das war in den Sechzigern. Fürchterliche Geschichte. Selbstmord.«

Hauke warf Philip einen kurzen Seitenblick zu.

»Weißt du, wie das Mädchen hieß?«, drängte Philip.

Bärbel stieß geräuschvoll die Luft aus. »Da fragt ihr

mich was. Keine Ahnung. Das ist ja schon fuffzig Jahre her. Aber ich erinnere mich, dass mein Vatter an dem Tag früher nach Hause kam als sonst. Er war eine Woche lang krankgeschrieben und danach ist er nie wieder in das Heim gegangen. Es muss ihn ganz schön mitgenommen haben. Er hat allerdings nie darüber gesprochen. Das war damals anders als heute.«

Hast du es gewusst? Nein, das hatte er nicht, dachte Hauke. Eine dunkle Ahnung beschlich ihn. Hatte sein Großvater etwas mit dem Tod des Mädchens zu tun gehabt?

»Kennst du Ursula Neumann?«, fragte Philip.

»Nee. Wer ist das?«

»Das ist nicht wichtig. Ihr müsst das Lokal schließen«, befahl Hauke ernst.

»Wovon redest du?«

Hauke musste sich bemühen, nicht in Panik zu verfallen. Aber diese Information warf plötzlich ein ganz anderes Licht auf die Sache. Die Person, die ihn ins Visier genommen hatte, würde vielleicht auch hinter seiner Mutter her sein. Sie durften jetzt kein Risiko eingehen. Wenn es sein musste, würde er sie alle in Philips Haus in Sicherheit bringen.

»Was dein Sohn sagen möchte, ist, dass du und Rosi eventuell in Gefahr sein könntet«, versuchte Philip eine diplomatische Erklärung.

»In Gefahr? Was ist hier los? Raus mit der Sprache!«

»Mama, ich bekomme Botschaften von einem Unbekannten und es hängt sehr wahrscheinlich mit Opa Franz zusammen. Gut möglich, dass du auch in die Sache reingezogen wirst.«

»Was denn für Botschaften?«

»Jemand hat sich Zutritt zu meinem Haus verschafft und mir einen Kuchen gebacken.«

»Einen Kuchen gebacken? Und was hat das alles mit meinem Vater zu tun?«

Hauke war froh, als Philip die Aufgabe übernahm, ihr zu erklären, was passiert war. Die gruseligen Einzelheiten des Neumann'schen Kellers ersparte er ihr. Aber wie erwartet ließ seine Mutter das kalt. Vor einer Gummihand und einem Streuselkuchen würde sie nicht davonlaufen.

»Was habe ich denn mit der alten Geschichte zu tun? Das ist doch völlig verrückt.«

»Eben, Mama. Eben!«

»Schluss jetzt. Wir bleiben und damit Ende der Diskussion. Soll ich euch einen Kaffee machen?«

Philip nickte. Hauke schnaubte leise und folgte den beiden in den Gastraum. Ein Pärchen und eine junge Frau im Kostüm warteten dort schon aufs Frühstück. Hauke ignorierte seinen Flirtreflex. Jetzt war nicht der richtige Zeitpunkt. Er setzte sich auf einen der Barhocker und verfolgte, wie seine Mutter den Gästen das Frühstück servierte. Ihm gefiel die überraschende Wendung dieses Fall ganz und gar nicht. Seine Familie war ihm heilig. Auch wenn sie ihn manchmal auf die Palme brachte, änderte das nichts daran, dass er für sie alle sterben würde.

Philip hatte sich neben ihn gesetzt und klopfte ihm auf die Schulter.

»Was hast du erwartet? Dass sie ihre Sachen packt und hier alles stehen und liegen lässt?«

»Warum ist sie bloß so stur?«

»Da kenne ich noch jemanden, auf den das zutrifft.«

Bärbel kam zum Tresen und machte sich an dem riesigen Klotz von Kaffeemaschine zu schaffen. Hauke erhielt einen Cappuccino und Philip seinen geliebten Espresso. Seine Mutter tätschelte lächelnd seine Hand. Sie wiederholte, dass sie bleiben würde, und verschwand wieder in der Küche. Sie mussten schnellstmöglich diese verdammte Alte finden, dachte er. Bevor sie sich noch Haukes gesamte Familie vornehmen konnte. Oder wer auch immer hinter diesem Backwerk steckte. Endlich hatten sie die Verbindung gefunden, aber beruhigend war das nicht. Im Gegenteil. Jetzt ging es darum, schnell zu sein, bevor Schlimmeres passieren konnte.

20

Peter war entsetzt, als er hörte, dass nicht nur Hauke, sondern auch dessen Mutter und Schwester mit diesem Fall indirekt zu tun hatten. Sie waren auch seine Familie. Viel mehr als seine eigene Schwester und deren Mann. Seine Eltern waren beide tot. Nachdem seine Frau Marion gestorben war, hatten sie alle sich liebevoll um ihn gekümmert.

Bärbel Thomsen war eine echte Kophusenerin. Sie hatte bei Kalles Vater, dem früheren Besitzer des kleinen Supermarktes, gelernt. Zu der Zeit war der Laden eine Goldgrube gewesen. Inzwischen hatte Kalle ihn von seinem Vater übernommen. Ob es sich überhaupt noch rentierte, wusste Peter nicht. Haukes Mutter hatte dort ihren ersten Ehemann kennengelernt. Doch das war schnell wieder auseinandergegangen. In zweiter Ehe wurde sie schwanger und bekam erst Rosi und ein Jahr später Hauke. Allerdings hielt diese Ehe auch nicht. Nach der Scheidung und nachdem ihre Kinder erwachsen waren, war sie nach Husum gezogen. Als schließlich die dritte Ehe in die Brüche ging, kehrte sie nach Kophusen zurück. Seitdem hatte sie Rosi tatkräftig unterstützt. Sie war aus der Gastwirtschaft *Bei Rosi* nicht mehr wegzudenken. Haukes Vater war inzwischen verstorben. Woran, wusste Peter nicht. Sein Kollege sprach

nicht darüber. Das Einzige, was Peter in Erfahrung gebracht hatte, war, dass er nach langer Krankheit in einem
Hospiz gestorben war.

»Das ist so typisch. Warum kann die nicht ein Mal auf
mich hören?«, murmelte Hauke.

»Wo ist deine Schwester?«, fragte Peter.

»Die schläft noch. Ich habe schon versucht sie anzurufen, aber sie stellt das Ding immer auf lautlos.«

»Peter, gibt es irgendjemanden in Kophusen, der uns zu
diesem Kinderkurheim Auskunft geben kann?«, erkundigte sich Philip.

»Du meinst einen Zeitzeugen?«

»Ja.«

»Schade, dass Trautchen nicht älter ist. Die hätte sicher
eine Liste mit allen«, kommentierte Hauke.

»Der Einzige, der mir einfällt, ist Kalle«, sagte Peter.

»Stimmt, der Mann hat ein Gedächtnis wie ein Elefant«, meinte Hauke.

»Zumindest bekommt er einiges mit. In seinem Laden
kaufen auch viele ältere Leute ein. Das wäre einen Versuch wert«, stimmte Peter zu.

»Gut, Hauke und ich fahren hin. Du kümmerst dich
weiter um die Archive. Ist die Fahndung nach Ursula
Neumann raus?«

»Ja. Die Taxizentralen im Umkreis fragen bei den
Fahrern nach. Irgendwie müssen die ja vom Haus weg-
gekommen sein.«

»Guter Mann«, sagte Hauke und öffnete die Tür.
»Komm, wir müssen uns beeilen.«

Als sie den Laden betraten, ertönte eine altmodische
Glocke. Sie stammte noch von Kalles Vater. Sofort fühlte

man sich in die Zeit zurückversetzt, als diese Läden, in denen es so gut wie alles zu kaufen gab, noch der Mittelpunkt eines jeden Dorfes waren. Kalle stand hinter der Kasse und bediente eine junge Mutter mit ihrem Kleinkind. Die winzige Postannahmestelle war mit Kalles Frau besetzt. Sie kümmerte sich um einen alten Mann, der mehr an einem Plausch als an seinem Brief interessiert zu sein schien. Kalles Frau Kitty war wesentlich jünger als er. Es war bereits seine zweite Ehe.

»Moin«, rief Hauke.

»Moin.«

»Hast du gleich mal einen Augenblick?«

Kalle nickte, ohne von dem kurzen Laufband aufzusehen. Er war ein ruhiger Zeitgenosse und seine zweiundsiebzig Jahre waren ihm nicht anzumerken. Die junge Mutter verabschiedete sich und Kalle drehte sich zu ihnen um.

»Philip, hast du etwa deinen Espresso heute Morgen vergessen?«

»Nein. Wir kommen aus einem anderen Grund.«

Unter seiner Schiebermütze blickte Kalle sie aus zwei dunkelbraunen Augen an. »Seid ihr dienstlich hier?«

Hauke nickte.

»Dann gehen wir am besten nach hinten. Schnupsi, ich bin gleich wieder da.«

Kitty winkte zum Zeichen, dass sie verstanden hatte, und Kalle führte die beiden Beamten in das winzige Büro, das ebenso vollgepfropft war wie der Verkaufsraum. Hauke erklärte ihm die Situation in groben Zügen, ohne auf brisante Details einzugehen. Kalle war zwar kein Schwätzer, der mit dem neusten Klatsch hausieren ging, aber er wollte nicht unnötig Aufmerksamkeit erregen oder irgendwelche Pferde scheu machen.

»Weißt du etwas über diese Geschichte?«, schloss Hauke seinen kurzen Bericht ab.

Kalle kratzte sich am grauen Bart und schob seine Mütze aus der Stirn. Dann rückte er sie wieder zurecht. »Das ist verdammt lange her, aber an den Tod des Mädchens erinnere ich mich, als wäre es gestern gewesen. Ich war fünfzehn und habe mein Taschengeld in Vaters Laden aufgebessert. Das waren andere Zeiten. Hier traf sich alles, das Geschäft war gewissermaßen das Zentrum von Kophusen.« Er machte eine kurze Pause und schüttelte die Erinnerungen ab. »Das Heim war kein schöner Ort. Als dann das Mädchen starb, hieß es, dieses Haus sei verflucht. Es war monatelang Thema bei den Leuten. Die wildesten Gerüchte waren im Umlauf. Manche sprachen sogar von Mord. Natürlich wusste niemand, was wirklich passiert war. Außer meinem Vater.«

Goldberg hob die Augenbrauen. »Wieso ausgerechnet dein Vater?«, fragte der Kommissar. Der Tipp von Peter war mal wieder Gold wert gewesen.

»Er hat das Heim einmal die Woche mit Lebensmitteln beliefert. Da bekam er einiges mit. Er hat uns erzählt, dass das Kind sich selbst erhängt hatte. Mit einem Bettlaken an einem Baum im Park.«

»Ach du Scheiße«, entfuhr es Hauke. »Wusste er warum?«

»Nee, aber das Heim hieß *Kinderknast* bei uns. Das sagt doch schon alles. Wenn mein alter Herr die Lebensmittel in der Küche anlieferte, war ihm nicht erlaubt, die übrigen Räume zu betreten. Da durfte niemand Unbefugtes rein. Ich weiß noch, einmal kam er zurück und erzählte, dass die Tür zum Speisesaal versehentlich offen stand. Neugierig, wie er war, hatte er einen Blick reingeworfen. Da saß ein Junge, der unter Zwang den Haferschleim löffelte. Als er ihn wieder ausspuckte, bekam er eine Ohrfeige und die Schwester raunzte ihn an, er werde nicht eher vom Tisch aufstehen, bis er sein Frühstück aufgegessen habe.« Kalle schüttelte den Kopf. »Widerlich.«

Goldberg verstand, warum sich dieser Aufenthalt in die Erinnerungen der betroffenen Kinder eingebrannt hatte und sie bis heute nicht losließ.

»Weißt du, wie das Mädchen hieß, das dort umkam?«, fragte Hauke.

»Linda. Aber den Nachnamen weiß ich nicht. Im Laden redeten alle immer nur von der armen Linda.«

Hauke und Goldberg warfen sich einen Blick zu. Endlich gelang ihnen der Durchbruch!

»Weißt du, dass mein Großvater dort gearbeitet hat?«

Kalle nickte. »Ja, er war Hausmeister. Aber nicht lange. Und als das Mädchen sich umgebracht hatte, hat er gekündigt.«

»Kannst du dir vorstellen, dass er mit dem Vorfall irgendetwas zu tun hatte?«, fragte Goldberg vorsichtig.

»Was meinst du?«

»Hat er darüber gesprochen?«, wollte er wissen.

»Nee. Jedenfalls nicht mit mir.«

»Kannst du dich an Namen erinnern? Kinder, Beschäftigte?«, hakte Hauke nach.

»Ja, die alte Neumann hat im Heim gearbeitet.«

Goldberg stutzte und sah, wie Hauke die Stirn runzelte. Sie brauchten einen Augenblick, um die neue Information zu verdauen.

»Ursula Neumann?« Der Kommissar fand als Erster seine Sprache wieder.

»Klar. Die war die Heimleiterin. Als sie das Haus endlich dichtmachten, ist sie aus Kophusen weggezogen. Aber sie kam zurück und wohnt jetzt total abgeschottet. Ich liefere ihr manchmal Lebensmittel. Die ist ziemlich neben der Spur.«

»Bist du in ihrem Haus gewesen?«, fragte Hauke erstaunt.

»Nee, wo denkst du hin. Die lässt niemanden rein. Ich stelle die Sachen vor der Haustür ab und rufe an, wenn ich da war.«

»Hast du ihre Handynummer?« Hauke sah ihn gespannt an.

»Ja, klar. Wollt ihr sie haben?«

Goldbergs Magen zog sich zusammen. Wenn das Gerät angeschaltet war, würden sie die Nummer orten können und mit etwas Glück diesen Fall zum Abschluss bringen.

Kalle kramte in seinen Unterlagen, die kreuz und quer auf seinem Schreibtisch lagen. »Hier.«

»Weißt du noch etwas über sie?«, fragte Hauke.

»Die bezahlt pünktlich ihre Rechnungen. Aber wie gesagt, ich kenne sie mehr von damals. Kalt wie ein Fisch, sage ich euch. Ist in dem Heim ziemlich schnell aufgestiegen. Ich weiß noch, dass sie alle paar Tage mit einem Kind an der Hand im Laden aufkreuzte. Nach jedem Bettenwechsel im Heim wechselte auch ihre Begleitung. Sie nannte sie ihre Lieblingskinder. Die durften sich im Laden Süßigkeiten aussuchen. Dann gab es noch diesen Arzt, der das Heim betreute. Die beiden sah man oft im Dorf zusammen.«

»Ist dir im Zusammenhang mit Lindas Tod mal ein anderes Kind aufgefallen?«, wollte Goldberg wissen.

»Nee, die durften ja nie allein raus. Nicht umsonst hieß das Heim Kinderknast. Die Neumann hatte angeblich gute Verbindungen zum Bürgermeister. Das war wahrscheinlich der Grund, warum das Heim überhaupt so lange überlebt hat. Man munkelte, dass der Bürgermeister und sie ein Verhältnis hatten. Jedenfalls hat er das sonntags meinem Vater beim Frühschoppen erzählt. Früher traf man sich ja noch regelmäßig.«

»Was für eine verdammte Scheiße«, stieß Hauke verächtlich hervor.

Goldberg versuchte, sich nicht ablenken zu lassen. Diese Information warf ein ganz anderes Licht auf den Fall. Wenn Ursula Neumann die Heimleiterin gewesen war, wen hatte sie dann jetzt in ihrem Keller gefangen gehalten? War es eines der Kinder von damals? Hatten sie es mit dem unstillbaren Drang nach Macht und Kontrolle einer alten Frau zu tun? Drangsalierte Ursula Neumann in ihrem Keller noch immer Kinder?

»Kalle! Kommst du mal?« Die Stimme seiner Frau drang zu ihnen ins Büro.

»Tut mir leid, aber ich muss wieder an die Arbeit.«

An der Kasse hatte sich bereits eine Schlange gebildet. Goldberg und Hauke verabschiedeten sich, doch Kalle war mit der Aufmerksamkeit schon wieder bei seinen Kunden. Als die Beamten ins Freie traten, rief Hauke Peter an und gab ihm Ursula Neumanns Mobilnummer durch. Danach tippte er die Zahlen auf seinem Display ein und wartete.

»Geht niemand ran. Aber es scheint wenigstens nicht abgeschaltet zu sein.« Hauke unterbrach die Verbindung.

»Wundert mich, dass die Alte überhaupt ein Handy hat. Bei dem Abschottungswahn.«

»Gut für uns. Vielleicht rettet das Leben. Welches auch immer in Gefahr ist.«

»Apropos Leben. Ich würde gerne bei Rosi vorbeifahren.«

Goldberg verstand, dass er sich Sorgen um seine Schwester machte. Obwohl der Kommissar nicht glaubte, dass sie tatsächlich in Gefahr war. Vielmehr ging er inzwischen davon aus, dass der Täter oder die Täterin sich Hauke wegen seiner Position bei der Polizei ausgesucht hatte. Hier ging es um Gerechtigkeit. Jemand wollte, dass die seelischen Grausamkeiten endlich ans Licht kamen.

21

Rosi hatte sich vor einigen Jahren einen kleinen Bungalow gekauft. Nicht weit von ihrer Gaststätte entfernt. Auf dem Weg dorthin hatte Hauke ein Dutzend Mal versucht, sie zu erreichen. Ohne Erfolg. Als der Kommissar den Streifenwagen in ihrer Einfahrt abstellte, sprang Hauke heraus und klingelte. Goldberg ging derweil am Haus vorbei in den Garten. Die Terrassentür stand einen Spalt offen. Er rief ihren Namen und trat ein. Das Wohnzimmer war leer. Hauke hämmerte mit aller Wucht gegen die Eingangstür. Goldberg öffnete sie vorsichtig, um keinen Schlag abzukriegen. Sein Kollege starrte ihn fassungslos an.

»Was hat das zu bedeuten?«

»Die Terrassentür war auf.«

Hauke stürmte an ihm vorbei. »Rosi?«

Der Bungalow war leer. Keine Spur von ihr. Hauke fluchte laut. Dann rief er seine Mutter an. Weder mobil noch im Lokal nahm jemand ab. Goldberg versuchte, seinen Kollegen zu beruhigen, der Rosis Mobilnummer erneut wählte. Wieder ohne Erfolg. Hauke hinterließ einen Zettel auf dem Küchentisch, mit dem Befehl, sich sofort bei ihm zu melden, wenn sie diese Nachricht lesen würde. Danach fuhren sie zurück zum Restaurant

Hauke eilte durch den Biergarten in den Gastraum.

Bärbel wischte gerade den Tisch ab, an dem vor Kurzem das Pärchen gesessen und gefrühstückt hatte.

»Was ist denn los?«, fragte sie überrascht, als ihr Sohn hereingestürmt kam.

»Wo ist Rosi?«

»Die ist spontan zum Großmarkt nach Hamburg gefahren.«

»Und da lässt sie einfach die Tür zur Terrasse auf?«

»Ja. Hilde ist gerade bei ihr. Rosi war gestern mit ihr beim Tierarzt und da wollte sie sie über Nacht nicht allein lassen. Aber du weißt ja, wie die Katze ist, wenn sie nicht rauskann.«

»Immer dreht sich alles nur um diese verfluchten Scheißkatzen. Hast du heute schon mit ihr gesprochen?«

»Ja, sie rief mich vor einer halben Stunde an.«

»Und warum gehst du nicht an dein Telefon?«

»Hauke-Maus, nu beruhige dich. Uns passiert schon nix. Alle gesund und munter.«

»Siehst du, Hauke«, mischte sich Goldberg ein, obwohl er wusste, dass es zwecklos war.

»Warum geht sie dann nicht an ihr Scheiß-Handy, wenn ich sie anrufe?«

»Weil sie beschäftigt ist.« Bärbel sah ihren Sohn besorgt an. »Du bist ja ganz aus dem Häuschen. Willst du einen Schnaps?«

Hauke schüttelte den Kopf. »Ich mache mir Sorgen um euch, ist das verboten?«

»Du bist richtig lieb«, sagte sie und drückte ihren Sohn an sich.

Hauke ließ es geschehen. Doch als sein Telefon klingelte, löste er sich ruckartig aus der Umarmung. Das

Gespräch dauerte nicht lange. »Die Kollegen haben das Handy von Ursula Neumann geortet«, erklärte er.

»Wo?«

»Zuletzt hat es sich in der Nähe des Friedhofs eingewählt.«

Kein gutes Zeichen, fand Goldberg. »Dann hoffen wir, dass wir nicht zu spät sind.«

Hauke zog den Reißverschluss seiner Dienstjacke bis zum Anschlag hoch. Der Wind frischte auf. Das Gebiet zwischen den Funkmasten war groß und bestand aus vereinzelten Einfamilienhäusern und den angrenzenden Wiesen. Er hoffte, dass sie nicht durch die schlammigen Felder marschieren mussten, weil jemand Ursula Neumanns Mobiltelefon in der Pampa entsorgt hatte. Sie beschlossen, mit dem Friedhofsgelände zu beginnen, und teilten sich auf. Während sein Chef nach rechts ging, übernahm er die andere Seite.

Hauke fragte sich, was dieser Jemand auf dem Friedhof gewollt hatte. Noch dazu mit einem Gefangenen im Schlepptau? Oder führte die Alte sie an der Nase herum? Er kam sich vor wie bei einer verfluchten Schnitzeljagd, die sie früher auf Kindergeburtstagen veranstaltet hatten. Aber da gab es wenigstens eine Belohnung am Ende und keine Leiche. Hier fanden sie mit Pech den Rest des Körpers, der zu dem Finger passte, und darauf war Hauke nicht besonders scharf. Je schneller sie diesem Wahnsinn ein Ende bereiteten, desto besser. Nur gut, dass Bärbel und Rosi nichts passiert war. Das würde er sich nicht verzeihen.

All die Gräber hatten Hauke schon immer deprimiert. Er war kein Freund von Friedhöfen. Seine letzte Beerdigung war die seines Vaters gewesen. Seitdem hatte er sich erfolgreich um alle Trauerfeiern drücken können. Der Tod war einfach nicht sein Ding. Er wusste, wie absurd das aus dem Mund eines Polizisten klang. Aber das war etwas anderes. Er wollte nicht an sein eigenes Ableben denken und auch nicht an das seiner Liebsten.

Im Vorbeigehen überflog er die vielen Namen auf den Grabsteinen. Er spürte, wie seine Schritte sich verlangsamten.

In der Mitte des Geländes traf er auf Philip. Ihre Suche war erfolglos geblieben. Falls nur das Handy entsorgt worden war, brauchten sie mehr Zeit. Es konnte achtlos ins Gebüsch geworfen worden sein. Auf die Schnelle wäre es unmöglich, es zu finden.

»Vielleicht ist die Alte bei Trautchen zu Besuch und sitzt gerade beim Kaffeeklatsch und macht sich über uns lustig.«

Hauke blickte auf den alten Brunnen, den er noch von früher her kannte. An einem Holzbrett daneben hingen die grünen Gießkannen an rostigen Haken. Hier hatte sich praktisch nichts verändert. Als Kind war er oft mit seiner Oma hier gewesen, um das Grab seiner Urgroßeltern zu pflegen. Als kleiner Steppke hatte er das Wasser aus dem Brunnen schöpfen müssen. Damals hatte er das immer ein wenig gruselig gefunden. Durch das dunkle Wasser konnte man nicht auf den Grund sehen. Er wollte gerade den Blick abwenden, als er die Schnur entdeckte, die vom Leitungshahn ins Wasser führte.

»Philip?«

»Was ist?«

»Da. Sieh dir das an.«

Der Brunnen war vom Regen der letzten Woche gut gefüllt. Die rote Schnur ragte vielleicht dreißig Zentimeter aus dem Wasser. Hauke musste an seinen letzten und einzigen Angelausflug denken. Bei der Vorstellung, was am anderen Ende der Schnur möglicherweise baumelte, schauderte es ihn.

»Ich greif da bestimmt nicht rein«, sagte Hauke entschieden.

»Wir können schlecht eine Taucherstaffel anfordern.«

»Dann mach du das doch. Warum muss immer ich in die Scheiße greifen?«

»Weil ich dein Vorgesetzter bin?«

»Schon mal was von Vorbildfunktion gehört?«

»Hast du schon mal etwas von Dienstverweigerung gehört?«

Vor Haukes innerem Auge tauchte ein abgeschnittener Kopf mit glitschigen Haaren auf. Das Wasser war so schon eklig genug. Auch ohne ein aufgequollenes Gesicht, das einen aus leeren Augen anstarrte.

»Kannst du so was von vergessen«, beharrte er und verschränkte demonstrativ die Arme vor der Brust.

Philip atmete tief ein, als sie ein Geräusch hörten. Gleichzeitig drehten sie sich um. Eine alte Frau im Wintermantel kam den schmalen Weg entlang und schloss mit trippelnden Schritten rasch zu ihnen auf.

»Lassen wir ihr den Vortritt«, flüsterte Hauke seinem Chef zu.

»Hauke, die Frau ist mindestens achtzig und vielleicht herzkrank.«

»Die verkraftet das schon. Die sieht doch fit aus.«

Als hätte sie Haukes Bemerkung gehört, nickte sie ihnen zu und griff nach einer der Gießkannen. Die beiden Beamten erwiderten den Gruß.

»Ist etwas passiert?«, fragte sie.

Hauke sah, wie Philip den Arm hob, um sie von dem Brunnen fernzuhalten, doch Hauke wehrte ihn ab.

»Nein, alles in Ordnung. Machen Sie nur. Wir haben Zeit«, sagte Hauke, bevor er Philip zuraunte: »Die macht das schon.«

»Warum sind Sie denn hier?«, fragte die alte Dame neugierig.

»Reine Routine. Wir haben eine Meldung über Sachbeschädigung bekommen. Aber das war wohl nur ein schlechter Scherz.« Hauke lächelte.

»Dahinten ist neulich ein Grabstein umgestoßen worden. Vielleicht schauen Sie da mal nach«, sagte sie und trat zum Brunnen.

»Machen wir«, bestätigte Hauke freundlich.

Die Frau stützte sich mit der linken Hand am Brunnenrand ab und hob die Rechte mit der leeren Kanne an. Aus dem Augenwinkel sah Hauke, wie Philip sich bewegte. Er wollte verhindern, dass Philip eingriff, doch sein Chef war schneller.

»Lassen Sie mich das machen«, rief er und fing ihren Arm ab, der gerade im Begriff war, die Gießkanne ins dunkle Wasser zu tauchen.

»Oh, das ist aber nett. Die ist immer so furchtbar schwer, wissen Sie.«

In böser Erwartung kniff Hauke die Augen zu. Er hörte, wie Philip die leere Kanne unter Wasser drückte, und hielt den Atem an. Gleich würde es geschehen. Nur noch wenige Sekunden und er würde den erschrockenen Schrei aus dem Mund der Alten hören.

Vielleicht war sie doch nicht so rüstig. Wenn sie Pech hatten, würden sie zu dem Kopf gleich noch eine vollständige Leiche als Zugabe bekommen. Hauke besann sich. Das würde unangenehme Fragen aufwerfen.

»Kommen Sie, wir machen das schon.« Hastig zog er die Alte beiseite, die dies bereitwillig mit sich geschehen ließ.

Philip hatte die gefüllte Kanne bereits aus dem Brunnen gezogen und davor abgestellt.

»Gerne zwei, dann müssen Sie nur einmal laufen.« Die Alte lächelte.

Hauke schluckte seinen Protest hinunter, nahm eine weitere Kanne vom Haken und reichte sie Philip. Der nickte stumm und drückte die grüne Kunststoffkanne unter Wasser. Das Geräusch, das plötzlich erklang, war mehr als das übliche Plätschern. Hauke zuckte zusammen. Aus schmalen Schlitzen sah er, wie Philip die Kanne auf dem Wasser liegen ließ und beherzt mit beiden Händen ins kühle Nass griff.

22

Das Mobiltelefon von Ursula Neumann fanden sie in einer Plastiktüte im Gebüsch direkt neben dem Brunnen. Hauke hatte das Areal großräumig abgesperrt. Der Einsatz der Polizei hatte nicht nur Trautchen und ihren Mann angelockt. Einige Nachbarn und Friedhofsbesucher versuchten ebenfalls, einen Blick auf ihren Fund zu erhaschen. Den Brunnen hatten die Kollegen unter einem Zelt abgedeckt, um den einsetzenden Regen abzuwehren. Am Ende des dicken Wollfadens war ein kleines Metallkästchen befestigt gewesen. Darin lagen in Folie gewickelt ein Mittelfinger und einige kleinere Steine, die vermutlich zum Beschweren des Kästchens gedient hatten. Goldberg hatte hineingesehen, die Kiste wieder zugeklappt und die Kollegen angerufen. Nun lag beides in Plastikbeuteln verpackt und wartete darauf, ins Labor geschickt zu werden.

Goldberg schätzte, dass beide Finger von derselben Hand stammten. Der Mittelfinger wies ähnliche Verkrümmungen auf wie der erste und die Haut war ebenso faltig. Die Brutalität, mit der der Täter oder die Täterin vorging, gefiel ihm nicht. Egal, ob das Opfer noch lebte oder nicht, einen Finger abzutrennen war skrupellos. Die aufwendige Inszenierung deutete auf ein starkes Rachemotiv hin. Der Kommissar überlegte, ob es Ursula Neumanns Finger sein konnten. Die Erkenntnis, dass sie das damalige Heim geleitet hatte, verschob das Bild, das Goldberg sich in seinem Kopf bisher gemacht hatte. Womöglich war die einstige Täterin zum Opfer geworden. Vor der Rache eines ihrer früheren Pflegekinder hatte ihr schützender Bunker sie nicht retten können. Inzwischen ging er davon aus, dass der Notruf, den die Neumann abgesetzt hatte, ein Hilferuf gewesen war. Vielleicht war sie ans Telefon gelangt, doch als er und Hauke eingetroffen waren, hatte sie der Täter wieder in seiner Gewalt gehabt und sie hatte sie angelogen. Anlügen müssen.

In den Polizeiakten hatte Peter so schnell nichts über das Mädchen namens Linda finden können. Goldberg befürchtete, dass der Fall damals nicht offiziell aufgenommen worden war, um die Zustände im Heim zu vertuschen. Wenn Ursula Neumann tatsächlich gute Beziehungen zum Bürgermeister gehabt hatte, war das nicht sehr unwahrscheinlich. Wo kein Kläger, da kein Richter. Aber wer war jetzt nach Kophusen zurückgekehrt, um sich für Lindas Selbstmord zu rächen? Vorausgesetzt, seine angepasste Theorie entsprach der Wahrheit. Doch wer sonst mochte die Kreuze aufgestellt und Linda ihre letzte Ruhestätte verschafft haben? Sicher nicht Ursula Neumann, die sie als Kind mutmaßlich gepeinigt hatte. Es sei denn, die Gewissensbisse hatten sie übermannt und sie führte dieses Theater auf, um sich selbst zu richten. Aber das hielt Goldberg für sehr unwahrscheinlich. Sich selbst zwei Finger abzuhacken, brachte kaum jemand fertig. Nein, er war sicher, dass sie nach einer anderen Person als Ursula Neumann suchten. Linda blieb der Schlüssel dazu. Wenn sie die vollständige Identität des Mädchens kannten, würden sie das Umfeld näher beleuchten können. Doch das wäre Arbeit für die nächsten Tage oder sogar Wochen. Wenn es stimmte, dass die Kinder aus ganz Deutschland hierhergekommen waren, dann mussten sie die Suche bundesweit ausdehnen und das bedeutete andere Kollegen, andere Bundesländer. Das würde die Sache gewaltig in die Länge ziehen.

»Was denkst du?«, fragte Hauke leise, der rauchend zu ihm getreten war.

»Ich glaube, dass es die Finger von Ursula Neumann sind. Sie ist aber nicht unsere Täterin. Dieses Mal ist sie das Opfer.«

»Meinst du, sie lebt noch?«

»Das wäre brutal. Würde aber zum Motiv der Rache passen.«

»Zimperlich ist unser Täter jedenfalls nicht. Aber wo steckt der, zum Teufel? Der wird doch nicht mit der toten Alten im Schlepptau durch Kophusen düsen und überall ihre Leichenteile verstreuen. Das ist ja ekelhaft.«

»Wir müssen schneller sein.«

»Dazu müssten wir herausfinden, was er überhaupt vorhat.«

»Sehr richtig.«

»Meine Fantasie ist nicht krank genug, um mich in so ein Hirn reinzudenken. Das ist dein Job. Ich rufe noch mal Rosi an.«

Goldberg nickte. Er fragte sich, was es mit dem Abtrennen der Gliedmaßen auf sich hatte. Hatte das einen bestimmten Grund? Oder diente es nur zum Auslegen einer Spur, um die nötige Aufmerksamkeit zu erregen? Goldberg hörte Hauke erleichtert hinter sich aufatmen.

Seine Schwester hatte den Anruf endlich entgegengenommen.

»Sag Rosi, wir kommen noch heute vorbei. Ich möchte einen Blick in ihre Gästeliste werfen«, sagte Goldberg, als er aus dem Augenwinkel eine Gestalt den Weg entlangkommen sah. Er drehte den Kopf. Malte Damm winkte ihm zu und kam eilig näher. Der Kommissar duckte sich unter dem Absperrband hindurch und ging ihm entgegen.

»Und, was haben wir heute?« Maltes Blick wanderte an ihm vorbei auf den abgedeckten Brunnen.

Goldberg stellte sich ihm demonstrativ in den Weg. Malte stoppte notgedrungen.

»Wer hat Ihnen Bescheid gesagt, Herr Damm? Die anonyme Anruferin?«

»Ja, sie hat mir gesagt, ich sollte zum Friedhof kommen, bevor die Polizei die Spuren vertuscht.«

»Vertuscht? Hat sie das wirklich gesagt?«

Damm nickte. »Wieder ein Finger?«

»Sprechen Sie doch gleich mit dem leitenden Ermittlungsbeamten.« Goldberg hielt nach Weidenbach Ausschau und winkte ihn zu sich heran.

Der Itzehoer Kollege gesellte sich zu ihnen. Nachdem Goldberg ihn ins Bild gesetzt hatte, unterhielten sich die beiden Männer. Weidenbach versprach, sich bei Damm zu melden, sobald sie eine Pressemitteilung rausgeben würden. Er ließ sich die Visitenkarte des Reporters geben. Goldberg hoffte, dass Weidenbach endlich die erforderlichen Schritte beschleunigen würde, um die anonyme Anruferin zu ermitteln. Die Männer verabschiedeten sich und Damm entfernte sich widerwillig vom Fundort.

»Ich kümmere mich persönlich um die Telefonnummer«, versicherte Weidenbach mit Blick auf das kleine Kärtchen in seiner Hand.

»Je schneller, desto besser.«

»Der Täter muss sich gut in Kophusen auskennen«, sagte Weidenbach.

Goldberg nickte.

»Sieht nach einer glatten Kante aus. Ich würde auf ein Beil oder so tippen. Ist schon makaber. So etwas kenne ich bisher nur vom Organisierten Verbrechen. Seid ihr damit schon einmal in Berührung gekommen?«

»Nein, nicht dass ich wüsste.«

»Und ihr glaubt, dass das mit dem damaligen Kinderheim zu tun hat?«

»Bisher ist das die plausibelste Erklärung. Außerdem passt das zu dem Mädchennamen Linda, den wir am Kreuz gefunden haben, und zu den Stofftieren. Steht alles im Bericht.«

»Trotzdem. Nach so vielen Jahren taucht hier plötzlich jemand auf und nimmt Rache?«

»Der Vorsitzende vom Chronikverein erzählte, dass er öfters Anfragen von ehemaligen Kurkindern bekommt, die auf den Spuren ihrer Vergangenheit sind. Es ist gar nicht so einfach, über diese Heime etwas in Erfahrung zu bringen. Gut möglich, dass die Suche viele Jahre in Anspruch genommen hat.«

Weidenbach nickte zwar, schien aber nicht überzeugt.

»Hat die Untersuchung des Kellers noch etwas ergeben?«, fragte Goldberg.

»Nicht viel. Außer dass das Blut zum Finger passt.«

»Was ist mit Fingerabdrücken?«

»Wir haben drei verschiedene im ganzen Haus sichergestellt. Zu keinem von ihnen gibt es Treffer in der Datenbank. Aber einer passt zum abgeschnittenen Zeigefinger. Sieht fast so aus, als wäre Ursula Neumann unser Opfer.«

Genau wie Goldberg vermutet hatte. Er tippte auf die Karte des Pressevertreters. »Wenn wir die Anruferin haben, haben wir unsere Täterin.«

»Eine Frau?« Weidenbach winkte ab.

»Warum nicht?«

»Meiner Erfahrung nach ist das weibliche Geschlecht nicht so abgebrüht.«

»Das ist ein Gerücht und ein diskriminierendes dazu.«

Weidenbach grinste, was der Kommissar ignorierte. Sie gaben sich die Hand. Goldberg sammelte Hauke ein und gemeinsam gingen sie zum Streifenwagen zurück.

»Ich verstehe nicht, warum man uns die Alte nicht einfach gefesselt vor die Tür gelegt hat. Wieso dieser ganze Aufriss? Weshalb hackt man seinem Opfer die Finger ab?«

»Hauke, es geht um Bestrafung. Jemand möchte diese Person leiden sehen, genauso wie Linda leiden musste.«

»Im Heim haben sie den Kindern aber bestimmt keine Gliedmaßen abgehackt.«

»Vermutlich nicht.«

»Na also.«

»Bevor wir zu Rosi fahren, möchte ich noch einmal zum Haus der Neumann.«

»Warum?«

»Weil ich sichergehen möchte, dass der Täter nicht heimlich zurückgekehrt ist.«

»Wenn du meinst.«

Goldbergs Telefon klingelte. Es war Peter. »Ihr glaubt nicht, wer hier gerade angerufen hat.«

Der Kommissar wusste, dass es nur eine rhetorische Frage war, und wartete.

»Torben Behn vom *Kophusener Boten*.«

Goldberg erinnerte sich an den Chef des lokalen Anzeigenblättchens. »Und was wollte er?«

»Er hat einen Umschlag bekommen mit einem Foto«, erwiderte Peter.

»Lass mich raten. Der Brunnen auf dem Friedhof?«

»Ganz genau.«

»Den Weg kann er sich sparen. Malte Damm war auch schon da. Wieder ein anonymer Anruf.«

»Ach nee.«

»Irgendein Hinweis auf den Absender?«

»Nein. Der Umschlag steckte im Briefkasten. Und außer dem Foto war nichts weiter drin.«

»Da will jemand um jeden Preis Aufmerksamkeit.«

»Ich konnte Torben davon abbringen, die Geschichte zu drucken, aber lange lässt er sich nicht mehr hinhalten.«

»Keine Sorge, die beiden bekommen ihren Artikel noch früh genug.«

Die Haustür war in Ermangelung eines Haustürschlüssels immer noch angelehnt. Hauke schaute fragend zu Philip, der das Polizeisiegel mit seinem Schlüssel aufschlitzte.

»Das erklärst du aber den Kollegen.«

Sein Chef nickte und stieß die Tür auf. Hauke folgte ihm in den Flur. Außer den Markierungen, die die Spurensicherung hinterlassen hatte war alles unverändert. Hauke konnte sich nicht vorstellen, dass sich der kranke Typ oder seinetwegen auch die verrückte Anruferin hierher zurückgezogen hatte. Das wäre viel zu auffällig, jetzt wo die Nachbarn das Haus vermutlich mit Argusaugen beobachteten.

»Hier ist niemand, Philip.«

»Ich gehe runter in den Keller.«

»Da waren wir doch schon.«

»Ich will nur sichergehen.«

»Ich bleibe hier oben.« Hauke wollte sich den erneuten Anblick ersparen.

Philip ging hinaus in den Garten, um über die Kellertreppe in das Gruselkabinett zu gelangen, und ließ ihn im Flur allein zurück. Er kam sich vor wie in einem billigen B-Movie, in dem gleich die Zombies erwachten und ihn zum Mittagessen verspeisten. Apropos. So langsam bekam er Hunger.

Unschlüssig betrat er das Wohnzimmer. Die dunkle Schrankwand erinnerte ihn an die Möbel seiner Großeltern. Überhaupt schien die Wohnung ein einziges Museum zu sein. Durch die zugeklebten Fenster drang nur spärliches Licht, das die ganze Szenerie noch gespenstischer erscheinen ließ. Wie konnte man sich bloß derart verschanzen? Wenn die Alte solche Angst gehabt hatte, warum war sie dann überhaupt nach Kophusen zurückgekehrt? Warum war sie nicht im Allgäu geblieben? Es hieß immer, die Täter zöge es zurück an den Tatort. Wollte sie gefunden werden? Oder waren sie auf dem Holzweg? Womöglich war hier etwas ganz anderes passiert.

Hauke setzte sich vorsichtig auf das Sofa und starrte auf den dunklen Bildschirm des alten Röhrenfernsehers.

Links daneben war ein Barfach. Bei ihm zu Hause hatte es auch so eines gegeben. Dort wurden neben dem Schnaps immer Unmengen von Knabberzeug und Schokolade aufbewahrt, weshalb es meistens abgeschlossen gewesen war.

Das Zimmer war bedrückend. Nur jemand mit Vollklatsche hielt es hier aus. Vielleicht bestrafte sie sich selbst damit. Eine selbstauferlegte Bürde.

Die Neugier packte ihn. Er erhob sich von der altmodischen Couch und öffnete das Barfach. Die Rückwand war verspiegelt. Der Zwischenboden bestand aus Glas. Ganz typisch, dachte er und besah sich die Flaschen genauer. Sie schienen aus der gleichen Zeit zu stammen wie der Rest der Einrichtung. Es war wie eine Zeitreise. Er griff nach dem roten Genever. Das Zeug hatten früher seine Eltern getrunken. Er musste grinsen. Als er die Flasche anhob, fiel sein Blick auf eine alte Schwarz-Weiß-Fotografie, die offenbar hinter die Spirituosen gerutscht war. Er stellte die Flasche zurück und zog stattdessen das Foto heraus. Es zeigte eine Frau und einen Mann, die für die Kamera posierten. Die beiden waren ungefähr im gleichen Alter. Er drehte die Fotografie um. Auf der Rückseite las er zwei Namen und eine Jahreszahl: *Ursel und Harald 1958.*

Hauke eilte durch das Haus in den Garten. »Philip«, rief er, als er die Kellertreppe erreicht hatte. »Ich habe was.«

»Komm runter.«

Hauke zögerte, bevor er sich überwand. Widerwillig nahm er die Stufen hinab in den Keller des Grauens.

Er hielt Philip das Foto entgegen.

»Was ist das?«

»Sieh selbst.«

Sein Chef besah sich das Bild und gab es ihm kommentarlos zurück. »Ich habe auch etwas gefunden. Die Kollegen waren nicht besonders gründlich. »Aber zu ihrer Verteidigung, es war auch gut versteckt. Schau dir das an.«

Hauke starrte in die kleine Zigarrenkiste, die Philip hinter einem losen Mauerstein in der Wand gefunden hatte. Dass Frank und Simon von der Spurensicherung das übersehen hatten, würde er ihnen noch jahrelang aufs Brot schmieren können. Darauf freute er sich schon jetzt.

23

Es war Freitagmittag und im Amt hatte Peter niemanden mehr erreichen können. Schließlich hatte er seinen alten Freund Friedrich angerufen, der beim Standesamt Glückstadt arbeitete und über gute Kontakte in die umliegenden Gemeinden verfügte. Friedrich hatte ihm die Mobilnummer des Hausmeisters gegeben. Der Mann war unfreundlich gewesen und schien kein gesteigertes Interesse daran zu haben, der Polizei zu helfen. Peter musste am Telefon sehr deutlich werden, bevor er sich überzeugen ließ, ihn in den Archivkeller zu lassen. Egon Behrens vom Chronikverein hatte sie ja bereits vor der mangelnden Kooperation gewarnt. Er hatte der Gemeindeverwaltung sogar angeboten, die Leitung des Archivs ehrenamtlich zu übernehmen, aber die Verantwortlichen hatten abgelehnt.

Peter schaltete die Rufumleitung ein und verließ die Station.

Der Hausmeister wartete am gläsernen Eingangsbereich und rauchte. Peter schätzte ihn auf etwa Mitte dreißig. Sein grauer Overall hatte dunkle Flecken, die bei näherer Betrachtung immer unappetitlicher wurden.

»Moin. Sie haben es ja ziemlich eilig«, begrüßte ihn der Mann, als sie sich gegenüberstanden.

»Guten Tag«, sagte Peter betont förmlich. Er hatte nicht vor, sich vor ihm zu rechtfertigen.

»Das alte Zeug ist im Keller. Ich mache um zwei Uhr Feierabend, bis dahin müssen Sie fertig sein.«

Peter ignorierte das. »Nach Ihnen.«

Der Mann trat die Zigarette aus. Er führte Peter durch die Eingangshalle an den Amtszimmern vorbei, bis sie eine steinerne Treppe erreichten. Im Kellergeschoss gingen mehrere Türen ab. Der Hausmeister schloss drei der Räume auf.

»Hier ist es. Dass Sie nichts einstecken dürfen, muss ich Ihnen ja nicht sagen, oder?«

»Wonach sind die Akten sortiert?«

»Keine Ahnung.« Er zuckte mit den Schultern. »Pünktlich um vierzehn Uhr hole ich Sie ab.« Er tippte drohend auf seine Armbanduhr und überließ Peter sich selbst.

Die Akten waren in einem Register katalogisiert worden, sodass Peter relativ schnell vor dem richtigen Regal im richtigen Raum stand. Ein wunderbarer Ort, fand er. Vielleicht war das etwas, was er nach seiner Pensionierung tun könnte. Ehrenamtlich, verstand sich.

Er brauchte eine halbe Stunde, bis er auf Aufzeichnungen über das Heim stieß. Sogar eine Aufnahme von damals lag in einer der Mappen. Es war eine ganz ähnliche, wie die, die sie von Egon erhalten hatten. Rasch zückte er sein Mobiltelefon und machte ein Foto. Beim Durchblättern stieß er auf alte Anstellungsverträge, unter anderem auch von Ursula Neumann. Sie war nach nur drei Jahren zur Heimleitung aufgestiegen. Peter fand das eine steile Karriere für eine gelernte Kindergärtnerin. Entweder war sie erstaunlich ehrgeizig gewesen oder die guten Beziehungen zum Bürgermeister hatten sich ausgezahlt. Jedenfalls hatte sie die Leitung einer älteren Frau streitig gemacht, die danach anscheinend zur Betreuerin degradiert worden war. Deren Name war Wilma Bunge. Ihrem Anstellungsvertrag entnahm Peter, dass sie eine Ausbildung zur Pädagogin abgeschlossen hatte, also über die bessere Qualifikation verfügte. Vielleicht hatte sie sich etwas zuschulden kommen lassen.

Peter fand insgesamt sieben solcher Arbeitsverträge. Alles Frauen. Den Geburtsdaten nach zu urteilen, mussten die meisten bereits tot sein. Ursula Neumann war die Jüngste gewesen. Weiter hinten stieß Peter auf eine Art Beratungsvertrag mit einem Arzt namens Dr. Harald von Stubben. Er war für die Untersuchungen der Kinder zuständig gewesen. Außerdem fand er einen Grundriss des Gebäudes. Peter studierte die Entwürfe. Den eingezeichneten Betten nach zu urteilen, beherbergte das Heim bis zu dreißig Kinder.

Zu guter Letzt fand er den Vertrag über den Verkauf des Hauses. Plötzlich fiel es ihm wie Schuppen von den Augen. Der Kinderarzt trug denselben Nachnamen wie ihr prominenter Anwalt, der das Gebäude Anfang 2000 erworben hatte. Von Stubben. Das konnte kein Zufall sein, musste aber nicht zwangsläufig mit ihrem Fall zu tun haben. Er würde Leonhardt von Stubben kontaktieren, sobald er zurück auf der Station war.

Nachdem Peter die gesamte Akte abfotografiert und einige Kartons vergebens durchstöbert hatte, schloss er die drei Türen und verließ das Gebäude. Es war kurz vor eins. Er würde sicher nicht auf den Hausmeister warten. Sollte er sich ruhig über den fahrlässigen Polizeibeamten ärgern. Das geschah ihm ganz recht.

Auf dem Weg zu seinem Wagen rief er Hauke an, doch

der nahm nicht ab. Philip war ebenfalls nicht zu erreichen. Zügig fuhr er zurück zur Polizeistation. Als er den Wagen parkte, klingelte sein Telefon. Doch es war keiner seiner beiden Kollegen. Es war Alfred.

»Na, was gibt es?«, begrüßte Peter ihn.

»Immer gleich auf den Punkt, sehr gut. Kannst du reden?«

»Ja.«

»Mein Lieber, ich habe sämtliche Fühler ausgestreckt. Egon hattet ihr ja schon kontaktiert, aber ich habe noch jemanden aufgetrieben, der älter ist als wir alle. Der Methusalem Kophusens.«

»Wer soll das sein?«

»Als ich ein kleiner Junge war, ging man noch regelmäßig in die Kirche. Und zwar nicht nur zu Weihnachten. Meine Eltern schleppten mich jeden Sonntag hin. Und da habe ich mir gedacht, ich morse den alten Pastor mal an.«

»Erich! Da hätte ich auch selbst draufkommen können.«

»Herta und er wohnen sogar noch in ihrem eigenen Haus.«

»Der muss doch schon an die neunzig sein.«

»Vierundneunzig, um genau zu sein.«

»Und er erinnert sich noch?«

»Der erinnert sich nicht nur, der muss ein fotografisches Gedächtnis haben. Erich und Herta haben mich zum Kaffee eingeladen. Und was soll ich sagen, es hat sich gelohnt.«

»Nun sag schon, was hast du für uns?«

»Das Altenheim war früher ein Kinderkurheim. Das wisst ihr schon, oder?«

»Ja, Egon hat es uns gesagt.«

»Was man alles so vergisst im Laufe der Jahre. Als mir die beiden davon erzählt haben, fiel es mir wieder ein. *Kinderknast* hieß das Ding bei uns früher. Habe ich total verdrängt. Aber da das Haus außerhalb steht, kam man nicht oft vorbei. Und im Ort hat man die armen Teufel ja nie gesehen.«

»Und?«

»Das Heim war in der Hand der Gemeinde. Bis Ende der Sechziger. Die Leitung hatte zeitweise Ursula Neumann, das ist die Verrückte ...«

»Das wissen wir alles schon«, unterbrach Peter ihn, der langsam ungeduldig wurde. »Ich komme gerade aus dem Archiv.«

In groben Zügen setzte er seinen ehemaligen Chef über ihren Kenntnisstand ins Bild.

»Da wart ihr ja fleißig. Allerdings muss ich dich enttäuschen. Laut dem Pastor hat sich das Mädchen möglicherweise gar nicht selbst umgebracht. Angeblich wurde das damals behauptet, um den eigentlichen Skandal zu vertuschen.«

»Wie bitte?«

»Ja, wenn das stimmt, ist das ein ganz schöner Hammer. Eine der Pflegerinnen kam damals in die Kirche, kurz nachdem das Mädchen gefunden worden war. Sie hielt den Druck nicht aus und hat bei Erich Hilfe gesucht. Sie hat ihm erzählt, dass Linda während einer Untersuchung gestorben ist.«

»Wie? Hat von Stubben sie umgebracht?«

»Da fangen die Gerüchte an. Der Arzt kam alle zwei Tage in das Heim und hat die Kinder untersucht. Ursula Neumann soll stets dabei gewesen sein. Die Betreuerin will Linda durch die Tür auf der Liege gesehen haben. Angeblich tot. Von Stubben habe kurz aus dem Behandlungszimmer rausgeschaut und ihr mitgeteilt, die Untersuchungen seien für den Tag beendet. Sie solle die wartenden Kinder wegschicken. Die Frau glaubte, dass der Arzt und die Neumann die Kinder misshandelt haben.«

»Wie bitte?«

»Beweise hatte sie keine. Und hinzu kommt, dass diese Betreuerin ausgerechnet die ehemalige Heimleiterin gewesen ist, der der Neumann ihre Stelle weggeschnappt hat. Sie könnte es sich ebenso gut ausgedacht haben, um der Konkurrentin eins auszuwischen.«

»Wilma Bunge«, murmelte Peter. »Und Erich, hat der nichts unternommen?«

»Der war skeptisch. Er wusste um ihre Stellung in dem Heim und wollte niemanden zu Unrecht bezichtigen. Außerdem unterliegt er dem Beichtgeheimnis. Da wollte er sich damals keinen Ärger einhandeln.«

»Wenn die Bunge mit ihrem Verdacht recht hatte, dann war der Selbstmord also nur vorgetäuscht?«

»Sie hat damals behauptet, man habe eine polizeiliche Untersuchung verhindern wollen. Laut der Betreuerin hat von Stubben nachträglich eine melancholische Verstimmung in Lindas Patientenakte vermerkt, die er bei der Eingangsuntersuchung diagnostiziert haben will und die sich während der Kur angeblich verschlimmert habe. Dann sollen sie dafür gesorgt haben, dass jemand Unbeteiligtes das Mädchen findet.«

»Haukes Großvater.«

»Mit dem Bettlaken an der großen Eiche erhängt.«

»Die Eiche. Deshalb sind die Gräber unter dem Baum.«

»Wenn stimmt, was die Bunge erzählt hat, muss noch jemand davon Wind bekommen haben.«

»Glaubst du das, was die Bunge erzählt hat?«, fragte Peter.

»Ich weiß nur, das war kein schöner Ort.«

»Weißt du etwas über die Kinder, die zu dem Zeitpunkt auf Kur waren?«

»Nee. Aber das Heim wurde vier Jahre später auf Beschluss des Bürgermeisters geschlossen. Und die Angestellten sind alle aus Kophusen weggegangen. Was auch immer da passiert ist, es stinkt zum Himmel.«

»Ja, das finde ich auch.«

»Wenn du mich fragst, die Neumann hatte Angst vor diesem Geheimnis. Sie muss geahnt haben, dass jemand von ihrer Vertuschung wusste. Nicht umsonst hat die sich so einen Bunker gebaut«, mutmaßte Alfred.

»Aber warum kommt sie nach Kophusen zurück, wenn sie solche Angst hatte?«

»Vielleicht dachte sie, dass niemand sie ausgerechnet am Ort des Geschehens suchen würde. Oder aber sie wollte unbewusst gefunden werden.«

»Je mehr ich über dieses Heim erfahre, desto gruseliger finde ich das.«

»Ja. Zumal von Stubben wohlbekannt war für seine teutonische Geisteshaltung.«

»Auch das noch!«

»Der war zwar noch jung, aber das Gedankengut hatte sich wohl tief eingebrannt bei ihm.«

»Vielen Dank, Alfred. Das hilft uns immens weiter.«

»Immer wieder gern.«

Peter unterbrach die Verbindung. Dem Alter nach musste Leonhardt von Stubben der Sohn des Arztes sein.

Ob der Mann von dem Tod des Mädchens gewusst hatte? Vermutlich nicht. Höchstwahrscheinlich hatte er die Villa aus nostalgischen Gründen gekauft. Das würde sich klären lassen.

Zurück an seinem Schreibtisch, blätterte Peter in dem Dossier und rief in der Kanzlei des mutmaßlichen Sohnes an. Die Sekretärin bedauerte, dass er in einem Mandantengespräch sei, versicherte aber, dass er gleich danach zurückrufen würde.

Peter setzte neuen Kaffee auf und ergänzte Alfreds Informationen sorgfältig in seinem Dossier. Die Tatsache, dass in dem Heim vielleicht systematisch Kinder misshandelt wurden, entsetzte ihn. Dieses Gebäude war verflucht, dachte er. Gab es so etwas?

Auch wenn es ihm in der Seele wehtat, der Verdacht verdichtete sich immer mehr, dass in dem Heim Grausames vorgegangen war. Und das über Jahre gebilligt von der Gemeinde. Und in all dem war die Neumann eine Schlüsselfigur. Insgeheim hoffte er, dass sie noch lebte, damit sie vor Gericht kam und sich für ihre mutmaßlichen Taten verantworten musste. Natürlich wäre das nur ein schwacher Trost, aber immerhin würde auf diese Weise ein bisher ungesühntes Verbrechen ans Licht kommen und gesühnt werden.

Das Telefon klingelte und eine Hamburger Vorwahl erschien auf dem Display. Peter nahm den Hörer ab. Es war die Sekretärin, die ihn sogleich verband.

»Von Stubben hier. Spreche ich mit Polizeiobermeister Peter Brandt?«

Der Mann hatte ein selbstbewusstes Auftreten. Peter kannte das von Menschen, die in Führungspositionen waren, oder auch von denen, die glaubten, aufgrund einer gewissen Stellung in der Gesellschaft Macht demonstrieren zu müssen. Peter atmete tief ein und straffte sich.

»Ja. Ich bin Polizeibeamter in Kophusen. Sie erinnern sich an diesen Ort?«

»Natürlich. Was kann ich für Sie tun, Herr Brandt.«

»Wir ermitteln augenblicklich in einem Vermisstenfall.« Das war nicht gelogen und ersparte ihm neugierige Fragen. »Diesbezüglich stießen wir auf Ihren ehemaligen Immobilienbesitz. Wieso haben Sie das Anwesen damals gekauft?«

»Warum ist das relevant?«

»Bitte beantworten Sie meine Frage.«

Von Stubben zögerte. Vermutlich wägte er das Für und Wider ab. Schließlich entschied er sich zu kooperieren. »Das hatte steuerliche Gründe.«

»Ausschließlich?«

»Ja.«

Netter Versuch, dachte Peter, aber so leicht würde er ihn nicht vom Haken lassen. »Ist es nicht vielmehr so, dass Sie eine private Verbindung zu diesem Haus haben?« Peter konnte spüren, wie der Notar sich innerlich wand.

»Wie meinen Sie das?«

»Herr von Stubben, Sie haben genau zwei Möglichkeiten. Entweder Sie sprechen jetzt mit mir am Telefon oder aber ich bitte die Kollegen, Sie zu einer Vernehmung abzuholen. Ganz wie Sie wollen.«

Peter wusste, er bewegte sich auf dünnem Eis. Als Rechtsanwalt kannte von Stubben sich mit der Rechtslage natürlich aus. Aber Peter vertraute darauf, dass die Angst dieses Mannes, seinen sogenannten guten Ruf zu verlieren, groß genug war, um ihn zur Kooperation zu bewegen. Ärger mit der Polizei sprach sich immer schnell rum. Von Stubbens Entscheidung fiel innerhalb von wenigen Sekunden.

»Na schön. Ja, ich habe eine persönliche Bindung zu diesem Haus. Mein Vater war dort als Arzt tätig, als das Gebäude ein Kinderkurheim war. Wir haben damals in Itzehoe gewohnt. Aber das wissen Sie vermutlich bereits?«

»Das wissen wir. Lebt ihr Vater noch?«

»Ja, er ist in einer Seniorenresidenz hier in Hamburg.«

»Was wissen Sie über seine damalige Arbeit?«

»Er hat die Kinder untersucht und behandelt, wenn nötig.«

»Sonst nichts?«

»Hören Sie, Herr Brandt, ich weiß nicht, was man Ihnen über ihn erzählt hat, aber Sie sollten nicht alles glauben. Es hat nie eine Untersuchung gegeben, es gab nur Gerüchte.«

»Was waren denn das für Gerüchte?«

»Ich denke, Sie spielen auf den Tod des Mädchens an.«

»Sie wissen davon?«

»Ja. Das arme Ding hat sich aufgehängt, weil sie schwermütig war. Heute würde man wohl eher von Depressionen sprechen.«

»Es gibt Zeugen, die behaupten, dass das Mädchen sich gar nicht umgebracht hat, sondern gewaltsam zu Tode kam und der angebliche Selbstmord inszeniert worden ist, um die eigentliche Tat zu vertuschen.«

»Das ist ja absurd. Was für ein Zeuge soll das bitte sein?«

»Ihnen ist also nichts darüber bekannt?«

»Natürlich nicht. Mein Vater war sehr beliebt bei den Kindern.«

»In welcher Einrichtung lebt er?«

»Lassen Sie den Mann in Ruhe. Er ist sechsundneunzig. Ich glaube kaum, dass er sich noch ausreichend an die Geschehnisse erinnern kann.«

»Kennen Sie Ursula Neumann?«

»War das nicht die Heimleiterin?«

»Sie haben ein gutes Gedächtnis. Wann haben Sie sie zuletzt gesehen?«

»Das ist über fünfzig Jahre her.«

»Und Ihr Vater?«

»Das weiß ich nicht.«

»Geben Sie mir bitte die Adresse der Seniorenresidenz.«

»Was soll denn das nach all den Jahren? Was hat das alles mit meinem Vater zu tun? Wird Frau Neumann vermisst?«

»Herr von Stubben, möglicherweise befindet sich Ihr Vater in Gefahr.«

»Was bedeutet das?«

»Wir haben Hinweise, dass jemand, der im Zusammenhang mit den damaligen Ereignissen steht, eine Straftat begangen hat.«

»O mein Gott.« Er gab ihm die Adresse durch.

»Machen Sie sich keine Sorgen, ich benachrichtige die Kollegen.«

»Seien Sie bitte diskret, Herr Brandt. Meine Familie hat einen Ruf zu verlieren.«

»Auf Wiedersehen, Herr von Stubben. Halten Sie sich bitte zu unserer Verfügung.«

Ohne eine Antwort abzuwarten, legte Peter auf. Er spürte, dass sie des Rätsels Lösung langsam näher kamen. Der Arzt war also noch am Leben. Egal, ob alt oder nicht, dem Mann würde er einen Besuch abstatten, und zwar gleich heute.

24

Sein Telefonat mit Peter dauerte nicht lange. Goldberg schob das Mobiltelefon zurück in die Innentasche seines Sakkos. Kurz erstattete er Hauke Bericht, der neben ihm am Steuer des Streifenwagens saß. Während sie auf dem Weg zu Rosis Gastwirtschaft waren, brach Peter schon nach Hamburg auf. Die Kollegen vor Ort hatte er bereits benachrichtigt. Es musste schnell gehen, bevor von Stubben Junior seinen Vater an einen anderen Ort bringen konnte oder, schlimmer, dieser zur Zielscheibe eines Angriffs werden würde. Zwar schien es ihnen allen eher unwahrscheinlich, aber sie wollten kein Risiko eingehen. Außerdem besaß der alte Herr sicher wertvolle Informationen, die ihnen bei der Suche weiterhelfen konnten.

Die kleine Zigarrenschachtel, die sie hinter dem Ziegelstein gefunden hatten, war gefüllt mit Fotos. Es waren Fotografien von einzelnen Kindern, die an der Hand von Ursula Neumann posierten. Die Rückseite jedes Fotos war mit einem Namen und einem Datum versehen. Goldberg vermutete, dass das Ursula Neumanns Lieblingskinder gewesen waren, von denen Kalle gesprochen hatte. Allerdings warf die Aussage des Pastorenehepaars ein zynisches Licht auf diese Bilder. Was auch immer der Arzt und die Heimleiterin mit Linda gemacht hatten, es musste der Grund für die aktuellen Vorkommnisse in Kophusen sein. Jemand wollte, dass dieses Verbrechen endlich ans Licht kam. Somit war es durchaus möglich, dass auch von Stubben in Gefahr war.

Das Kästchen beinhaltete auch Aufnahmen aus späteren Jahren. Ursula Neumann war nach der Schließung des Kophusener Kurheims offenbar weiterhin in der Kinderbetreuung tätig gewesen. Auf einem der Bilder stand sie in einer Schwesternuniform am Krankenbett eines Kindes. Daneben derselbe Mann, der auf den älteren Fotos zu sehen war. Der Kontakt zu Harald von Stubben war nach der Schließung des Heims also nicht abgebrochen. Nur ihre Wirkungsstätte hatten sie gewechselt. Doch nun hatten die Vergehen ihrer Vergangenheit Ursula Neumann wohl eingeholt und sie war von der Täterin zum Opfer geworden.

»Und solche Leute laufen immer noch frei rum. Genießen ihren Lebensabend in Luxus und werden auch noch steinalt. Dieses Leben ist so scheiße ungerecht.«

»Glaubst du, dein Großvater hat davon gewusst?«, fragte Goldberg vorsichtig.

»Ich hoffe nicht. Vielleicht hat er geahnt, dass an dem Selbstmord etwas faul war, und hat deshalb dort aufgehört.«

»Wie kommen wir bloß an die Namen der Kinder?«

»Ganz ehrlich? Am liebsten würde ich unseren Unbekannten laufen lassen. Wenn du mich fragst, haben die beiden Alten nichts anderes verdient.«

»Du weißt, was ich jetzt sagen sollte.«

»Ja, spar es dir. Ich werde schon nicht die Hände in den Schoß legen und warten, bis wir die Leiche der Alten gefunden haben. Aber ich hätte nicht übel Lust dazu.«

»Wer versteht das besser als ich.«

»Da glauben die Eltern, sie tun den Kindern etwas Gutes, indem sie sie ins Erholungsheim schicken. Und am Ende kommen sie völlig zerstört zurück und keiner weiß, was passiert ist.«

»Die Ausgangslage war perfekt. Die Kinder waren weit weg von zu Hause. In einer völlig fremden Umgebung. Ohne ihre Freunde und Familie. Niemand, der auf sie aufpasste. Vielleicht drohten sie ihnen, dass sie nie wieder nach Hause dürfen, wenn sie etwas verrieten, oder aber zur Strafe wiederkommen müssten.«

»Aber was zum Teufel haben sie mit den Kindern gemacht?«

»In jedem Fall hat es nachhaltigen Eindruck hinterlassen.«

»Allein bei der Vorstellung kriege ich eine Gänsehaut.«

»Trotzdem, noch haben wir keine handfesten Beweise. Bis jetzt fußt alles auf dem Verdacht einer damaligen Betreuerin.«

»Theoretisch könnte auch sie unsere Täterin sein«, mutmaßte Hauke.

»Laut der Akte ist sie 1921 geboren. Demnach wäre sie jetzt einhundert Jahre alt.«

Hauke schnaubte. »Bisschen alt, um noch Finger abzuhacken.«

»Wir müssten die übrigen Mitarbeiterinnen ausfindig machen, um Wilmas Behauptung zu stützen.«

»Wenn die Neumann die Jüngste war, sind die alle längst tot.«

»Solange wir keine Beweise haben, bleibt es eine Theorie.«

»Eine sehr plausible Theorie, wenn du mich fragst.« Hauke parkte den Wagen am Straßenrand und stieg aus. Die meisten Gäste gingen durch den Biergarten ins Lokal. Der vordere Eingang wurde eher von den Pensionsgästen genutzt. Hauke blieb abrupt stehen.

»Die Pforte ist zu.«

»Vielleicht sind sie noch mit Vorbereitungen beschäftigt.«

Hauke schaute auf die Uhr. »Es ist nach eins. Normalerweise tobt hier jetzt der Bär. Da stimmt doch etwas nicht.«

Goldberg sah, wie Hauke nach seiner Dienstwaffe griff. »Ganz ruhig, mein Freund.«

Hauke ignorierte seine Bemerkung. Er sprang über die kleine Pforte und eilte durch den Biergarten. Goldberg folgte ihm. Hauke blieb an der Hintertür stehen und spähte durch die Scheibe.

»Stockdunkel«, kommentierte er.

Goldberg ging zum Fenster. Der Gastraum war ebenso leer.

»Ich gehe rein.«

»Hast du einen Schlüssel?«

»Klar.« Hauke zog sein Schlüsselbund aus der Hosentasche. Leise schloss er die Tür auf.

Es war still. Sie lauschten einen Augenblick, bevor Hauke mit schnellen Schritten den Gastraum durchquerte. Hinter dem Schanktresen schlüpfte er durch die Schwingtüren, die in die Küche führten und Goldberg immer an alte Westernfilme erinnerten. Dort auf dem Fußboden standen noch die Kisten mit den Einkäufen vom Großmarkt. Hauke warf Goldberg einen beunruhigten Blick zu.

»Was zum Teufel ist hier los? Wo stecken die beiden?«

»Komm, wir sehen nach.«

Sie verließen die Küche und traten zurück in den Gastraum. Zuerst kontrollierten sie den Nebenraum, der links abging und für kleinere geschlossene Veranstaltungen genutzt wurde. Der Raum war leer. Auf der anderen Seite ging die Tür zum Flur ab, in dem sich die kleine Rezeption befand. Sämtliche Zimmerschlüssel hingen an ihren Haken. Die Gäste schienen unterwegs zu sein. Hauke trat hinter den Tresen und nahm die Schlüssel an sich. Dann bückte er sich.

»Scheiße«, kam es von unten.

»Was ist?«, fragte Goldberg, als sein Kollege wieder zum Vorschein kam.

»Mein Schlüssel ist weg.«

»Dein Schlüssel?«

»Ja, die beiden haben einen Ersatzschlüssel von meinem Haus. Normalerweise hängt er hier unten an dem Ring.«

»Der Kuchen«, murmelte Goldberg. »Jemand muss gewusst haben, dass dein Hausschlüssel da hängt. Das erklärt die fehlenden Einbruchspuren.«

»Ja, und beweist, dass unser Täter hier abgestiegen ist.«

Sie beeilten sich, nach oben zu kommen. Von dem schmalen Flur gingen fünf Türen ab. Sie begannen mit der Abstellkammer, in der die Frauen Handtücher und Putzzeug aufbewahrten. Das Zimmer daneben wurde als Aufenthaltszimmer genutzt. Auf einem Tisch standen ein Wasserkocher und ein Kästchen mit verschiedenen Teesorten. Ein Bücherregal und ein Sofa sorgten für Gemütlichkeit. Nun wirkte der Raum seltsam verwaist, als wären sie die einzigen Überlebenden nach einer Atomkatastrophe.

»Rosi? Mama?«

Keine Antwort.

»Hallo? Ist da jemand?«

Nichts geschah.

Hauke drückte die Klinke der ersten Zimmertür hinunter. Die Tür war verschlossen. Er warf Goldberg einen der Schlüssel zu. Überall bot sich ihnen das gleiche Bild: In keinem der drei Zimmer hielt sich jemand auf.

»Scheiße, verflucht noch mal, das gibt es doch nicht! Wir hätten sie zwingen sollen, den Laden dichtzumachen.«

Laut fluchend kramte Hauke sein Telefon aus der Brusttasche. Goldberg legte ihm beruhigend die Hand auf die Schulter. Dann ging er voraus und setzte sich im Gastraum an den Tresen, um auf Hauke zu warten. Er widerstand der Versuchung, sich einen Espresso zu genehmigen. In der Stille hörte er plötzlich ein Telefon klingeln.

Hauke kam lautstark zur Tür hereingepoltert. »Das ist Rosis.«

»Das kommt aus der Kammer.« Goldberg wandte sich zu der Tür, die zu einer Garderobe führte. Er griff nach der Klinke und zog sie vorsichtig auf.

»Scheiße noch mal!«

Hauke drängte sich an ihm vorbei in den winzigen Raum. Rosi und Bärbel saßen Rücken an Rücken gefesselt auf dem Boden. Zwischen ihren Lippen steckte ein Knebel.

»Mama? Rosi? Was zum Teufel ist passiert?«

Goldberg versuchte, den Knoten an Rosis Hinterkopf zu lösen, mit dem das Geschirrtuch befestigt war. Hauke entledigte sich rasch seines Handys und fummelte ungeschickt an dem Seil, mit dem man sie an der Garderobe festgebunden hatte.

Rosi spuckte die Stofffasern aus. »Bruderherz, Gott sei Dank! Wir haben versucht, uns bemerkbar zu machen, aber es kam niemand.«

»Wer war das?« Haukes Stimme überschlug sich.

»Der Gast aus der drei. Kramer. David Kramer.«

»Der nette Radler? Was zum Henker wollte er?«

»So ein Mistkerl«, rief Bärbel, nachdem Goldberg sie befreit hatte. »Als er in die Küche kam, wollte ich ihm schon die Bratpfanne über den Kopf ziehen. Hätte ich das mal gemacht.«

»Alles in Ordnung mit euch oder soll ich einen Notarzt rufen?«, fragte Goldberg.

»Um Gottes willen, wir müssen das Restaurant aufmachen.« Bärbel rappelte sich auf. Goldberg griff ihr dabei unter die Arme.

»Du spinnst wohl, Mama, heute bleibt der Laden geschlossen!«

»Da muss ich ihm ausnahmsweise zustimmen, Mama«, sagte Rosi und kam langsam auf die wackligen Beine. »Ich koche heute jedenfalls nichts.«

»Was wollte er von euch?«, fragte Goldberg.

»Er hat gesagt, dass er eine Nachricht für euch hat.« Rosi zog ein Mobiltelefon aus der Hosentasche. »Der Zettel mit der PIN klebt hinten drauf.«

Goldberg nahm das Telefon und tippte den Code ein. Das Display informierte ihn über eine neue SMS, die auf ihn wartete. Er öffnete die Textnachricht einer unbekannten Nummer. »*Habe ich jetzt eure volle Aufmerksamkeit?*«, las er laut vor.

»Ja, du Scheißkerl, jetzt hast du sie. Wir müssen das

Schwein kriegen.« Besorgt wandte sich Hauke an seine Mutter und seine Schwester: »Ist wirklich alles in Ordnung mit euch?«

»Ja, mein Junge, so leicht sind wir nicht unterzukriegen.«

Bärbel schien voller Tatendrang, doch ihre Tochter war blass. So schnell würde sie sich davon nicht erholen, dachte Goldberg. Sie präsentierte sich gern stark und mutig, doch sie war eine sensible Frau und wie ihr Bruder versuchte sie immer, dies zu verbergen.

»Hat er außer dem Telefon noch etwas dagelassen oder gesagt?«, fragte Goldberg.

Sie schüttelte den Kopf.

»Er hat uns mit einer Waffe bedroht und uns in der Kammer eingesperrt«, erklärte Bärbel. »Hat das etwas mit dem *Kinderknast* zu tun?«

»Ich erkläre es euch im Auto. Ihr werdet jetzt erst mal bei Philip untergebracht. Dieser Kerl weiß garantiert, wo ihr wohnt, und ich will nicht, dass noch mehr passiert.«

Hauke legte den Arm um seine Schwester. Die beiden Frauen ließen sich widerstandslos in den Streifenwagen verfrachten. Goldberg wimmelte drei Gäste ab, die vor der Gartenpforte gestanden hatten, und hängte einen notdürftig gekritzelten Zettel daran. *Wegen familiären Notfalls geschlossen.* Die beiden Frauen auf dem Rücksitz boten einen traurigen Anblick. Und der Täter ist offensichtlich noch nicht fertig. Alles deutet auf ein großes Finale hin, dachte er, als Kramers Handy in seiner Hand vibrierte.

Die genauen Instruktionen folgen. Ich freue mich drauf.

Sie mussten ihn stoppen. Ehe er noch mehr Menschen in Gefahr bringen konnte.

25

Die Seniorenresidenz lag direkt an der Elbe. Peter nahm die Autobahnabfahrt Blankenese und fuhr Richtung Elbufer. Als er den Wagen abstellte, war noch nichts von den Kollegen zu sehen. Peter betrat die Eingangshalle. Die beigefarbenen Fliesen erinnerten an ein gediegenes Hotel. Der rot gemusterte Perserteppich hatte allerdings seine besten Tage bereits hinter sich.

An der Rezeption wusste man Bescheid. Er hatte sich telefonisch angekündigt, um Komplikationen zu vermeiden. Die Dame war sehr freundlich. Das dunkelblaue Kostüm saß perfekt. Ihr knallroter Lippenstift wirkte aufdringlich im Gegensatz zu ihrer leisen Stimme. Sie telefonierte und kurz darauf kam ihm ein Mann im perfekt sitzenden Anzug entgegen, der sich als Geschäftsführer vorstellte. Er bedankte sich bei der Empfangsdame und begrüßte Peter, als wären sie bereits seit Jahren befreundet. Peter schätzte diesen jovialen Ton nicht besonders. Er fand ihn plump.

»Mein Name ist Cornelius Hoppe. Ich führe Sie hinauf zu Herrn Dr. von Stubben. Allerdings muss ich Sie vorwarnen. Sein Verstand spielt ihm manchmal einen Streich, und das, was er sagt, ergibt nicht immer einen Sinn. An weit Zurückliegendes kann er sich ganz gut erinnern, aber wenn es um die letzten Tage geht, wird es meist etwas holprig.«

»Er ist senil?«, fragte Peter unverblümt.

Der Mann lächelte nachsichtig. »Wir sprechen hier lieber von gelegentlichen Erinnerungslücken. Das ist weniger stigmatisierend für unsere Gäste.«

Peter kommentierte die Bemerkung nicht weiter. Wenn von Stubben sich an seine Vergangenheit erinnerte, war er zufrieden.

Während sie auf den Aufzug warteten, begann der Mann einen Monolog, den er sicherlich schon oft zum Besten gegeben hatte. Peter ließ ihn reden und versuchte, seine Ungeduld zu zügeln, indem er ein paar tiefe Atemzüge tat. Euphorisch pries der Geschäftsführer die Vorzüge der Einrichtung. Die exzellente Betreuung durch hoch qualifiziertes Fachpersonal und natürlich den Servicegedanken, an dem es in den allermeisten Heimen seiner Meinung nach mangelte.

Die Fahrstuhltüren schlossen sich. Peter konnte spüren, wie neugierig Cornelius Hoppe war. Die Frage, warum ein Polizeibeamter aus einem kleinen Nest wie Kophusen in seine elitäre Einrichtung kam, brannte förmlich auf seiner Zunge. Doch er gab sich alle Mühe, die Diskretion zu wahren.

Im dritten Stock stiegen sie aus.

»Hier ist es. Brauchen Sie Hilfe? Ich könnte bei Ihnen bleiben und, wenn nötig, Hilfestellung geben. Natürlich vertraulich.«

»Vielen Dank, das schaffe ich allein.«

Peter klopfte an die Tür.

»Treten Sie einfach ein.« Hoppe machte eine einladende Geste. »Viel Erfolg.«

Das Zimmer war geräumig. Durch die breite Fensterfront sah man direkt auf die Elbe. Auf dem Wasser spiegelte sich die Sonne. Peter musste blinzeln.

»Wer sind Sie?«

Peter entdeckte von Stubben in einem Ohrensessel, die Beine auf einem dazu passenden Hocker abgelegt. Vor ihm eine Zeitung. Auf der Nase eine randlose Brille, starrte der weißhaarige Mann ihn über die dünnen Gläser hinweg an. Peter reichte ihm die Hand und nannte seinen Namen und Dienstgrad.

»Was kann ich denn für Sie tun?«, fragte von Stubben und lächelte.

»Herr Dr. von Stubben, ich komme aus Kophusen und habe ein paar Fragen an Sie. Es geht um Ihre damalige Arbeit. Ich benötige einige Informationen.«

Der Mann kniff die Augen zusammen und musterte ihn. Von Stubben war mit seinen über neunzig Jahren selbst im Sitzen eine stattliche Erscheinung. Peter rückte sich einen Stuhl heran und ließ sich nieder.

»*Haus Elbdeich*. Das war eine herrliche Zeit. Fast zwanzig Jahre lang«, sagte von Stubben und nahm die Lesebrille ab. Sein Blick wanderte zum Fenster. Sehnsüchtig schaute er nach draußen, als würde das Haus vor seinem inneren Auge Gestalt annehmen.

Peter hatte sich auf dem Weg hierher eine Strategie überlegt, wie es ihm gelingen könnte, den alten Herrn zum Reden zu bringen. Er hatte sich dafür entschieden, ihn zu ermutigen und die Erinnerungen des Mannes nicht zu kommentieren. Mit Speck fing man Mäuse.

»Sie haben viele Kinder behandelt, habe ich gehört. In Kophusen erinnert man sich noch immer an diese Einrichtung.«

»Ja, wir haben viel erreicht.«

Peter musste sich zusammenreißen, wenn er etwas über diese Zeit erfahren wollte. Er schluckte seinen Widerwillen herunter und nickte.

»Damals waren die Menschen noch mit einem inneren Kompass ausgestattet. Heutzutage ist das ja alles verloren gegangen«, fuhr der alte Mann fort.

»Frau Neumann ist nach Kophusen zurückgekehrt, wussten Sie das?«

»Ja, sie hat es mir geschrieben. In Kophusen hat unsere schicksalhafte Zusammenarbeit ihren Anfang genommen. Können Sie sich das vorstellen? Nach all den Jahren haben wir immer noch Kontakt. Sie ist eine großartige Person. Und eine äußerst gescheite Frau. Das erkannte ich gleich, als sie damals zu uns kam. Hübsch war sie auch. Eine seltene Kombination.«

»Sie haben sich gut ergänzt?«, fragte Peter.

»Wissen Sie, das waren andere Zeiten. Heutzutage ist man in der Erziehung von Kindern viel zu lasch. Es wird gerade so getan, als wären die kleinen Gören Prinzen und Prinzessinnen, denen man jeden Wunsch von den Augen ablesen müsste. Dabei bringen es nur die wenigsten zu etwas. Ursel und ich haben es verstanden, die Spreu vom Weizen zu trennen. Wir haben die Kinder aufs Leben vorbereitet. Die Starken von den Schwachen getrennt. Nur wer weiß, was er will, und wer lernt, seine Ziele durchzusetzen, schafft es. Wir haben die Schule des Lebens beschleunigt, wenn Sie so wollen, und den Schwachen eine Chance gegeben, sich zu beweisen. Wer es aber nicht schaffte, dem haben wir einiges erspart. Was einen nicht umbringt, macht einen nur härter. Das war schon immer mein Leitspruch gewesen.«

Er verstummte kurz. »Sie haben nicht zufällig eine Zigarette?«

Peter schüttelte den Kopf.

»Na ja, ist ohnehin eine schlechte Angewohnheit.« Von Stubben lehnte sich selbstzufrieden in seinem Sessel zurück.

Ja, mach es dir nur bequem, dachte Peter. Je entspannter der Mann war, desto mehr würde er in Plauderlaune kommen. »Wie haben Sie denn herausgefunden, wer schwach war und wer nicht?«

Auf dem Gesicht des Mannes breitete sich ein Ausdruck von Stolz aus. Er lächelte. »Ursel und ich hatten da so unsere Methoden.« Er zwinkerte. »Wenn sie anfingen zu weinen, dann war meistens klar, zu welcher Gruppe sie gehörten. Aber diejenigen, die die Zähne zusammenbissen und keine Schwäche zeigten, die würden es im Leben noch weit bringen.«

»Haben Sie sie geschlagen?«

»Meistens war das gar nicht nötig. Sie haben keine Ahnung, was Worte bei einem Kind bewirken können. Jedenfalls damals. Ursel führte ein strenges Regiment. Unter allen Umständen durften die Kinder keine Gelegenheit haben, sich zu verbrüdern. Wer sich anfreundete, wurde sofort getrennt. Schwäche wurde umgehend bestraft und öffentlich zur Schau gestellt. Eine kleine rote Schleife am Bett der Enuretiker wirkte Wunder. Dann zeigte sich, wer sich im Griff hatte und sich nicht vom nächtlichen Einnässen beherrschen ließ. Ursel war wie gemacht für diese Position.«

»Hatten Sie beide ein intimes Verhältnis?«

Aus dem Lächeln wurde ein heiseres Lachen. »Ursel und ich hatten viel Spaß zusammen, wenn Sie wissen, was ich meine.« Er zwinkerte wieder. »Sie war auch im Bett nicht gerade zimperlich.«

Peter versuchte, von Stubbens anzügliches Lächeln zu erwidern, obwohl er es ihm am liebsten mit der flachen Hand aus dem Gesicht gewischt hätte. Er atmete unauffällig ein, bevor er den nächsten Vorstoß wagte.

»Und die Kinder? Hatten sie auch Spaß?«

Die Stimmung kippte augenblicklich. Das Lächeln des Arztes erstarb und wich einer angewiderten Miene. »Ich darf doch sehr bitten! Ich bin kein Perverser, der sich an Kindern vergreift. Wir hatten Moral und Anstand. Wir haben die Kinder geformt, ihnen beigebracht, sich in dieser Welt zu behaupten. Sie gelehrt, was es heißt, stark zu sein. Unsere Arbeit hat die Gesellschaft nach vorne gebracht. Wir haben der Menschheit einen großen Dienst erwiesen. «

Seine Empörung schien echt zu sein. Peter hatte ihn offenbar in seiner Ehre als Arzt gekränkt.

»Es gab da eine Kollegin …«, begann Peter, doch von Stubben schnitt ihm das Wort ab.

»Ach, die«, der Arzt machte eine wegwerfende Handbewegung, »die war bloß eifersüchtig. Sie wäre auch gerne in den Genuss meiner besonderen Aufmerksamkeit gekommen, doch sie war schwach. Hat sich von Ursel einfach die Führung abnehmen lassen. Keine drei Jahre hat Ursel gebraucht und ihr die Leitung abluchsen können. Aber es braucht immer ein paar verständige Lämmer im Kollektiv, die die niedere Arbeit tun. Kanonenfutter, wenn Sie so wollen. Wilma war zu schwach für die Führung der Elite. Ein dummes, naives Ding.«

»Und Linda? War sie auch ein dummes, naives Ding?«

Die Frage traf sein Gegenüber sichtlich unvorbereitet. Zu seinem Erstaunen zeichnete sich gleichzeitig noch etwas anderes auf dem Gesicht des alten Herrn ab, das Peter am ehesten als ein Zeichen von Reue interpretierte. Es dauerte einen Augenblick, bis von Stubben seine Züge wieder unter Kontrolle gebracht hatte.

»Sie war vielversprechend. Doch am Ende hatte sie es nicht geschafft. Es war Ursels Idee mit dem Suizid. Ich fand es von Anfang an unnötig. Ein bedauernswerter Unfall, das hätten alle hingenommen. Aber Ursel war da anderer Meinung gewesen. Ich habe mich überreden lassen. Linda war eine aussichtsreiche Kandidatin gewesen. Wir hatten gehofft, ihr Asthma, eine klassische Krankheit der Schwächlinge, würde sich verflüchtigen. Wir haben sie unserer speziellen Asthmabehandlung unterzogen, einer streng wissenschaftlichen Methode, um die Lungen zu stärken. Wir waren sicher, dass sie diese Behinderung abschütteln würde wie einen alten Mantel und wie Phoenix aus der Asche emporsteigen würde.« Er seufzte, als hätte er den Bus verpasst. »Wir hatten uns in ihr getäuscht. Eines der wenigen Male. Aber wie sagt man, wo gehobelt wird, da fallen Späne. Früher oder später hätte sie es so oder so erwischt.«

Peter widerstand dem drängenden Impuls, ihm ins Gesicht zu spucken. Dieser Mann hatte die Seelen von unschuldigen Kindern auf dem Gewissen und saß hier gemütlich in seinem Zimmer und genoss seinen Lebensabend.

»Ihre Freundin, die war zäh. Sie war die Stärkere von beiden. Manchmal erkennt man die Starken nicht gleich auf den ersten Blick. Aber Ursel hatte es sofort gesehen. Doris war ein hässliches Entlein, aus dem ein prächtiger

Schwan wurde. Ein kluges Mädchen. Sie hat es weit gebracht. Ihren grässlichen Nachnamen hat sie abgelegt, wie ich es ihr geraten hatte. Koslowski. Nun heißt sie Stegner. Viel besser!«

Peter horchte auf. »Sie haben noch Kontakt zu einem der Kinder aus Lindas Gruppe?«

Der Arzt nickte. »Ja, zur Elite pflegte ich immer einen guten Draht. Ich war ja ihr Mentor. Sie hat mich besucht.«

»Wann war das?«

Er überlegte. »Es ist noch nicht lange her. Aber hier ist ein Tag wie der andere. Ich weiß es nicht mehr genau.«

In Peters Kopf schwirrte es. Doris Stegner. Konnte das ihre Täterin sein? Aber warum hatte sie ihn kürzlich besucht? Und warum war ausgerechnet der Arzt ungeschoren davongekommen?

»Sie hat sich prächtig entwickelt. Einen Arzt hat sie geheiratet. Ursel hatte einen Narren an dem Mädchen gefressen. Hatte sie zu ihrem Lieblingskind erkoren.« Der Alte seufzte. »Ach, Ursel. Wir haben lange zusammengearbeitet. Kophusen war ja erst der Anfang. Bis die neumodischen Erziehungsmethoden Oberhand gewannen. Plötzlich kamen die Mütter auf die Idee, ihre Kinder auf Kur begleiten zu wollen. Da war es natürlich aus. Eine gute Mutter versucht, ihre Kinder zu beschützen, gerade die schwachen. Das ist ein Fehler der Natur. Je früher sie begreifen, dass sie scheitern werden, desto besser. Aber in dieser neuen Welt war kein Platz mehr für mich und Ursel. Unsere Wege trennten sich schließlich. Schade.«

»Was wollte Doris Stegner von Ihnen?«

»Es war ihr ein Anliegen, mich wiederzusehen. Wir haben sehr nett geplaudert.«

»Weiter nichts?«

»Sie wollte sich bedanken. Dafür, dass wir sie zur Elite gemacht haben. Sagen Sie mal, haben Sie wirklich keine Zigarette?«

»Nein«, erwiderte Peter und stand auf. Er ging ans Fenster und atmete ein paar Mal tief ein und wieder aus. So, wie sein Yoga-Lehrer Sohanraj es ihm beigebracht hatte.

»Wissen Sie, heutzutage ist die Jugend nicht mehr durchsetzungsstark«, hörte Peter von Stubben sagen. »Überall nur diese Schwächlinge, die sich über alles und jeden beschweren, anstatt die Dinge selbst in die Hand zu nehmen. Hätte man uns die Erziehung überlassen, säßen wir jetzt nicht in diesem Schlamassel.«

Gerade als Peter sich umdrehte, um etwas zu erwidern, klopfte es. Die Tür öffnete sich und ein Mann trat ins Zimmer. Peter brauchte einen Augenblick, um den Anwalt von dem retuschierten Foto auf dessen Internetseite zu erkennen.

»Papa, ist alles in Ordnung?«, fragte Leonhardt von Stubben besorgt, blieb allerdings im Türrahmen stehen.

»Ja, aber natürlich. Die Totgesagten leben länger.« Der alte Mann lachte heiser.

»Kann ich Sie draußen sprechen, Herr Brandt?«

Peter spürte, dass etwas passiert sein musste.

»Was ist los?«, fragte er, als er die Zimmertür hinter sich geschlossen hatte.

Von Stubben schien nervös zu sein. Seine Stimme war brüchig, sie hatte den verbindlichen Ton verloren. Er zog an seinem Krawattenknoten, als brauche er Luft zum Atmen.

»Ich habe einen Anruf erhalten.« Er flüsterte und vergewisserte sich, dass sie nicht belauscht wurden. »Anonym. Wir werden erpresst.«

»Erpresst?«

»Ja, der Mann droht mir damit, alles der Presse zu erzählen. Er weiß, was damals wirklich geschehen ist. Er weiß um dieses Mädchen. Herr Brandt, wenn das rauskommt, bin ich erledigt. Das käme einem gesellschaftlichen Mord gleich. Ich sagte es Ihnen ja schon, unsere Familie hat einen Ruf zu verlieren.«

»Was will er?«

»Eine Million. Eine Hälfte für ihn und die andere soll ich einer Organisation für Not leidende Kinder spenden. Aber ich habe das Geld nicht. Um ehrlich zu sein, ich habe höchstens ein paar Hunderttausend. Meine Kanzlei wirft nicht so viel ab. Meine Fonds sind in den Keller gerutscht. Was mache ich denn jetzt?«

»Wie sind Sie mit dem Anrufer verblieben?«

»Ich soll auf weitere Anweisungen warten und schon mal das Geld beschaffen. Wenn nicht, wird es meinem Vater nicht gut bekommen.«

»Und es war eindeutig ein Mann?«

Von Stubben nickte.

Sie mussten es mit mehreren Tätern zu tun haben, überlegte Peter. Hatten die Opfer von damals sich zusammengeschlossen? Zumindest erklärte die Erpressung die Tatsache, dass sie den Arzt bisher verschont hatten.

»Die Hamburger Kollegen sind auf dem Weg hierher. Sie erzählen denen alles, was Sie mir erzählt haben.«

Peter machte eine Pause. »Egal, was Sie tun, die Vergangenheit Ihres Vaters wird Sie einholen. Alle beide. Diesen Menschen geht es nicht nur um Geld, sie wollen Gerechtigkeit. Und die ist unbezahlbar.«

»Sie verstehen das nicht …«

»Doch, ich verstehe das sehr gut. Sie wollen verhindern, dass Ihr Ansehen beschädigt wird. Aber, wissen Sie, Herr von Stubben, Mord bleibt Mord.«

»Also, Mord, ich bitte Sie.« Sein Lachen klang hohl.

»Strafrechtlich verjährt Mord nicht. Aber ob es am Ende auf fahrlässige Tötung oder Körperverletzung mit Todesfolge hinausläuft, das entscheidet ein Gericht. Sie kennen sich da ja aus.«

Ein Gefühl von Genugtuung durchströmte Peters Körper. Als es seinen Kopf erreichte, verbot er sich ein Lächeln. Der Anwalt wollte etwas erwidern, wurde aber von dem Geräusch der sich öffnenden Fahrstuhltüren abgelenkt. Die Kollegen. Endlich. Peter setzte sie in groben Zügen ins Bild.

»Ich fahre zurück nach Kophusen«, schloss Peter seinen Bericht. Seine Kollegen nickten. »Aber ich muss kurz noch mal rein. Ich bin gleich wieder da«, sagte Peter und öffnete die Tür zu dem Zimmer.

Harald von Stubben saß noch immer in dem gemütlichen Ohrensessel. Er hatte sich wieder seiner Zeitung zugewandt, als wäre nichts geschehen. Peter blieb vor dem Sessel stehen. Er beugte den Kopf herunter, bis sein Mund ganz dicht am Ohr des alten Mannes war. Er wollte sichergehen, dass der Arzt seine Worte genau verstand.

»Ich weiß nicht, wer oder was Sie zu diesem Menschen hat werden lassen. Das gibt Ihnen aber noch lange nicht das Recht, über Leben und Tod zu entscheiden. Es existiert keine auserwählte Elite, die dazu bestimmt ist, die Menschheit zu führen. Sie haben das getan, was so viele vor ihnen schon getan haben: andere unterdrückt, um sich selbst zu erhöhen. Und das, Herr Dr. von Stubben, ist das Schwächlichste, das ich kenne. Und so wahr ich hier stehe, Sie kommen nicht ungeschoren davon.« Peter zog den Kopf zurück und blickte ihm fest in die Augen. »Glauben Sie mir, Sie haben ein ganz beschissenes Karma.«

Der alte Herr sah ihn aus zusammengekniffenen Augen an. »Sie haben doch keine Ahnung …«

Peter ließ ihn reden und verließ ohne ein weiteres Wort das Zimmer.

26

Auf dem Weg zum Wagen telefonierte Peter mit Hauke. Er war geschockt von dem Überfall auf die beiden Frauen. Zum Glück ging es Bärbel und Rosi gut. Die Beamten verabredeten, sich auf der Station zu treffen, und beendeten das Gespräch.

Während Peter über die Autobahn raste, versuchte er, seine Gedanken zu ordnen. Einer der Täter hatte sich also als Gast in der Pension einquartiert. Doch wo war Doris Stegner untergebracht? War dort auch Ursula Neumann versteckt? Peter schwante nichts Gutes. Das Geld, das sie von den von Stubbens erpressen wollten, war nur eines von vielen Puzzleteilen. Eine Art Reparationszahlung. Peter ließ das Gespräch von eben Revue passieren und kämpfte dagegen an, sich aufzuregen. Harald von Stubben und Ursula Neumann hatten ihre verqueren Erziehungsansichten bei wildfremden Kindern angewandt und ihnen damit erheblichen psychischen Schaden zugefügt. Missbrauch war auf vielen Ebenen möglich und traumatisch. Sie hatten ihre Fantasie einer menschlichen Elite ausgelebt. Das erinnerte ihn alles an die sogenannte Herrenrasse der Nationalsozialisten, die die Welt beherrschen sollte. Perfide Psychospiele, mit denen die Kinder hart gemacht werden sollten. Dass von Stubben so freimütig über die wahren Geschehnisse gesprochen hatte, hatte ihn nicht überrascht. Der Mann wähnte sich im Recht. Ein Märtyrer, der für sich in Anspruch nahm, den einzig wahren Weg zu kennen. Und dafür erwartete er die Anerkennung, die ihm seiner Meinung nach zustand.

Aber was war in dem Haus von Ursula Neumann passiert? Hatten ihre grausamen Taten sie jetzt eingeholt? Wurde sie für das, was sie den Kindern angetan hatte, bestraft? War sie in ihrem Bunker, den sie zur eigenen Sicherheit errichtet hatte, selbst zum Opfer geworden? Oder war es doch ganz anders? Womöglich hatte die Neumann nie aufgehört, sich für ihre alten Ziele einzusetzen, und hatte sich einen privaten Erziehungstempel gebaut. Hatte sie in ihrem Keller neue Schützlinge untergebracht, um aus ihnen starke Persönlichkeiten nach ihren Vorstellungen zu formen? Aber wo hätte sie die Kinder herhaben sollen? Müssten sie nicht von den Eltern vermisst werden?

In seinem Kopf schwirrten die Gedanken umher. Immer wieder kehrten sie zu Rosi und Bärbel zurück. Was konnte man für die Taten der Eltern oder Großeltern? Trug man eine Mitschuld, nur weil man mit ihnen verwandt war? Selbst wenn man gar nichts darüber gewusst hatte? Unwissenheit schützt vor Strafe nicht, dachte er und schob das Thema für den Moment beiseite. Sie mussten diesen Fall abschließen, bevor noch mehr Menschen in Mitleidenschaft gezogen werden konnten. Ob schuldig oder unschuldig.

An der Autobahnabfahrt Hohenfelde klingelte sein Telefon. Dank der Freisprechanlage konnte er das Gespräch annehmen. »Polizeiobermeister Peter Brandt.«

»Hallo, Peter, hier ist Trautchen.«

Die Rufumleitung funktionierte. Er unterdrückte einen tiefen Seufzer.

»Was gibt es?«

»Der Junge ist wieder da.«

Peter verstand nicht gleich. »Welcher Junge denn?«

»Na, der, wegen dem ich schon am Dienstag angerufen habe. Ich fand das ja schon beim ersten Mal verdächtig. Ein Junge, der auf dem Weg zur Schule im Bus einschläft und dann ausgerechnet auf dem Friedhof umherirrt. Vor allem jetzt, wo ihr eine Leiche am Brunnen entdeckt habt.«

Eine Richtigstellung würde zu viel Zeit kosten. Stattdessen sah Peter auf die Uhr. Kurz nach drei. Dafür, dass der Junge auf dem Weg zur Schule erneut eingeschlafen sein könnte, war es zu spät.

»Was ist jetzt? Kommt ihr oder muss ich ihn selbst zur Rede stellen?«

»Nein, bleib, wo du bist. Ich bin gleich da.« Er unterbrach die Verbindung. Ein ungutes Gefühl beschlich ihn. Erst vor wenigen Stunden hatten sie einen Finger im Brunnen auf dem Gelände entdeckt und da tauchte der Junge schon wieder auf? Die Kollegen schienen nicht mehr vor Ort zu sein. Er drückte die Kurzwahltaste und hatte Philip in der Leitung. Danach trat Peter das Gaspedal durch und bog Richtung Kophusen ab.

Hauke und Philip hatten Rosi und Bärbel in Philips Haus abgesetzt und waren auf die Polizeistation zurückgekehrt. Hauke hatte bei ihnen bleiben wollen, doch die drei hatten ihn umgestimmt. Selbst Rosi, die sich von ihrem Schock allmählich zu erholen schien, hatte ihn gebeten, sich lieber an die Fersen von David Kramer zu heften. Auch das erneute Angebot, den Notarzt zu rufen, hatten beide Frauen vehement abgelehnt.

Nachdem sie Peters Bericht erhalten hatten, wonach der alte Sack wie die Made im Speck in einem Luxus-Seniorenheim lebte, war Hauke noch wütender geworden. Er hatte nicht übel Lust, dem Kerl persönlich einen Besuch abzustatten. Warum wurden einige Leute auch noch für ihre Taten belohnt? Manchmal glaubte er, dass er als Polizist auf der falschen Seite stand. Er wusste, dass das Quatsch war, aber der Frust über die Ungerechtigkeit dieser Welt setzte ihm zu. Vielleicht würde er wegen der Erpressung durch seine geliebten Elitekinder vor Schreck einen Herzinfarkt bekommen. Das wäre wenigstens gerecht, fand Hauke. Er leerte seinen dritten Becher Kaffee und stopfte sich den fünften Haferkeks in den Mund. Sein Hungergefühl nahm überbordende Ausmaße an, was seine Übellaunigkeit nur noch steigerte.

»Trink nicht so viel Kaffee«, mahnte Philip, als Hauke aufstand und die Küche ansteuerte.

»Das lass mal meine Sorge sein.«

»Er wird sich melden.«

»Ich möchte dich mal sehen, wenn Magda in der Buchhandlung überfallen worden wäre. Da würdest du sicher nicht hier sitzen und auf einen beschissenen Anruf warten.«

»Was, glaubst du, hat David Kramer vor?«

»Er will uns einen Denkzettel verpassen.« Hauke stellte die Kanne zurück auf die Wärmeplatte. »Die ganze Welt soll von dieser Ungerechtigkeit erfahren. Und ganz ehrlich, ich kann ihn sogar verstehen.«

»Laut der Gästeliste ist er seit letztem Freitag in der Pension. Also genau eine Woche.«

Hauke ging zu Peters Schreibtisch, an dem Philip saß und sich die Listen ansah, die sie aus der Pension mitgenommen hatten. »Und ich habe mich mit dem Kerl auch noch unterhalten. Small Talk über die Katzen. Diesen Typen hätte ich sofort durchschauen müssen.«

»Einen besseren Ort als die Gastwirtschaft gibt es nicht, um Kophusen kennenzulernen. Sie ist das Herzstück. Da gehen fast alle ein und aus. Der Alkohol lockert die Zunge. Man kommt leicht ins Gespräch. Wenn man es geschickt anstellt, erfährt man sämtliche Klatschgeschichten.«

»Ja, und kriegt dazu noch meinen Hausschlüssel.«

»Auch den.«

»Meine Mutter ist genau die richtige Plaudertasche dafür. Die hat ihm mit Sicherheit von meinem Opa erzählt. Und dann der Stammtisch. Der besteht aus trinkfreudigen Männern, die alle weit über siebzig sind. Die haben hier schon gelebt, seitdem ich denken kann. Und wenn die ordentlich getankt haben, quatschen die viel über die alten Zeiten.«

»Seinen Wohnort hat er mit Dresden angegeben, aber unter der Adresse ist er laut Melderegister nicht zu finden«, sagte Philip.

»Das ist sicher nicht sein richtiger Name. So blöd wird der nicht sein.«

»Wenn er seit einer Woche in der Pension ist, warum schlägt er erst jetzt zu? Schon bevor er nach Kophusen kam, muss er doch gewusst haben, dass die Neumann sich hier verschanzt hat.«

»Womöglich hat er die Zeit zur Planung benötigt.«

»Und wie passt Doris Stegner ins Bild?«, fragte Philip.

»Seine Komplizin«, schlug Hauke vor. »Ich verwette meinen Arsch darauf, dass die beiden zur gleichen Zeit im *Haus Elbdeich* waren wie das tote Mädchen. Vielleicht hatten sie sich angefreundet. In so einer üblen Umgebung kann man einen Freund gut gebrauchen, da bilden sich Allianzen, die überlebenswichtig sein können.«

»Den Notruf setzte die Neumann am Sonntag ab. Zwei Tage nach Kramers Eintreffen. Hat er ihr vielleicht einen Besuch abgestattet?«, überlegte Philip.

»Und geht dann wieder seelenruhig in die Pension zurück? Das kann ich mir nicht vorstellen.« Hauke schüttelte den Kopf und nahm einen großen Schluck Kaffee.

»Könnte Doris Stegner bei der Neumann geblieben sein?«

»Du meinst, am Sonntag sind die beiden zusammen bei der Neumann eingedrungen. Der Alten gelingt es, die Polizei zu rufen, am Ende wird sie aber doch überwältigt und gezwungen, uns wegzuschicken?«

Philip nickte. »Ja, und die Stegner bleibt vor Ort.«

»Das würde erklären, warum Kramer allein in der Pension war. Das Ehepaar, Marie und Clemens Schütte, die auf Rosis Gästeliste stehen, passen vom Alter nicht. Zu jung. Es sei denn, die nächste Generation hat irgendwie von Ursula Neumanns Methoden Wind bekommen und übernimmt Selbstjustiz.«

»Das ist ein bisschen weit hergeholt.«

»Stimmt. Was ist mit dieser jungen Frau in dem Kostüm, die auch beim Frühstück saß?«, fragte Hauke.

»Das muss Vera Knauser gewesen sein. Laut Liste ist sie heute Morgen abgereist. Sie ist auch zu jung. Kannst du

dich an irgendetwas erinnern? Hat Kramer eine Andeutung gemacht?«

»Ich tue seit Stunden nichts anderes, als diese Scheiß-
gespräche in Gedanken durchzugehen. Aber nichts. Der
war total harmlos.« Hauke nahm einen Schluck aus
dem Becher. »Ruf endlich an, du Mistkerl.« Nervös
starrte Hauke auf das Handy. Zu seiner Beruhigung rief
er seine Mutter an und ließ sich versichern, dass es ihnen gut ging. Er versprach, ihnen später ein paar Sachen
vorbeizubringen, und beendete das Gespräch.

»Wenn Kramer es auf sie abgesehen gehabt hätte, dann
säßen sie jetzt nicht wohlbehalten in meinem Haus«,
versuchte Philip ihn zu beruhigen.

»Ja. Das ist mir klar. Man darf sich ja wohl mal Sorgen
machen. Wir können doch jetzt nicht hier rumsitzen
und warten, bis dieser Kerl anruft. Wann melden sich
die Kollegen wegen der Nummer?«

»Das kann dauern. Die Anfrage bei der Telefongesellschaft läuft. Die Nummer stammt sicher von einer Pre-
paidkarte.«

»Ja, aber das geht nicht mehr anonym. Man muss sich
ausweisen.«

»Es sei denn, man bekommt sie illegal.«

»Glaubst du, der Typ hat solche Kontakte?«

Philip zuckte mit den Schultern. Sie schwiegen einen
Augenblick. Die Anspannung hatte Haukes gesamten
Körper erfasst. Sein Kopf schmerzte. Der viele Kaffee
machte es nicht besser. Philip hatte recht, seine Mutter
und seine Schwester schienen aus dem Schneider zu
sein. Wenn der Typ das gewollt hätte, hätte er den beiden
längst etwas angetan. Offenbar ging es ihm um die Aufmerksamkeit der Polizei. Und die hatte er allerspätestens

jetzt. Natürlich konnte Hauke verstehen, warum dieser Kramer es getan hatte, aber das machte es am Ende nicht besser. Weder er noch seine Familie konnten etwas für den Kinderknast. Am ehesten hätte sein Großvater etwas unternehmen können. Hauke vermutete, dass er es zumindest geahnt haben musste. Warum hatte er sonst so plötzlich hingeworfen? In einer Zeit, in der die Jobs sicher nicht auf der Straße lagen. Erst recht nicht in einem Ort wie Kophusen. Wenn man nicht gerade Landwirt war.

»Warum ist von Stubben senior bisher davongekommen?«, fragte sein Chef in die Stille hinein und unterbrach Haukes Gedanken.

»Der Alte ist im Heim, da kann man nicht einfach so reinspazieren und jemanden kidnappen. Außerdem soll der die Kohle locker machen.«

»Der kommt dort an kein Geld mehr. Deswegen der Sohn. Aber vielleicht verbindet unseren Täter mit der Neumann etwas, von dem wir noch nichts ahnen.«

»Was soll das bitte sein?«

Philip zuckte mit den Schultern.

»Ich kann hier nicht tatenlos rumstehen. Warum meldet der sich nicht?«

»Wo könnte Kramer sein?«, fragte Philip.

»Keinen blassen Schimmer.«

Peters Wagen fuhr vor. Hauke hastete zur Tür und riss sie auf. »Und? Konntest du aus dem Jungen etwas rauskriegen?«

Peter nickte, während er die Stufen zur Polizeistation hochstieg.

»Ihr werdet es nicht glauben: Der Junge war ein Spion.«

»Was?«, rief Hauke und schloss die Tür hinter seinem Kollegen.

»Ja.« Peter blieb am Tresen stehen und erstattete Bericht. »Am Dienstag ist Julius tatsächlich im Bus eingeschlafen und durch Kophusen geirrt. Erinnert ihr euch, dass ihr erwähnt habt, er sei irgendwie verwirrt gewesen?«

Hauke nickte.

»Kein Wunder. Der Junge hat auf der Suche nach einem Telefon unseren Täter auf frischer Tat ertappt.«

»Ach was!«, entfuhr es Hauke.

»Als der Junge an dem Brunnen vorbeikam, bemerkte er einen Mann, der sich an dem Wasserhahn zu schaffen machte. Dem Jungen war es merkwürdig erschienen, doch es war seine einzige Chance weit und breit, um seine Eltern anzurufen. Also sprach er den Mann an und bat ihn, sein Handy benutzen zu dürfen. Der Fremde sei sehr freundlich gewesen. Allerdings habe er behauptet, kein Telefon dabeizuhaben. Dann haben sie sich ein bisschen unterhalten, bis der Mann Julius fragte, ob er sich nicht zweihundert Euro verdienen wolle. Seine einzige Aufgabe bestünde darin, jeden Tag zum Brunnen zu fahren und in Erfahrung zu bringen, ob die Polizei vor Ort gewesen sei. Wenn ja, sollte er eine Festnetznummer anrufen und eine Nachricht auf dem Anrufbeantworter hinterlassen. Und jetzt ratet mal, welche Nummer das war?«, schloss Peter seinen Bericht.

»Ursula Neumanns Festnetzanschluss?«, riet Philip.

»Stimmt genau.«

»Das Beste kommt noch«, sagte Peter. »Julius war so erpicht auf die zweihundert Euro, dass er heute die Schule geschwänzt hat und sich in Kophusen herumtrieb.

Seine Eltern haben ihm nach dem Vorfall im Bus ein Handy gekauft. Er hat euch am Vormittag dabei beobachtet, wie ihr den Brunnen inspiziert habt. Daraufhin hat er von seinem neuen Handy aus die Festnetznummer angerufen und eine Nachricht hinterlassen.«

»Aber im Haus der Neumann ist doch niemand mehr«, wandte Hauke ein.

»Wahrscheinlich kann Kramer die Nachrichten auch von unterwegs abhören«, mutmaßte Philip.

»Und es erklärt, warum Malte Damm zum richtigen Zeitpunkt angerufen worden ist«, fügte Philip hinzu.

»Cleveres Kerlchen. Und Julius?«, fragte Hauke. »Warum war der noch da?«

»Der Junge hat gehofft, der Mann würde auftauchen und ihm das versprochene Geld geben«, erklärte Peter.

»So ein Pech«, kommentierte Hauke. »Auf jeden Fall spricht das für unsere Theorie, dass Doris Stegner als Komplizin mit an Bord ist. Am Dienstag, als der Junge David Kramer am Brunnen entdeckte, konnte diese nicht wissen, dass sie am Donnerstag türmen müssen. Das war bestimmt anders geplant. Stegner sollte auf die Neumann in deren Haus aufpassen. Hundertpro.«

»Lohnt es sich, das Haus zu observieren?«, fragte Peter.

»Zu spät. Die kommen nicht zurück«, warf Philip ein.

Hauke war nach einer Zigarette zumute, doch er beherrschte sich und steckte sie zurück in die Packung. »In Zukunft rede ich bei Rosi jedenfalls nicht mehr über die Arbeit. Wenn da jetzt schon Kriminelle herumlungern und uns belauschen. Wir müssen die beiden finden, bevor noch jemand zu Schaden kommt. Wer weiß, gegen wen sich ihr Rachefeldzug noch richtet. Nicht, dass die halb Kophusen in Geiselhaft nehmen, weil die damals alle die Augen geschlossen und nichts gegen die Zustände in dem Heim unternommen haben.«

»Kramer wird seiner Forderung Nachdruck verleihen wollen. Er sucht die Öffentlichkeit. Wo könnte er die jetzt am besten finden?«, fragte Philip.

»Was ist mit dem damaligen Tatort?«, schlug Hauke vor.

»Das wäre in jedem Fall logisch. Aber das Altenheim ist voller Menschen. Was könnte er dort wollen?«, fragte Peter.

»Geiseln. Mehr Aufmerksamkeit kann er nicht bekommen«, erwiderte Philip.

»Verdammte Scheiße! Ich brauche eine Zigarette«, sagte Hauke und griff erneut nach der Packung.

»O Gott, die armen alten Leutchen. Wir müssen das verhindern«, rief Peter.

»Dann fahren wir jetzt sofort hin und sehen nach, ob der Kerl da ist. Hier rumsitzen macht mich wahnsinnig.« Hauke ging zur Tür und trat ins Freie. Er zündete sich eine Zigarette an. Dann schickte er ein kurzes Dankgebet gen Himmel, dass seine Mutter und seine Schwester diesen Mist heil überstanden hatten. Wenn Kramer ihnen etwas Schlimmeres angetan hätte, er hätte nicht gewusst, wozu er fähig gewesen wäre.

Philip kam aus der Tür, dicht gefolgt von Peter, der die Tür zur Station abschloss.

»Kommst du mit?«, fragte Hauke seinen Kollegen verdutzt.

»Wenn das stimmt, können wir jeden Mann gebrauchen. Nimm mein Auto, das ist nicht so auffällig wie der Streifenwagen.« Peter warf Hauke den Autoschlüssel zu. »Ich bin zu nervös, um zu fahren.«

Die beiden stiegen in den Kombi. Hauke trat schnell den Stummel aus. Er musste an die betagten Heimbewohner denken. Wenn sich ihr Verdacht bestätigte, waren die alle in Lebensgefahr. Manche starben vermutlich schon bei der bloßen Ankündigung einer Geiselnahme an Herzversagen. »Hast du Kramers Handy?«

Philip nickte. »Gib Gas, vielleicht kommen wir ihm zuvor.«

27

Während der Fahrt schwiegen die drei Beamten. Sie hatten die Kollegen aus Itzehoe informiert und um eine Streife gebeten. Die Verstärkung würde allerdings einige Zeit brauchen. Auf der A23 hatte es einen schweren Verkehrsunfall gegeben.

Goldberg hielt das Mobiltelefon in der Hand. Wenn es doch nur endlich klingeln würde! Sie hatten keine Ahnung, wann Kramer sich melden würde und was er in der Zwischenzeit plante. Das ehemalige Kinderkurheim erschien ihnen am plausibelsten für Kramers nächsten Auftritt. Dort hatte alles begonnen und dort würde es enden. Goldberg hoffte auf eine unblutige Lösung.

Vermutlich war Ursula Neumann noch am Leben. Den Verlust von zwei Fingern konnte man verschmerzen. Kramer oder Doris Stegner mussten medizinische Kenntnisse haben, um so eine Wunde zu versorgen, ohne dass sie sich entzündete. Das erklärte den Koffer, den sie unter dem Bett gefunden hatten.

Hauke stellte den Wagen auf dem Parkplatz des Altenheims ab. Es war kurz nach fünf. Keiner von ihnen machte Anstalten auszusteigen. Goldberg blickte auf das schweigende Mobiltelefon.

»Sollten wir nicht lieber im Heim anrufen?«, fragte Peter leise, als würde jedes Wort die angespannte Stille stören.

»Und den Psychopathen vorwarnen? Nie im Leben.« Hauke blickte starr geradeaus. Die Hände hielten das Lenkrad umklammert.

»Wir könnten unauffällig fragen, ob sie Besuch haben«, versuchte Peter es erneut.

»Und was machst du, wenn Kramer das Telefon abnimmt?«, fragte Hauke.

Peter verstummte, daran hatte er offenbar nicht gedacht.

»Von hier sieht alles ruhig aus«, kommentierte Hauke.

»Können wir durch den Keller unbemerkt rein?«, fragte Goldberg einem plötzlichen Einfall folgend.

»So war das damals jedenfalls. Es sei denn, sie haben die Fenster inzwischen verriegelt.«

»Und wenn der Mann gar nicht da ist, sondern woanders?«, fragte Peter vorsichtig.

»Dann haben wir uns eben geirrt«, bemerkte Hauke.

»Aber das ist doch eher ein Einsatz für das SEK. Wir können da nicht einfach einsteigen und einen vermeintlich psychisch kranken Mann stellen«, wandte Peter ein.

»Da stimme ich meinem Kollegen ausnahmsweise mal zu, Philip. Für so etwas sind wir nicht im Ansatz ausgebildet. Und du auch nicht, oder gibt es da noch etwas, das wir nicht über dich wissen?«

Goldberg ignorierte die Spitze. »Wir schauen uns ja auch erst einmal unauffällig um.«

»Ach so. Das ändert natürlich alles. Ein Superplan.« Hauke schenkte dem Kommissar einen seiner missbilligenden Blicke. »Und was machen wir bitte schön, wenn wir mitten in seine Geiselnahme platzen? Zu dritt? Völlig unkoordiniert?«

»Hauke, ich bin ganz deiner Meinung. Das ist eine Sache für die Profis«, stimmte Peter ihm zu.

Goldberg verstand die Einwände der Kollegen. Falls es schiefgehen würde, würde ihn das sicher wieder auf die interne Abschussliste befördern. Auch wenn er nicht besonders erpicht darauf war, hatte er das dringende Bedürfnis, etwas zu unternehmen, und zwar bevor die Sache eskalierte. Er war davon überzeugt, dass Kramer sich melden würde, sobald er die Situation unter seine Kontrolle gebracht hatte. Wie er das anstellen würde, darüber konnte er nur mutmaßen. Sie wussten nichts von diesem Mann. Weder über seinen beruflichen Hintergrund noch seine möglichen Vorlieben. Außerdem war Kramer bewaffnet, wie sie von Bärbel und Rosi erfahren hatten.

»Ich hätte gern einen Plan«, gab Hauke zu bedenken. »Was machen wir, wenn wir reinkommen? Der wird sicher nicht gerade entspannt auf dem Klo sitzen. Falls der wirklich Geiseln unter den Heimbewohnern nehmen will, dann ist da drinnen die Hölle los.«

»So eine unübersichtliche Lage können wir zu dritt gar nicht bewältigen. Was ist, wenn er sich von uns bedroht fühlt und die Nerven verliert? Willst du verantwortlich für den Tod der armen alten Menschen sein?«, fragte Peter.

Natürlich wollte er das nicht. Genau das galt es ja mit seinem zugegebenermaßen riskanten und unvernünftigen Einsatz zu verhindern.

»Was haltet ihr davon, wenn wir uns auf zwei Wegen Zutritt verschaffen?«, fragte Goldberg.

»Was?«

»Wie?«

»Ihr beide geht unter einem Vorwand durch den Haupteingang, ganz harmlos, und sorgt damit für die nötige Ablenkung. Ich steige währenddessen durch ein Kellerfenster ein und schaue mich um.«

Hauke starrte ihn ungläubig durch den Rückspiegel an. »Das ist die dümmste Idee, die du je hattest.«

»So schlecht finde ich die gar nicht«, widersprach Peter.

»Wie bitte? Und was ist, wenn wir ihn aufschrecken und er in Panik gerät?«

»Ja, dann haben wir natürlich Pech gehabt«, wandte Peter ein.

»Das erzählst du dann den Angehörigen der Leutchen da drinnen.«

»Ein Restrisiko bleibt immer«, erklärte Goldberg, der sich nicht länger mit unnützen Diskussionen aufhalten wollte. Er klopfte den beiden Männern auf die Schulter. »Ich mache das auch allein, wenn es euch zu heikel ist.«

»So weit kommt es noch, dass du da alleine reinmarschierst. Ich werde dir den Arsch retten müssen. Wie immer«, prophezeite Hauke.

»Fällt es nicht auf, dass wir nicht mit dem Streifenwagen da sind? Das war dann doch keine gute Idee«, wandte Peter ein.

»Nun ist es zu spät«, kommentierte Goldberg. »Ich warte hier, bis ihr reingegangen seid, und dann schleiche ich zum Fenster.«

»Geh hinten herum. Wenn er mitkriegt, dass wir da sind, wird er vielleicht nach vorne in die Nähe der Rezeption kommen«, sagte Peter.

Goldberg nickte.

»Mann, mit euch beiden kriege ich noch einen Herzinfarkt«, flüsterte Hauke.

»Du wolltest doch etwas mehr Aufregung«, meinte Peter.

»Ja, aber nicht auf die Art.«

»Schluss jetzt. Auf geht's. Viel Glück.«

Die beiden Beamten strafften sich und stiegen aus. Goldbergs Blick folgte ihnen über den Kiesweg in Richtung Haupteingang. Das Telefon lag immer noch in seiner Hand und hatte keinen Mucks von sich gegeben. Offenbar war Kramer noch nicht so weit. Das konnte ihre Chance sein.

Der Kommissar wartete fünf Minuten, dann stieg auch er aus. Das Gelände war leer. Statt denselben Weg zu wählen, schlug er die entgegengesetzte Richtung ein. Er drückte sich dicht an die Hauswand. Unterhalb der Fenster duckte er sich. An der Rückseite des Hauses angekommen, ging er in die Hocke. Das Glück war mit ihm. Die Kellerfenster waren nicht vergittert worden. Marcus Weber hatte unter seiner Leitung die Kellerräume zu einer Ambulanz ausbauen lassen. Dieses Vorhaben schienen die neuen Eigentümer auf Eis gelegt zu haben. Goldberg blickte auf diverse Kartons und ausrangierte Möbel. Er sah sich um. Niemand schien ihn zu beobachten. Dann stieß er mit dem Ellenbogen ein Loch in die Scheibe. Die Kartons dämpften das Geräusch der fallenden Scherben. Vorsichtig legte er den Rahmen frei, sodass er unbeschadet hineinschlüpfen konnte. Zur Sicherheit kontrollierte er die Mobiltelefone. Beide schwiegen.

Goldberg kannte sich im Souterrain aus. Bis auf das Gerümpel hatte sich nichts verändert. Leise öffnete er die Tür und spähte auf den Gang hinaus. Es war still. Am Ende gab es eine Holztreppe, die ins Erdgeschoss führte. Er vergewisserte sich, dass niemand da war, und trat leise aus der Tür. Gut möglich, dass Kramer sich hier unten versteckt hielt. Unter keinen Umständen durfte er frühzeitig entdeckt werden. Das würde nicht nur die Bewohner, sondern auch seine Kollegen in Gefahr bringen. Fast geräuschlos bewegte er sich den kahlen Gang entlang. Goldberg drückte jede einzelne Klinke vorsichtig herunter. Sämtliche Türen waren verschlossen.

An den Stufen angekommen, lauschte er erneut. Ein leises Gemurmel drang zu ihm hinunter. Gezielt setzte er seine Schritte an den Rand der Treppe. Er erinnerte sich an das fürchterliche Knarren der Holzstufen. Hoffentlich war die Tür nicht verschlossen, dachte er. Sie aufbrechen zu müssen, würde seinen Plan zunichtemachen.

Als er die oberste Stufe erreicht hatte, drückte er sein Ohr an die Holztür. Es waren Schritte zu hören. Plötzlich vibrierte ein Telefon in seiner Tasche. Hastig fischte er das Gerät aus der Innentasche seines Sakkos. Es war sein eigenes. Die Nachricht war von Peter. Sie warteten in der Lobby auf die Pflegeleitung. Bisher hatten sie nichts Verdächtiges gesehen. Goldberg tippte eine kurze Antwort und sendete sie. Zur Sicherheit warf er einen Blick auf das zweite Handy. Noch immer kein Zeichen von ihrem Täter.

Goldberg drückte die Klinke herunter. Die Tür war unverschlossen. Beinahe hätte er seiner Erleichterung geräuschvoll Luft gemacht, doch er verbot es sich gerade noch rechtzeitig. Durch den winzigen Spalt sah er auf den breiten Flur. Alles schien ruhig zu sein. Keine Anzeichen einer Geiselnahme. Goldberg wartete, bis die

Schritte und Stimmen verstummt waren, und drückte langsam die Tür auf. Der Flur war leer. Hastig schlüpfte er durch den Spalt und schloss die Kellertür hinter sich. Rechts führte die breite Treppe ins Obergeschoss. Geradeaus gelangte man zum Speisesaal. Am anderen Ende des Ganges waren der Eingang und die Lobby. Von dort aus kam man in den großen Wintergarten. In Sekundenschnelle entschied sich der Kommissar für das Obergeschoss. Unbemerkt erklomm er die Stufen.

Die erste Tür führte zu einem Abstellraum, in dem damals die Sachen von Henriette Stein eingelagert worden waren. Auch daran hatten die neuen Besitzer nichts geändert. Rasch verschanzte er sich in der schmalen Kammer. Goldbergs Atem ging schnell. Ein paar tiefe Atemzüge beruhigten ihn wieder. Dann überlegte er, was er als Nächstes tun sollte. Im Grunde brauchte er sich nicht zu verstecken. Das Heim war kein Gefängnis. Bewohner und Besucher konnten sich frei bewegen. Dennoch wollte er kein Risiko eingehen und Kramer unversehens über den Weg laufen. Sein Bauchgefühl sagte ihm, dass der Mann hier irgendwo war, um sich auf seinen großen Auftritt vorzubereiten. Möglicherweise hatte er sich in einem der Zimmer verschanzt. Goldberg ging davon aus, dass er derjenige war, der die Kreuze im Park aufgestellt hatte. Wahrscheinlich hatte er die Zeit in Kophusen genutzt, um das Gebäude zu beobachten. Möglicherweise hatte er sich heimlich das Vertrauen eines Bewohners erschlichen, um an Informationen zu kommen. Viele ältere Menschen waren froh über ein bisschen Gesellschaft. Er musste an Astrid Maier denken, die Frau, die den ganzen Tag am Fenster zubrachte. Ihr Zimmer befand sich in der Mitte des Ganges. Vielleicht hatte sie etwas bemerkt?

Goldberg verließ den Abstellraum und eilte geradewegs auf das Zimmer der alten Dame zu. Er klopfte. Als niemand antwortete, öffnete er die Tür. Astrid Maier saß wie gewohnt auf ihrem Stuhl am Fenster. Allerdings waren ihre Handgelenke hinter ihrem Rücken zusammengebunden. Im Mund der alten Frau steckte ein dickes Tuch. Ihr ängstlicher Blick schlug ihm direkt auf den Magen. Er sah ihre Erleichterung in den Augen, als er näher kam. Doch Astrid Maier war nicht allein. Auf dem Bett rechts an der Wand entdeckte er eine weitere Frau. Goldberg erkannte sie sofort. Mit zwei großen Schritten erreichte er Frau Maier und befreite sie von dem Knebel.

»Gott sei Dank, Herr Goldberg. Sie schickt der Himmel.«

»Was ist passiert?«

»Ich glaube, es ist der Mann aus dem Park. Er kam plötzlich hier rein und hat mich regelrecht überfallen. Sie sind …«

Ihre Worte brachen mitten im Satz ab. Goldberg hörte, wie sich die Tür hinter ihm öffnete. Astrid Maier starrte ihn mit zusammengebissenen Lippen an.

»Wer sind Sie?«, fragte eine Stimme.

Für den Bruchteil einer Sekunde war Goldberg überrascht, eine weibliche Stimme zu vernehmen. Offenbar war es nicht Kramer. Er drehte sich um. Die Frau, die durch die Tür getreten war, sah ihn erstaunt an. Das Glas Wasser in ihrer Hand zitterte.

»Was tun Sie da?«, fragte die Frau.

»Mein Name ist Goldberg, Philip Goldberg.« Er versuchte, Zeit zu gewinnen. »Ich bin der Neffe von Frau Maier.« Für den Moment fand er es klüger, seine wahre Identität zu verschweigen.

»Oh.«

»Darf ich fragen, wer Sie sind und was Sie im Zimmer meiner Tante machen?«

Sie suchte sichtlich nach Worten. Statt zu antworten, trat sie ans Bett, auf dem Ursula Neumann lag. Dem Anschein nach mehr tot als lebendig. Sie ergriff die gesunde Hand, die nicht mit weißem Mull verbunden war.

»Wir sind zu Besuch.«

Goldberg war irritiert. Die Frau schien sich über den gewaltsamen Akt, der sich hier abgespielt hatte, nicht im Klaren zu sein. Es war eine absurde Situation. Er blickte zurück auf seine angebliche Tante und gab ihr ein Zeichen, das sie mit einem kurzen Nicken erwiderte.

»Wer sind Sie?«, wiederholte er.

Die Frau, die Goldberg für Doris Stegner hielt, zögerte. Der Kommissar sah, wie sie die gesunde Hand von Ursula Neumann drückte, bis ihre Knöchel weiß wurden. Immerhin hatte die alte Frau es überlebt, aber sie schien kaum ansprechbar zu sein. Ein leises Stöhnen kam über ihre Lippen. Sie brauchte einen Notarzt. Aber wo war Kramer? Hatte er die beiden Frauen hier geparkt und war im Haus unterwegs?

»Wer sind Sie?«, wiederholte Goldberg.

»Ich bin Doris Stegner«, erwiderte die Frau, während sie zärtlich über die Wange der Neumann strich.

Also hatte er richtiggelegen. »Und was tun Sie hier?«, fragte er, bemüht, nicht den Kontakt zu ihr zu verlieren. Die Frau schien wie in Trance.

»Ich kümmere mich um sie.« Ein Lächeln huschte über ihr faltiges Gesicht.

Das »hässliche Entlein«, erinnerte sich Goldberg an von Stubbens Bemerkung, die Peter wortwörtlich wiedergegeben hatte, weil er die Formulierung so unerträglich gefunden hatte. Er versuchte, sich den verstörenden Anblick der beiden Frauen zu erklären. Warum kümmerte sich Doris Stegner so liebevoll um Ursula Neumann? Hatten sie eine besondere Beziehung? Die grauen Haare zu einem strengen Zopf gebunden, sah sie fast so alt wie die Neumann aus. Die Zeit hatte es nicht gut mit ihr gemeint. Wie konnte die Stegner für eine Frau, die mutmaßlich ihre Freundin auf dem Gewissen hatte, solche Gefühle entwickeln? Oder waren sie die ganze Zeit auf dem Holzweg gewesen?

»Sind Sie allein?«, fragte Goldberg.

Die Stegner sah auf und presste den Zeigefinger gegen ihre Lippen. »Pst.«

Der Kommissar blickte in ihre geweiteten Pupillen. Stand sie unter Drogen? Was hatte das alles zu bedeuten? »Verstecken Sie sich vor jemandem?«, flüsterte er.

Sie antwortete nicht. Stattdessen sah sie zurück zur Neumann. So kam er nicht weiter.

»Was ist mit Ursula Neumann passiert?«, fragte er vorsichtig.

Jetzt veränderte sich ihr Gesicht. Sie wurde wütend. Goldberg musste aufpassen.

»Er war es. Er hat sie mir weggenommen. Dabei waren wir so glücklich zusammen. Tante Ursel und ich. In ihrem Haus.«

Allmählich dämmerte Goldberg, was geschehen sein musste.

»Du hast auf Tante Ursel aufgepasst?«, fragte er. Instinktiv sprach Goldberg mit ihr wie mit einem Kind. Ihr Lächeln kam zurück. »Ja, sie hat mich gleich erkannt. Sie hat sich um mich gekümmert. Einfach so.«

»Das war sehr großzügig von ihr.«

Doris nickte.

»Du liebst sie sehr, oder?«

Wieder nickte sie. »Eigentlich hatte ich sie zur Rede stellen wollen, aber sie war so nett zu mir. Wie früher. Sie sagte, ich sei die Tochter, die sie nie hatte.« Doris Stegner ließ die Frau auf dem Bett nicht aus den Augen. Zärtlich strich sie ihr eine Strähne aus dem Gesicht. »Raus durfte ich nicht. Außer in den Garten. Aber erst abends, wenn es dunkel war. Das war besonders schön. Ich habe mich auf die Liege gelegt und in den Sternenhimmel geschaut, während Tante Ursel auf dem Stuhl saß und rauchte.«

Goldberg glaubte, nun das Ausmaß dessen, was sich in dem Haus der ehemaligen Heimleiterin abgespielt haben musste, zu erkennen. Ursula Neumann hatte sie geschickt manipuliert. Sie hatte Doris nicht etwa liebevoll umsorgt, sie hatte die Frau eingesperrt. Sie hatte den Spieß einfach umgedreht, aus der Bewacherin eine Gefangene gemacht und auf eine wahnhafte Art Mutter und Kind mit ihr gespielt. Die zwei Frauen fühlten sich auf krankhafte Weise miteinander verbunden. Kramer musste irgendwie dahintergekommen sein. Waren die beiden Finger eine doppelte Bestrafung? Einer für das Jetzt und einer für das Vergangene?

Goldberg hörte Schritte. Doris riss den Kopf herum. Ihre Augen weiteten sich. Abrupt drehte sie sich zu Ursula Neumann zurück.

»Ich passe auf dich auf. Keine Angst, er wird dir nichts tun.«

Noch bevor Goldberg einen Entschluss fassen konnte, ging die Zimmertür erneut auf. Scheiße, dachte der Kommissar. Das hatte er sich anders vorgestellt.

28

Hauke hatte ein mächtiges Déjà-vu und dazu noch ein richtig mieses Gefühl in der Magengegend. Philip hatte den Einstieg in den Keller geschafft. Was sein Chef jetzt vorhatte, war ihm nicht klar. Wahrscheinlich wollte er rambomäßig die drohende Geiselnahme im Alleingang vereiteln. Wenn sie es denn überhaupt mit einer Geiselnahme zu tun hatten. Am Empfangstresen und in der Lobby hatte alles ganz friedlich ausgesehen. Vielleicht lagen sie völlig daneben. Die Frau am Empfang hatte sie in den Nebenraum gelotst und sie gebeten zu warten. Peter saß ihm schräg gegenüber, wie er auf einem harten, unbequemen Stuhl. Die komfortablen Sessel von damals gab es nicht mehr und zu seinem großen Bedauern auch keine Kekse.

»Und jetzt?«, raunte Hauke seinem Kollegen zu.

»Nun warten wir erst mal auf die Pflegeleitung.«

»Warum meldet der sich nicht auf diesem Scheißhandy?«

»Das wird er.«

In dem Moment öffneten sich die schweren Flügeltüren und eine Frau trat ein. Über der weißen Hose trug sie eines dieser typischen blauen Kurzarmshirts, das Hauke aus Kliniken kannte. Ihr Haar war zu einem strengen Pferdeschwanz zusammengebunden. Sie schien gestresst. Ein Namensschildchen wies sie als »Angelika Klüsing, Pflegeleitung« aus.

»Guten Tag, die Herren, was kann ich für Sie tun?«

Die Beamten erhoben sich gleichzeitig.

»Wir, äh, kommen in einer etwas heiklen Angelegenheit«, erklärte Peter.

»Geht es um die Kreuze?«, fragte sie.

Peter nickte. »Ja, gewissermaßen. Wir haben Grund zu der Annahme, dass möglicherweise ein Verbrechen geplant wird.«

Noch ungenauer konnte sein Kollege sich nicht ausdrücken, fand Hauke. Er musste sich zusammennehmen, nicht gleich herauszuposaunen, was wirklich Sache war.

»Was für ein Verbrechen denn?«, fragte sie zu Recht.

Peter blickte Hilfe suchend zu ihm. Hauke übernahm.

»Frau Klüsing, wir sind hier, weil wir glauben, dass sich jemand in diesem Heim aufhalten könnte, der hier nichts zu suchen hat. Ist Ihnen oder Ihren Kollegen heute etwas Ungewöhnliches aufgefallen?«

Sie runzelte die Stirn. »Ja, jetzt, wo Sie es erwähnen. Vor ein oder zwei Stunden kam ein Mann in Begleitung von zwei Frauen. Eine davon in einem Rollstuhl. Sie schienen sich auszukennen und wollten den Fahrstuhl nach oben nehmen. Als ich sie fragte, zu wem sie wollten, sagte der Mann, zu Frau Maier. Das ist ungewöhnlich, sie bekommt nur selten Besuch.«

Bingo, dachte Hauke und warf Peter einen kurzen Blick zu.

»Frau Maier kommt kaum aus ihrem Zimmer, sie leidet unter fortgeschrittener Arthrose.«

Hauke erinnerte sich, dass Philip mit der Frau gesprochen hatte, die ständig am Fenster hing und einen Fremden im Park gesehen hatte.

»Wissen Sie, wer das war?«, fragte er.

»Die Frau im Rollstuhl schien sehr alt und gebrechlich zu sein. Der Mann gab an, sie sei eine Cousine, die Frau Maier noch einmal sehen möchte. Ihre Hände steckten in einem Muff. Das hat mich gewundert, bei der Jahreszeit. Aber viele alte Leute frieren ja ständig.«

Die beiden Männer sahen sich an. Vielleicht lebte die alte Neumann doch noch, schoss es Hauke durch den Kopf. Irgendwie mussten sie die fehlenden Finger kaschieren.

»Und die anderen beiden?«, erkundigte sich Peter, den eine sichtbare Unruhe gepackt hatte.

»Was soll ich sagen, die waren beide nicht mehr die Jüngsten. Die andere Frau sah etwas, nun ja, heruntergekommen aus. Sie trug eine riesige Sonnenbrille. Aber der Mann machte auf mich einen sympathischen Eindruck.«

»Haben Sie Frau Maier seitdem gesehen?«, fragte Hauke.

Sie schüttelte den Kopf. Die Frage beunruhigte sie sichtlich. »Hätte ich das tun sollen? Sie schienen den Weg zu kennen, ich dachte, Frau Maier wisse Bescheid, deshalb bin ich nicht mit hochgegangen. Glauben Sie, ihr ist etwas passiert?«

»Wir sind hier und kümmern uns darum. Sie haben alles richtig gemacht«, versuchte Peter der aufkeimenden Unruhe zuvorzukommen. »Wir gehen jetzt rauf. Wenn die Kollegen eintreffen, schicken Sie sie bitte direkt zu Frau Maier. Wo ist das Zimmer?«

Bevor Frau Klüsing antworten konnte, gellte ein Schuss durchs Haus.

»Scheiße!«, rief Hauke. »Bringen Sie sofort die alten Leute hier raus. Alle.« Er trat auf den Gang hinaus.

»Das geht nicht so schnell.«

Peter und Frau Klüsing standen jetzt neben ihm. Einige Zimmertüren öffneten sich. Hauke sah in ängstliche Gesichter. Er packte die Pflegeleiterin an den Schultern.

»Hören Sie mir jetzt genau zu. Sie werden das Erdgeschoss räumen. Alle sollen in den Park gebracht werden. Mein Kollege und ich gehen nach oben. Niemand von ihnen nähert sich dem ersten Stock. Keiner benutzt den Fahrstuhl. Haben Sie mich verstanden?«

Sie brauchte den Bruchteil einer Sekunde. Dann sah sie ihm fest in die Augen. »Ich kümmere mich drum.«

Hauke löste seinen Griff, und die Frau peste los. Ihre Anweisungen hallten durch den Flur. Peter stand bereits am Treppenabsatz und wartete auf ihn. Gemeinsam zogen sie ihre Dienstwaffen und pirschten sich vorsichtig die Stufen hinauf. Einzelne Bewohner, die noch gut zu Fuß waren, kamen ihnen entgegen. Ihre fragenden Blicke ignorierten die Beamten und lenkten sie weiter ins Erdgeschoss. Wie viele hier oben waren, war unmöglich zu schätzen. Einige waren vielleicht sogar bettlägerig. Vermutlich standen sie jetzt Todesängste aus. Hauke hoffte, dass die angeforderte Streife bald eintreffen würde.

Oben angekommen, bot sich ihnen ein grauenhafter Anblick. Der Mann, der sich bei Rosi als David Kramer eingemietet hatte, stand in einer offenen Zimmertür. Einen Arm hatte er um Philips Hals gelegt. Das hatte ihr

Chef ja fein hinbekommen. In den Keller eingebrochen, um dann als Geisel zu enden. Chapeau!

»Macht keine Dummheiten«, rief Kramer mit der Waffe an Philips Schläfe. »Das nächste Mal schieße ich nicht vorbei.«

Eine Pflegerin presste sich mit erhobenen Armen an die Wand. Neben ihr ein alter Mann, gestützt auf einen Gehwagen und erstarrt vor Schreck.

»Ihr habt einen guten Riecher. Das hatte ich anders geplant.«

»Herr Kramer, seien Sie vernünftig. Verstärkung ist unterwegs, Sie haben keine Chance. Noch ist ja niemand zu Schaden gekommen.« Peters Versuch, ihn zum Aufgeben zu bewegen, schlug fehl.

»Das läuft jetzt folgendermaßen: Wir gehen alle zusammen nach unten. Sie«, damit sprach er die Pflegerin an, »holen die Leute aus den Zimmern. Wenn meine Forderungen erfüllt werden, geschieht niemandem etwas. Ihr Polizisten legt eure Waffen auf den Boden und schiebt sie zu mir herüber. Ganz langsam.«

Hauke unterdrückte ein wütendes Schnauben. Warum hatten sie sich nicht gegenüber Philip durchgesetzt? Dann steckten sie jetzt nicht in der Scheiße und sein Chef hätte keine Knarre am Kopf.

Peter gehorchte als Erster. Zähneknirschend folgte Hauke dem Beispiel seines Kollegen. Mit dem Fuß verpassten sie den Waffen einen leichten Stoß, sodass sie über den Holzboden glitten. Während die Pflegerin jede Zimmertür öffnete, tauchte im Türrahmen hinter Kramer eine Frau auf.

»Doris, heb die Waffen auf.«

Sie gehorchte.

»Doris Stegner, sind Sie das?«, fragte Peter erstaunt.

Sie drehte den Kopf und lächelte den Polizisten an. War die unter Drogen? Ihr Gesichtsausdruck passte so gar nicht zu den Waffen in ihrer Hand.

»Ja«, erwiderte sie, als wäre sie von einem anderen Stern.

»Was haben Sie vor?«, fragte Hauke, um den Mann in ein Gespräch zu verwickeln.

Kramer machte ein paar Schritte nach vorne. Die Beamten wichen instinktiv zurück. Doris blieb hinter Kramer.

»Wir gehen jetzt nach unten in den Wintergarten.« Kramer drehte den Kopf seitwärts, ohne die Beamten aus den Augen zu lassen. »Haben Sie alle?«, rief er zur Pflegerin gewandt.

Die Frau kam gerade aus dem letzten Zimmer, im Schlepptau eine Dame, die an Krücken ging. Insgesamt waren es fünf Menschen, die sie aus ihren Zimmern geholt hatte.

»Sie gehen vor, dann die beiden Polizisten. Doris, du behältst sie alle im Blick.«

»Was ist mit Ursula?«, fragte sie.

»Die bleibt oben.«

»Ich glaube, dass sie ins Krankenhaus muss. Wir können sie nicht einfach so liegen lassen.«

Die Neumann musste die Frau im Rollstuhl sein. Aber warum sorgte sich ausgerechnet die Stegner um ihre ehemalige Peinigerin? Das ergab alles keinen Sinn.

»Darum kümmern wir uns später.«

Kramers Ton war scharf geworden. Anscheinend waren sich die beiden nicht einig darüber, was aus der alten Dame werden sollte. Haukes Blick wanderte vom einen zum anderen. Ein ungleiches Gespann, dachte er. Wenn sie dieses Intermezzo beenden wollten, mussten sie sich offenbar an Doris halten, sie war eindeutig die Schwächere von beiden. Überhaupt wirkte sie auf den Polizisten zerbrechlich, fast schon labil.

»Nein, darum müssen wir uns jetzt kümmern. Sie braucht dich.« Die Stimme der Frau wurde schrill. »Sofort!«

»Beruhige dich, um Gottes willen. Was hat die Alte bloß aus dir gemacht? Zwei Wochen mit ihr allein und du bist ihr höriges Schoßhündchen geworden«, zischte er.

Kramer war wütend. Sein Blick huschte zu seiner Komplizin und wieder zurück. Er drohte die Kontrolle zu verlieren. Das war ihre Chance, dieser absurden Szenerie ein schnelles Ende zu bereiten.

»Sie hat recht«, sagte Hauke. »Vielleicht haben sich ihre Wunden entzündet. Eine Sepsis in dem Alter endet meistens tödlich.«

»Was weißt du schon davon.« Kramer spuckte die Wörter förmlich aus.

Hauke erkannte den freundlichen, etwas ältlich wirkenden Radtouristen nicht wieder. Wie konnte jemand zwei derartig unterschiedliche Gesichter haben? Die Augen des Mannes funkelten ihn böse an.

»Ich weiß genau, was du vorhast, aber du wirst Doris und mich nicht entzweien. Niemand kann das. Wir haben einen Pakt.«

»Ja, das haben wir«, erklärte Doris. »Das habe ich nicht vergessen, Kurt.«

Kramers Blick traf sie wie ein Schlag ins Gesicht. Sie senkte den Kopf. »Entschuldige, bitte.«

»Reiß dich zusammen und halte dich an unseren Plan.«
Er wandte sich um. »So, und jetzt gehen wir schön langsam alle miteinander nach unten.«

Philip hatte die ganze Zeit über nichts gesagt. Hauke war einerseits froh darüber, dass er kein riskantes Manöver versuchte, andererseits war er fast enttäuscht. Philip war gut darin, mit Menschen zu sprechen, und klug genug, ihre Chance zu erkennen. Vielleicht war etwas zwischen den beiden Männern vorgefallen, das ihn hatte verstummen lassen. Sein Chef ließ sich bereitwillig Richtung Treppe schieben.

»Vorwärts!«

Die Pflegerin kümmerte sich um ihre Schützlinge. Langsam tasteten sie sich die Stufen nach unten. Hauke konnte sehen, wie Kramer ungeduldig wurde. Er hatte irgendeinen Plan verfolgt, den sie mit ihrem Auftauchen durchkreuzt hatten. Die Verstärkung würde jedoch nicht eingreifen. Sie würden das Sondereinsatzkommando anfordern. Das würde alles eine halbe Ewigkeit dauern.

»Vielleicht ist ein Arzt anwesend, dem könnten wir Bescheid geben und der könnte sich um Frau Neumann kümmern«, schlug Hauke vor.

»Er ist selbst Arzt«, sagte Doris, die immer noch hinter Kurt stand. »Wir sollten einen Krankenwagen rufen. Sie muss in eine Klinik.«

»Meinetwegen, das machen wir später.«

»Danke, Ku… David. Wir können sie nicht einfach sich selbst überlassen. Sie braucht unsere Hilfe.«

»Du redest wie eine von ihnen. Hat die Alte dein Gehirn gewaschen? Du solltest nur Nachforschungen anstellen, und dann finde ich dich in ihrem Keller eingesperrt. Du hast komplett den Verstand verloren.«

Plötzlich schaltete sich Philip ein. »Haben Sie schon einmal von dem psychologischen Begriff des *Stockholm-Syndroms* gehört?«

»Halt die Klappe. Ich will das nicht hören. Doris?«

»Ja?«

»Führ die Bullen nach unten.«

Sie nickte. Widerwillig drehten sich Hauke und Peter um. Mit Kurt im Rücken fühlte er sich alles andere als wohl. Doris huschte an ihnen vorbei. Hauke sah, wie sie eine Hand auf die Schulter der Pflegerin legte und ihr etwas ins Ohr flüsterte.

Stockholm-Syndrom, wiederholte Hauke in Gedanken, während sie nach unten gingen. War das möglich? War Doris Stegner auf dem Weg der Rache gewissermaßen übergelaufen? Hatte sie sich mit ihrer einstigen Knastwärterin verbündet? Hatte Ursula sie in ihrem Keller gefangen gehalten? Wenn das stimmte, konnte Hauke Kurts Wut verstehen. Die Heimleiterin war erneut zur Täterin geworden, hatte die Drangsalierung ihres einstigen Schützlings einfach fortgesetzt. Und Doris ließ es nicht nur geschehen, sie genoss die Aufmerksamkeit der alten Frau sogar. Das war wirklich perfide, fand Hauke. Von Stubben hatte erzählt, dass Doris das Lieblingskind der Neumann gewesen war. Sie konnte damals erst sechs, höchstens acht Jahre alt gewesen sein. Aus was für einem Elternhaus sie wohl stammte? Womöglich hatte sie während ihres Aufenthalts im Kinderheim zum ersten Mal Zuneigung erfahren. Das prägte. Wie bösartig und hinterrücks von Ursula Neumann, dieses Mädchen erneut zu unterwerfen und sich auf diese kranke Art und Weise ihre Liebe zu erzwingen! Hauke spürte, wie sich sein Gesicht bei dem Gedanken zu einer angewiderten Grimasse verzog.

»Das geht doch bestimmt auch schneller.« Kurts Stimme hinter ihm klang ungeduldig. Das war keine gute Entwicklung. Wenn die Sicherung bei ihm durchbrannte, konnte der Mann Amok laufen. Und was das für die alten Leute bedeuten würde, wollte Hauke sich gar nicht erst vorstellen.

Im Erdgeschoss herrschte Grabesstille. Hauke hoffte, dass die Pflegerin die anderen Bewohner bereits rausgeschafft hatte. In dem riesigen Wintergarten, den Hauke nur zu gut kannte, versammelten sie sich. Ihn wurmte es, dass sie von Kramer – oder wie immer er tatsächlich hieß – derart vorgeführt würden. Es musste doch möglich sein, diese Sache ohne Eskalation zu beenden.

»Wir warten hier, bis alle da sind«, sagte er. »Doris, sieh nach, was die anderen machen.«

»Ja, aber der Krankenwagen?«, insistierte sie.

»Mach, was ich dir sage.«

Doris nickte und verschwand den Gang hinunter.

»Sind Sie sicher, dass Ihre Frau auf Ihrer Seite steht?«, fragte Philip.

Hauke stutzte.

»Sie wissen gar nichts über uns.«

»Ich kann Ihr Leid nicht nachempfinden, nein, aber ich weiß, wann es Zeit ist, aufzugeben. Noch ist niemand verletzt, Kurt. Wenn Sie Glück haben, überlebt Ursula Neumann.«

»Die Alte hat den Tod verdient. Sehen Sie sich meine Frau an! Sie ist ferngesteuert. Die alte Hexe hat ihr eine Gehirnwäsche verpasst.«

Hauke sah zu Peter, der ebenso überrascht schien. Die

beiden waren also verheiratet. Damit hatte er nicht gerechnet. Das erklärte, warum Kramer so aufgewühlt
war. Er fühlte sich verraten. Von der eigenen Frau, die
sich der gemeinsamen Feindin angeschlossen hatte.

»Was ist Ihre Forderung, Kurt?«, erkundigte sich Philip.

»Hören Sie auf, mich beim Vornamen zu nennen. Das
wird nicht funktionieren. Ich kenne diese Tricks.«

»Gut. Was wollen Sie?«

»Ich will, dass die beiden Alten für den Mord an meiner Schwester verurteilt werden.«

Einen Augenblick herrschte Stille. Sie brauchten Zeit,
um die neue Information zu verdauen.

»Linda war Ihre Schwester?«, fragte Philip.

»Ja, das war sie. Und die beiden haben sie auf dem
Gewissen. Aber das hat niemanden interessiert.«

»Das tut mir leid«, sagte Philip.

»Sparen Sie sich Ihr Mitleid.«

»Was wollen Sie noch?«

»Eine Million Euro. Die Hälfte davon soll für miss-
brauchte Kinder gespendet werden. Den Rest behalten
wir. Und natürliches freies Geleit für Doris und mich.«

»Ihre Frau benötigt professionelle Hilfe«, gab Peter
behutsam zu bedenken.

»Die kriegt sie. Ich werde mich um sie kümmern, so
wie ich es die letzten siebenundfünfzig Jahre getan
habe. Wissen Sie, wie lange wir gebraucht haben, um
die beiden zu finden? Wie lange wir nach dem ver-
dammten Heim gesucht haben, in das man uns damals
geschickt hat? Es hat Jahre in Anspruch genommen,
Jahrzehnte mühseliger Kleinarbeit. Wir hatten nicht
mehr als ein Foto und einen Namen. Tante Ursel. So
wollte sie genannt werden. Sie und der Doktor haben

meine Schwester umgebracht. Ein unschuldiges Mädchen, das das Pech hatte, unter Asthma zu leiden.«

»Was ist damals passiert?«, fragte Philip.

Kurt verstärkte den Griff um seinen Hals. Es sollte vermutlich seine Entschlossenheit demonstrieren. Sie mussten ihn am Reden halten, nur so hatten sie eine Chance, zu ihm durchzudringen.

»Es war an Tag neunundzwanzig. Sechs Wochen verbrachte man auf einer dieser sogenannten Erholungskuren. Dabei diente dieses Haus nur dazu, die perfiden Erziehungsmethoden von zwei Monstern an uns auszuprobieren. Wir sollten gehorsam, fleißig und hart werden. Wer Schwäche zeigte, dem wurde ihre Spezialbehandlung zuteil. Ein Stress-Parcours. Seilspringen, Dauerlauf, Liegestützen und Kniebeugen. Linda bekam dabei einen Asthma-Anfall. Durch die Tür des Behandlungszimmers konnten wir ihr verzweifeltes Ringen nach Luft hören. Haben Sie schon mal einen Menschen gehört, der erstickt? Schließlich bekamen wir mit, wie sie zu Boden ging. Tante Ursel rief von Stubben, er solle was unternehmen. Ein totes Kind werfe ein schlechtes Bild auf ihr Heim. Kurze Zeit später kamen sie heraus und sagten uns, dass es Linda nicht gut gehe. Ihre Schwermütigkeit habe sich weiter verschlechtert. Doris und ich wurden in den Garten geschickt, wir waren die letzten Kinder, die an diesem Tag auf die ärztliche Untersuchung warteten. Man hat mich nicht zu meiner Schwester gelassen. Drei Stunden später fand sie dein Großvater.« Er warf Hauke einen kurzen Blick zu. »Ihr kleiner Körper hing vom Ast einer Eiche. Nur leider kann er nicht reden und aussagen, was damals passiert ist.«

»Ich habe das nicht gewusst«, sagte Hauke reflexartig, als müsse er sich rechtfertigen.

»Doris und mir war klar, was wirklich geschehen war, und wir haben heimlich Adressen ausgetauscht und uns geschworen, diese Menschen zur Rechenschaft zu ziehen. Nachdem meine Eltern mich am Abend abgeholt und Lindas Überführung organisiert hatten, blieb Doris dort. Zwei Wochen war sie mit der Hexe allein. Meine Frau hatte ein zerrüttetes Elternhaus, sie hat die Aufmerksamkeit genossen, die ihr zuteilwurde.« Er schnalzte mit der Zunge und schüttelte das Bild ab. »Und was haben Ihre Kollegen damals unternommen?« Sie schwiegen betreten. »Genau. Nichts. Sie haben von Stubben und Tante Ursel Glauben geschenkt, haben Linda abgenommen und sind wieder abgezogen. Ohne uns zu fragen. Ohne sich um uns zu kümmern, wie es uns damit ergangen war. Es hat niemanden interessiert.«

»Das Heim wurde vier Jahre später geschlossen«, sagte Peter, doch es klang nach einer hohlen Entschuldigung.

»Vier verdammte Jahre hat es gedauert, aber zur Rechenschaft wurde keiner gezogen. Das Duo hat munter weitergemacht.«

»Warum die Finger?«, fragte Philip.

Er machte eine kurze Pause. »Damit verdeutlichte sie uns immer, dass sie uns stets im Auge hatte.« Kurt spreizte Zeige- und Mittelfinger der linken Hand und führte sie ausgestreckt zu seinem Gesicht, bis sie kurz vor den Augen haltmachten. Er grinste.

Hauke musste schlucken. Ein Glück, dass er sich für die Finger und nicht für die Augen entschieden hatte.

»Wenn Sie Ursula Neumann sterben lassen, sind Sie keinen Deut besser«, versuchte Peter, ihn zu überzeugen.

»Sie verstehen gar nichts. Nachdem wir endlich das Haus in Kophusen ausfindig gemacht hatten, sind wir sofort hergefahren. Plötzlich war alles wieder da. Dieses Gefühl der Ohnmacht, der Hilflosigkeit. Wir werden unsere Geschichte erzählen, und zwar so, dass niemand mehr weghören kann.«

»Das haben Sie erreicht, wir hören Ihnen zu«, sagte Philip.

»Sie vielleicht, aber wir wollen, dass die ganze Welt es erfährt. Dass diese Verbrecher endlich ihre gerechte Strafe erhalten. Stattdessen wiederholt sich alles. Doris sollte die Vorhut bilden. Das Haus auskundschaften. Von Stubben aufsuchen. Aber als ich letzte Woche nachkam, fand ich sie eingelullt in den Fängen der Mörderin meiner Schwester. Doris war wieder zu dem kleinen Mädchen von damals geworden. Ich musste ihr Medikamente geben, damit sie wieder zur Vernunft kam. Statt Doris habe ich die Alte in den Keller gesperrt und ruhiggestellt. Eigentlich war das Haus die perfekte Tarnung, aber als Doris mich plötzlich anrief und sagte, dass sie jetzt mit Tante Ursel ins Krankenhaus gehen würde, musste ich beide da rausschaffen. Die letzte Nacht haben wir im Auto verbracht.«

»Ihre Frau ist krank, sie kann nichts dafür«, wandte der Kommissar ein.

»Schluss jetzt! Doris, wo bist du?« Kurt drehte sich mitsamt Philip um. »Doris?«

Der plötzliche Schuss ließ sie alle erstarren. Für einige Sekunden blieb es still. Dann rannte Peter aus dem Raum. Kurt ließ Philip los und folgte dem Kollegen.

Hauke packte seinen Chef am Arm. »Alles okay?«

»Ja. Woher kam das?«

»Von oben.«

»Doris!« Kurts Stimme hallte verzweifelt durch das Haus.

Hauke drehte sich zu den Bewohnern, denen der Schuss sichtlich Angst eingejagt hatte. »Sie alle gehen jetzt nach draußen. Schnell!«, rief er.

Philip und er stürmten die Treppe hinauf. Auf dem Absatz sah Hauke gerade noch, wie Kurt in Astrid Maiers Zimmer verschwand. Sie folgten ihm.

Doris lag ausgestreckt neben Ursula Neumann auf dem Bett. Aus dem Einschussloch zwischen ihren Augen rann das Blut seitlich an ihrem Kopf herunter. Kurt hatte seine Waffe neben das Bett fallen gelassen. Er saß auf der Bettkante. Sanft hob er den leblosen Oberkörper seiner Frau an und legte ihn behutsam in seinem Schoß ab. Seine Hände glitten über ihre Wangen. Tränen rannen über sein Gesicht.

Philip griff sich seine Waffe, während Peter geistesgegenwärtig seine eigene an sich nahm, die neben der Toten lag. Hauke blickte sich um. Seine Dienstwaffe lag noch in der erschlafften Hand von Doris Stegner.

Kurts Kopf senkte sich. Er küsste die Stirn seiner Frau.

Bis dass der Tod uns scheidet, dachte Hauke. Bis dass der Tod uns scheidet.

29

Peter saß auf einer Holzbank vor dem *Strandfloh* in Bielenberg. Eine frische Brise wehte ihm ins Gesicht. Sein Blick glitt über die Elbe. Das Wasser reflektierte die Sonnenstrahlen. Blinzelnd wandte er den Blick ab. Greta lächelte ihn an. Sie hatte ihn überredet, den Termin nicht zu verschieben. Obwohl es Peter unpassend erschienen war, so kurz nach Doris' tragischem Selbstmord. Die Ereignisse lagen erst eine Woche zurück und ihnen allen saß der Schock noch immer in den Gliedern.

Ursula Neumann hatte überlebt. Gegen sie und Dr. Harald von Stubben war Anklage wegen Mordes erhoben worden. Im Fall eines Freispruchs würde Ursula Neumann in ihre ehemalige Wirkungsstätte zurückkehren. So makaber es in seinen Ohren auch klang, sie hatte sich im *Deichgraf* bereits angemeldet. Kurt Stegner, wie Kramer tatsächlich hieß, saß in Untersuchungshaft. Er hatte ein umfassendes Geständnis abgelegt.

Seine Frau Doris und er hatten Jahre damit zugebracht, *Haus Elbdeich* in Kophusen ausfindig zu machen. Auf ihrer Suche waren sie auf Leonhardt von Stubben gestoßen. Sie hatten seine Kanzlei beobachtet, bis er sie direkt zu seinem Vater ins Seniorenheim geführt hatte. Zurück in Bochum, hatten sie einen Racheplan geschmiedet.

Monate später hatte Ursula Neumann ihrem einstigen Lieblingskind bereitwillig die Tür geöffnet. Der Plan, die alte Frau gefangen zu nehmen, schlug gründlich fehl. Stattdessen drehte sie den Spieß kurzerhand um. Als Kurt in Kophusen eintraf und am Sonntag die alte Frau überwältigte, gelang es ihr, den Notruf abzusetzen, aber Kurt hatte eine Waffe und drohte ihr, sie umzubringen.

Doris hatte zeit ihres Lebens unter wiederkehrenden Panikattacken und Angstzuständen gelitten. Als sie Ursula Neumann wiedergesehen hatte, stürzten die Erinnerungen über sie ein. Kurt hatte geglaubt, sie würde es schaffen, doch die kranke Verbindung zu ihrer ehemaligen Betreuerin war stärker. Mit der stillen Loyalität zwischen den beiden Frauen hatte er nicht gerechnet.

In den Tagen nach Doris' Selbstmord überschlugen sich die Zeitungen mit der Berichterstattung. Selbst die überregionale Presse hatte sich des Falls angenommen. Am Ende hatte Kurt Stegner einen hohen Preis bezahlt.

»Hey. Heute ist ein so schöner Tag«, sagte Greta und legte ihre Hand auf die seine. »Denk nicht daran. Wir haben viel vor.«

Peter musste lächeln. Ja, das hatten sie.

»Ich sitze dir genau gegenüber. Wenn du mich brauchst, gibst du mir einfach ein Zeichen.« Greta gab ihm einen Kuss.

»Ich bin nervös.«

»Es wird alles gut. Du bist bestens vorbereitet.«

Peter strich ihr über die Wange. »Na, dann mal los. *Operation Neues Glück* kann beginnen.«

Greta ging zu dem Imbisswagen, der gerade geöffnet wurde, und bestellte ihnen zwei Becher Tee. Peter schaute auf die Uhr. Es war fünf vor elf Uhr. Hauke war zu spät. Es ärgerte ihn. Wenn sein Kollege mitten in das erste Date platzen würde, wäre das fatal. Er hatte die Frauen per E-Mail vorgewarnt, es könne sein, dass der Kandidat an dem Treffen unerwartet teilnehmen würde, allerdings ohne über den wahren Grund Bescheid zu wissen. Hauke hatte er nicht aufgeklärt. Peter ging davon aus, dass sein Freund es rundheraus abgelehnt hätte. Die Interessentinnen durften sich also nichts anmerken lassen und mussten obendrein so tun, als ginge es um Peter. In seinen Augen war das völlig abstrus. Eine ihrer Auserwählten war erwartungsgemäß abgesprungen. Unter diesen Umständen hatte er noch mit viel mehr Absagen gerechnet. Kein Wunder, dass der Dame dieses Unterfangen unseriös vorkam. Die übrigen Frauen hatten es mit Humor genommen. Im Grunde ein weiteres Auswahlkriterium. Wenn man mit Hauke leben wollte, musste man über eine ordentliche Portion Humor verfügen. Ohne den wäre es innerhalb kürzester Zeit vorbei.

Sein Mobiltelefon zeigte keine neuen Nachrichten. Er sah sich um. Greta reichte ihm seinen Becher und setzte sich an einen freien Tisch. Es war schon gut besucht. Das schöne Wetter trieb die Menschen aus dem Haus. Hoffentlich würde Hauke sich nichts dabei denken, dass ausgerechnet Peters offiziell verhasste Nachbarin hier saß. Die Kombinationsgabe seines Kollegen schwankte stark. Mal sehen, wie weit sie kommen würden, bis die Sache aufflog.

Peter blickte zu Greta. Zeitgleich pickten sie sich einen imaginären Fussel von der Schulter – ihr geheimes Zeichen, dass sie bereit waren. Peter drehte den Kopf und beobachtete eine Frau dabei, wie sie ihren Wagen geschickt in die winzige Lücke auf dem Parkplatz rangierte. Das musste Olivia, die Apothekerin, sein. Mist, daran hatten sie nicht gedacht. Die Parkplatzsituation an Tagen wie diesen war knifflig. Gerade als er den Gedanken zu Ende führen wollte, entdeckte er Hauke, der mitten auf dem Weg zu ihm stehen geblieben war und die offensichtlichen Parkkünste der Frau bewunderte. Der Anblick traf ihn wie einen Schlag. Wenn sie Pech hatten, würde Hauke ihre aussichtsreichste Kandidatin im Nu in die Flucht schlagen. Oft genügte schon ein anzügliches Lächeln und die Frauen verdrehten genervt die Augen.

Peter warf Greta einen besorgten Blick zu. Sie verfolgte das Geschehen und gab ihm ein Zeichen, Ruhe zu bewahren. Sie hatte recht. Wenn es etwas mit den beiden werden sollte, musste die Gute ihn schließlich früher oder später kennenlernen. Allerdings hatte er gehofft, dass er es besser kontrollieren und Haukes Charme dosieren könnte. Nun war es so, als würden sie sich in freier Wildbahn begegnen. Ganz ohne seine leitende Hand. Es war zum Scheitern verurteilt.

Olivia betätigte den elektronischen Schlüssel und sah sich suchend um. Hauke hatte sie ins Visier genommen und ging auf sie zu. Peter hielt sich die Hände vors Gesicht, um nicht hinsehen zu müssen. All ihre Bemühungen der letzten Woche würden in nur zwei Sekunden zunichtegemacht. Warum konnte der Mann nicht pünktlich sein! Vorsichtig spreizte er den kleinen Finger. Sie redeten. Noch hatte sie sich nicht von ihm abgewandt. Er spürte eine Hand auf seiner Schulter und erschrak.

»Ich bin es,« flüsterte Greta, die es vor Spannung nicht auf ihrem Platz ausgehalten hatte. »Was denkst du?«

»Dass es jeden Augenblick vorbei ist und alles umsonst war.«

»Noch reden sie miteinander.«

»Noch.«

»Warte, da. Sie lacht.« Greta boxte ihm vor Freude gegen den Arm.

Peter konnte es kaum fassen. Olivia bog ihren Oberkörper leicht nach hinten. Der Wind trug ihr Lachen verzögert und gedämpft herüber. Hauke grinste übers ganze Gesicht. Was hatte er zu ihr gesagt? Peter sah, wie Hauke den Mund bewegte. Ihr Lachen ebbte ab, sie erwiderte etwas. Gespannt blickten Greta und er auf die beiden, als wären sie Biologen, die das Paarungsverhalten zweier Schimpansen beobachteten.

»Ich finde, das sieht gar nicht so schlecht aus«, sagte Greta.

»Stimmt. Was machen wir jetzt? Verschwinden wir einfach?«

»Und die anderen?«

»Auch wieder wahr. Die Stimmung kann schnell ins Gegenteil umschlagen. Dann brauchen wir Ersatz.«

»Aber wenn Hauke entdeckt, dass sie sich angeblich für dich interessiert, könnte das kontraproduktiv sein.«

»Wir könnten rübergehen, sie beide einweihen und das wär's. Die spazieren romantisch am Elbstrand entlang und wir gucken uns die anderen an.«

»Meinst du, das würde funktionieren?«

Peter zuckte mit den Schultern. Olivia schaute sich gerade suchend um. Peter war kurz davor, ihr zuzuwinken, doch er ließ es bleiben. Wenn er nur wüsste, worüber die beiden sprachen. Hatte sie ihm etwa von ihrem Date berichtet? Peter stand auf.

»Was hast du vor?«

»Ich sage ihnen die Wahrheit.«

»Bloß nicht! Was ist, wenn Hauke wütend wird? Schau sie dir an, sie reden immer noch. Sie lächeln. Mach das nicht kaputt.«

Peter überschlug ihre Optionen. Wenn er sie jetzt aufklärte, liefen sie Gefahr, dass Hauke es keineswegs witzig fand, sondern total übergriffig. Und niemand wusste besser als er, wie sehr Hauke jegliche Einmischung in sein Privatleben hasste. Man musste behutsam vorgehen. So tun, als sei es seine eigene Idee gewesen. Das Risiko war zu hoch. Die zweite Option war, sich ihr gegenüber zu erkennen zu geben. Doch dann würde Hauke denken, sie interessiere sich für Peter, und ob das der Sache zuträglich war, bezweifelte er. Sie mussten klüger vorgehen. Ihm kam eine Idee.

»Greta, wir improvisieren. Du verwickelst Hauke in ein Gespräch, während ich Olivia beiseitenehme und ihr die Wahrheit erzähle.«

»Und was soll ich sagen?«

»Keine Ahnung. Dir wird schon etwas einfallen.«

Sie nickte ihm zu und marschierte geradewegs hinüber zum Parkplatz. Peter folgte ihr in einigem Abstand, ohne das Pärchen aus den Augen zu lassen. Sie schienen sich angeregt zu unterhalten. Offenbar hatten sie bei ihrer Vorauswahl ein glückliches Händchen bewiesen. Greta hatte die beiden fast erreicht. Einen halben Meter vor ihnen blieb sie stehen.

»Hauke?« Ihre Stimme klang schrill. Genauso wie damals auf dem Friedhof, als sie Philip und ihn beinahe beim Ausgraben der Urne ertappt hatte. Er hatte ihr nie die Wahrheit über den frühmorgendlichen Besuch gebeichtet. *Operation Asche*, wie er sie damals in Gedanken getauft hatte, blieb sein Geheimnis.

»Hauke Thomsen?« Gretas Stimme schraubte sich noch eine Oktave höher.

Hauke sah sie überrascht an. Die beiden waren sich ein paar Mal auf der Straße begegnet. Hauke versuchte offensichtlich, die lästige Unterbrechung zu ignorieren, was ihm nicht gelang, denn Greta hatte sich zwischen sie gedrängelt.

»Das ist ja schön, dich mal wiederzusehen!« Mit einer eleganten Drehung schob sie ihn abrupt in Richtung Deich.

Das war Peters Stichwort. Er hastete auf Olivia zu, die völlig verdattert stehen geblieben war und auf die Frau starrte, die sie so rüde unterbrochen hatte. Peter packte Olivia am Arm.

»Guten Tag, ich bin Peter Brandt«, sagte er und zog sie sanft zu sich. »Ich muss Ihnen …«

Weiter kam er nicht. Hauke riss sich von Greta los und drehte sich zu ihnen um. Beim Anblick seines Freundes, der den Arm seiner neuen Bekanntschaft hielt, wurde er misstrauisch.

»Was ist hier los?«, fragte er.

Peter presste die Lippen aufeinander. Wenn ihm nicht schnell eine halbwegs plausible Erklärung einfiel, war alles verloren.

»Sag schon. Was geht hier vor?«, wiederholte er.

Peter gab auf. Früher oder später musste sein Freund es ja doch erfahren. Warum dann nicht gleich. »Darf ich vorstellen, das ist Olivia.«

Hauke sah von ihm zu Olivia und dann wieder zu ihm zurück.

»Ist er der Freund?«, fragte Olivia, die allmählich zu begreifen schien, in was sie hier hineingeraten war.

Peter nickte.

»Kann mir mal bitte jemand erklären, was zum Teufel hier abgeht?«, sagte Hauke.

»Hi.« Olivia streckte ihm ihre Hand entgegen. Immer noch irritiert erwiderte er die Geste. »Dein Freund hat eine Anzeige für dich aufgegeben.«

Hauke sah sie überrascht an. »Was?«

»Ja, er hat mich hierher eingeladen, um mich kennenzulernen.«

»Moment mal.« Hauke drehte sich zu Peter. »Es sind in Wahrheit Frauen für mich?«

»Also, na ja … Jedenfalls nicht für mich. Ich …« Peter räusperte sich. »Ich bin nämlich schon vergeben.« Er streckte die Hand aus. Greta kam lächelnd zu ihm und ergriff sie.

Nun war Hauke vollends verwirrt. »Du und …?«

Ihren Namen brachte er nicht über die Lippen. Peter konnte das gut verstehen. Er hatte an dieser Frau bisher nie ein gutes Haar gelassen und nun stellte er sie ihm völlig unvermittelt als seine neue Freundin vor.

»Entschuldige den Auftritt eben«, erklärte Greta. »Meine Stimme wird immer etwas schrill, wenn ich aufgeregt bin.«

Hauke starrte Peter entgeistert an. »Also, du und …?« Er stockte.

Peter nickte.

»Das ist deine …?«

Peter nickte erneut.

Hauke wandte sich zu Olivia. »Und du bist …?«

»Dein Date.«

Hauke sah sie nacheinander an und verarbeitete die neuen Informationen. Sein Mund öffnete sich. In Erwartung eines Wutausbruchs hielt Peter die Luft an. Doch Haukes Lippen zogen sich zu einem breiten Grinsen auseinander. Dann schnaubte er.

»Du hinterhältiger Arsch. Du hättest mich da eiskalt sitzen lassen in dem Glauben, dir bei der Suche nach einer neuen Frau zu helfen?«

»Na ja, es war ja nicht geplant, dass du daneben sitzt«, verteidigte sich Peter.

Sein Kollege atmete tief ein und wandte sich Olivia zu. »Hauke Thomsen. Freut mich, dich kennenzulernen. Meinen ehemals besten Freund kennst du ja schon.«

Sie lachte. Peter seufzte erleichtert.

»Freut mich auch. Gehen wir was trinken?«

»Nur wenn dieser wildfremde Typ mit seiner neuen Freundin uns nicht begleitet.«

»Keine Sorge, wir stören nicht weiter«, sagte Peter.

Hauke bedeutete Olivia mit einer Handbewegung voranzugehen.

»Du hast mich ganz schön verarscht«, flüsterte Hauke, als er an Peter vorbeikam. »Ich habe was gut bei dir!«

»Kommt drauf an, wie es läuft, würde ich sagen. Also, versau es nicht.«

Kopfschüttelnd schloss Hauke zu Olivia auf. Peter blickte den beiden nach. Er drückte Gretas Hand.

»Ob das gut geht?«

Sie nickte. »Ich finde, wir haben uns einen Drink verdient, oder? Komm, Amor.«

Hand in Hand schlenderten sie zurück zu ihrem Tisch.

Erleichtert atmete Peter aus. Seine Dossiers waren noch da. Greta kümmerte sich um frische Getränke. Hauke und Olivia hatten sich für einen Spaziergang am Strand entschieden. Peter verfolgte, wie sie beide ihre Schuhe auszogen und barfuß durch den Sand stapften. Ein schöner Anblick, fand er. Hoffentlich vermasselte es sein Freund nicht. Noch einmal würde er diese ganze Aufregung und Geheimniskrämerei nicht durchhalten. Er war zu alt für so etwas. Olivias Lachen drang zu ihm herüber. Aber vielleicht brauchte er das auch nicht.

Sehr geehrte Leserschaft,

dies ist bereits die siebte Danksagung und nichts liegt mir ferner, als Sie zu langweilen. Aber so ein Buch entsteht nicht von allein. Im Gegenteil. Es bedarf vieler wunderbarer Menschen, damit es das Licht der Welt erblicken kann. Diejenigen unter Ihnen, die die Reihe bereits kennen und auch die Danksagung aufmerksam lesen, wissen sicher, was jetzt kommt. Doch statt der üblichen Worte, möchte ich Sie dieses Mal auf eine kleine Reise mitnehmen.

Diese Reihe startete 2016 mit dem ersten Fall ELBSCHULD. Seitdem habe ich die drei Ermittler und ihre Familien durch turbulentes Fahrwasser geschickt. Mal traurig, mal amüsant. Viele unter Ihnen behaupten, dass gerade diese drei Charaktere den Charme der Reihe ausmachen. Und das finde ich auch! Sie entspringen meiner Fantasie und doch sind sie auf eigentümliche Weise autark. Sie existieren dank Ihnen, liebe Leserinnen und Leser, nun nicht länger nur in meiner eigenen Vorstellung, sondern auch in der Ihren. Das freut mich umso mehr, als dass sie dadurch weiterleben, auch wenn die Reihe irgendwann naturgemäß das Zeitliche segnen wird. Sie, verehrtes Publikum, begleiten mich auf diesem Weg, sind Teil der Kophusener-Fangemeinde und nicht zuletzt der Grund, warum ich so gern und ausdauernd weitermache.

Für diesen Band habe ich im Vorfeld mehr als üblich recherchiert. Das Buch von Hilke Lorenz *Die Akte Ver-*

schickungskinder aus dem Beltz Verlag hat mir besonders geholfen. Ich kann es wärmstens empfehlen, falls Sie sich zu diesem Thema informieren möchten oder sogar selbst betroffen sind. Danke für diesen wichtigen Beitrag der Vergangenheitsbewältigung!

Alle, die sich ein bisschen mit echter Polizeiarbeit auskennen, haben sicher schon längst festgestellt, dass ich es damit nicht so genau nehme. Um die Reihe trotzdem lebensecht zu gestalten, gibt es neben den realen Schauplätzen auch kleinere Ereignisse, die ich der örtlichen Presse entnehme und in ein fiktives Ereignis umwandle. Dieses Mal handelte es sich um Belmondo. Das arme Pferd, das im Schwarzwasser landet. Frau Dr. Beke Okasha hat über diese Szene einen prüfenden Blick schweifen lassen und ihre tierärztliche Erfahrung mit mir geteilt. Auch wenn die Rettungsszene schlussendlich dem Rotstift zum Opfer fiel, möchte ich sie nicht unerwähnt lassen.

Wenn meine schreibende Arbeit sich dem Ende neigt und meine Ungeduld zunimmt, weiß ich, das Manuskript muss in liebevolle Hände, die es prüfen. Der erste Mensch, der es liest, ist Sandra Schlichenmaier. Meine Erstleserin ist ein glühender Fan der ersten Stunde. Im Zweifel immer für den Angeklagten. Doch bei aller Liebe zu den Büchern ist sie aufmerksam und durchaus penibel, wenn es um den Status der Figuren geht. »Ist Leonhardt nun der Enkel oder der Sohn, du musst dich da schon entscheiden!« Ja, das muss ich. Auch für einen einheitlichen Namen! »Heißt er nun Karl oder Kurt?« Ups! Bei dreihundert Seiten kann das schon mal vorkommen. Gerade wenn die Autorin sich selbst noch nicht sicher ist. An dieser Stelle, danke. Nicht nur für deine anhaltende Euphorie, sondern auch für deine Freundschaft!

Kophusen ist ein Ort, der meinem Kopf entsprungen ist. Die Freiheit, selbst zu entscheiden, ob die Kirche nun groß oder klein ist, gefällt mir außerordentlich. Der Preis dieser Freiheit ist der Verlust der Kontrolle. Ein seltsames Gefühl, dass Ihr Kophusen so anderes aussieht als meines. Yvonne Lantsch und Ekkehard Probst bilden da sicher keine Ausnahme. Sie sind sogenannte Testleser. Ich weiß nicht, wie ihr Goldberg aussieht. Bestimmt anders als meiner. Ihre Sicht auf die Geschichte lässt mich Kophusen aus einer anderen Perspektive betrachten. Ihr Feedback hilft mir, das passende Maß an Espresso zu finden und über die ein oder andere Wortwahl nachzudenken. Und manchmal auch einen logischen Fehler zu entdecken.

Nachdem ich die unterschiedlichen Meinungen gehört und die eklatanten Schnitzer ausgemerzt habe, geht es weiter. Denn ohne einen Lektor bleibt es bloß ein Manuskript, das in der Schublade landet und ein einsames Dasein fristet. Es ist an der Zeit dieses Baby in die professionelle Obhut von Stefan Wendel zu geben. Trotz des Wissens, dass ich es mit unzähligen Anmerkungen und Vorschlägen zurückbekomme. Zum Glück dauert sein Arbeitsurlaub in Kophusen nicht länger als zwei Wochen. Und nachdem ich den ersten Schock überwunden habe, tauche ich in seine Arbeit ein und stelle fest, dass aus dem Manuskript ein richtiges Buch geworden ist. Stefan Wendel ist nicht nur ein Anhänger der Kophusener Fangemeinde, er ist vielmehr ein Geburtshelfer. Wenn ich das Manuskript aus dem Nest schubse, fängt er es auf und verleiht ihm Flügel. Er spricht ihm gut zu, leistet Hilfestellung, wo es nötig ist und stutzt es, wo es zu ausschweifend wird. Weniger ist eben meistens mehr.

Der buchgewordene Text landet nun bei den beiden Frauen, die es ganz genau nehmen und ihn mit Argusaugen inspizieren. Sonja Hartl und Rita Nandy sind so viel mehr, als bloße Korrektorinnen. Ihre Hinweise und Anmerkungen sind Gold wert und ein rundum gelungener, sowie unverzichtbarer Abschluss eines jeden Buches! Sie geben mir ein Gefühl der Sicherheit und ich bin sehr dankbar, dass sie die Regeln der deutschen Rechtschreibung erbarmungslos durchsetzen. An den beiden kommt kaum ein Fehler vorbei. Und wenn es doch einmal einer schafft, den strengen Augen zu entgehen, seien Sie großzügig mit uns. Es gibt Schlimmeres.

Um den nordischen Einschlag zu verdeutlichen, wird aus Bärbel Thomsen zumindest in der Hörbuchausgabe eine plattdeutsch sprechende Frau, die es mit der korrekten Aussprache allerdings nicht so genau nimmt. Offiziell spricht sie einfach nur schräg, doch in Wahrheit liegt das an meiner mangelnden Fähigkeit, plattdeutsch zu sprechen. Obwohl meine eigene Mutter, Helga Voigt, mir die entsprechenden Stellen übersetzt und sogar lautmalerisch aufschreibt. Also, meine liebe Mutter, danke - nicht nur für deine Übersetzung - und verzeih' mir, dass ich die Sprache deiner Kindheit mancherorts so verhunze.

Parallel hat die Arbeit an der Außenwirkung natürlich längst begonnen. Wie kleidet sich der neue Band? Neben der Frage, wie er sich anfühlt, geht es nun darum, was zieht er bei seinem großen Auftritt an? Diese Frage ist wichtig, da er dieses Outfit auf absehbare Zeit nicht wechseln wird. Eine Entscheidung fürs Leben gewissermaßen. Nachdem ich ihm diverse Motive aufdrücke und wieder verwerfe, kommen mir immer neue Ideen, bis ich endlich auf das Eine stoße. Es ist meistens Liebe auf den ersten Blick. Allerdings wird das Objekt der Begierde nicht ohne Bearbeitung akzeptiert. Svenja Sund kommt nun ins Spiel. Oft sind es zwei oder sogar drei Liebesobjekte, die sie kunstvoll zusammenfügt und aussehen lässt, als wäre es nie anders gewesen. Der Umschlag muss sitzen. Schließlich will man nicht unfrisiert zum Altar geschleppt werden. Oder?

Selbst der Buchblock möchte entsprechend gestaltet werden. Das übernehme ich selbst. Der Buchsatz ist eine vertrackte Angelegenheit, die mich jedes Mal aufs Neue zu Hauke Thomsen mutieren lässt. Schimpfend und fluchend laufe ich mit einem griesgrämigen Gesicht herum, sodass ich meinen Nachbarn vorsorglich aus dem Wege gehe.

Ähnlich ist es mit der Erstellung des Hörbuchs. Obwohl ich mir neuerdings den Luxus eines Tonstudios gönne. Die Tonkabine von Ulrich Schmid war eine immense Erleichterung und die technische Unterstützung samt

Equipment von Almir Salihovic ebenso. Es waren arbeitsintensive Tage in einer so coolen wie passenden Location, direkt an der Elbe. Der Hauptschlagader meiner Krimis, wenn auch viel weiter südlich. Beim Schneiden der Tonspuren mache ich Hauke ernst zu nehmende Konkurrenz. Von irgendwem muss er ja schließlich seine cholerischen Ausbrüche haben. Der Apfel fällt bekanntlich nicht weit vom Stamm. Ein Zustand, der mir zunehmend Kopfzerbrechen bereitet. Vielleicht gönne ich Hauke im nächsten Band eine Anti-Agressionstherapie, in der Hoffnung, dass das auf mich abfärbt. Davon bekommt Fabian Tormin zum Glück nur aus Erzählungen mit. Sämtliche unflätigen Bemerkungen meinerseits sind da bereits rausgeschnitten. Er gibt den Aufnahmen den letzten Schliff und unterstützt mich in allen technischen Belangen! Am Ende bekomme ich eine Master-Datei, die von all dem Wahnsinn fast nichts durchsickern lässt.

Nach dem Buch ist vor dem Buch. Der achte Band wird kommen. Ob aus Olivia und Hauke dann ein Paar geworden ist? Steht den Kophusenern möglicherweise die Hochzeit von Peter und Greta ins Haus? Wird Philip wirklich in Kophusen bleiben oder muss er sich für seinen krummen Deal am Ende doch noch verantworten? Fragen über Fragen, auf die ich noch keine Antwort weiß. Aber ich vertraue auf meinen Einfallsreichtum, auf das Timing des Lebens und auf Sie, meine Damen und Herren. Bleiben Sie mir und der Kophusener Belegschaft gewogen. Wir kommen wieder. Versprochen.

Die bisherigen Bände der ELB-Krimireihe im Überblick

  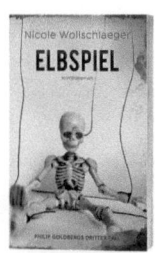

Auch als digitales Hörbuch erhältlich